桜奉行

幕末奈良を再生した男 川路聖謨

出久根達郎

養徳社

奈良奉行・川路聖謨

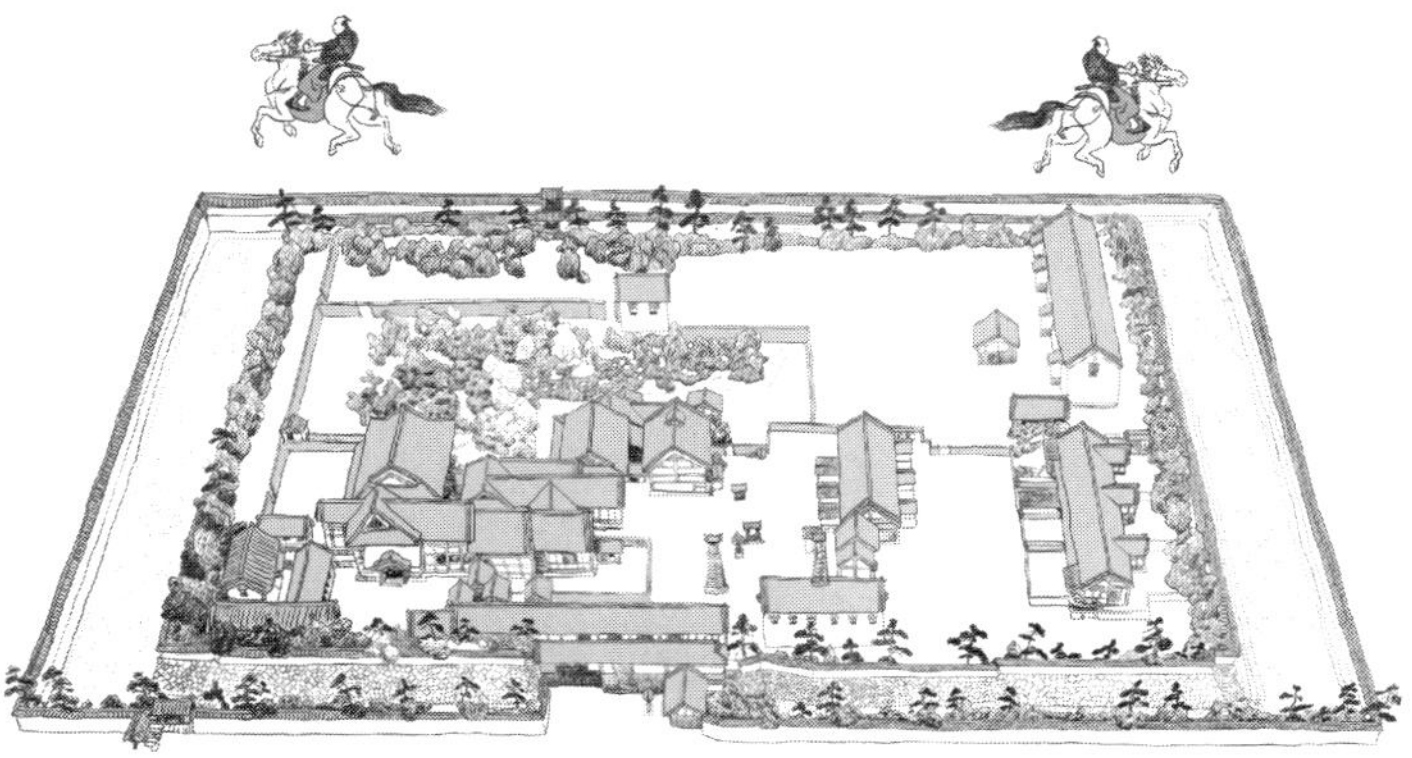

奈良奉行所略図

表紙カバー題字　芝　鳳洞
表紙カバー・表紙装丁　クリエイティブ・コンセプト
巻頭口絵　中城健雄

大和豊年

この人の、「有名な」肖像写真がある。

「有名」というのは、この人らしからぬ顔つき、という意味である。

東京大学史料編纂所所蔵の写真は、膝に両手をのせ、やや胸をそらせたポーズで、顔つきが――ヒョットコの面にそっくりなのである。いや、ヒョットコのように、口をすぼめてはいない。一文字に結んでいる。目つきと眉の形が似ているのである。まなざしは、カメラに向けていない。カメラのレンズの、はるか後方を見つめている。いや、みつめている、というより、一瞬、おどけて、わざとかしこまったような目つきと表情を作った、そんなように見える。あるいは逆に、まじめに、ひょうきんな面持ちをして見せた、と言ったらよいだろうか。どうしてこの人は、とっさに、こんな顔をしたのだろう。

日本とロシアの、歴史に残る大事な記念の写真であるのに。

肖像のぬしは、川路左衛門尉聖謨《かわじさえもんのじょうとしあきら》という。

撮影時の肩書は、幕府の勘定奉行《かんじょうぶぎょう》にして、ロシア使節応接掛《がかり》である。勘定奉行は主として財政面を担当する。寺社奉行、町奉行と共に、重職である。

ロシア使節は海軍中将のプチャーチンで、軍艦四隻《せき》をひきいて長崎に来た。嘉永六（一八五三）年七月のことである。わが国に通商を求める条約を結びたいと願う一方、千島《ちしま》列島と樺太《からふと》の両国の境界を決めようと迫った。日本側の交渉代表が川路である。

国と国の面目を懸けた会談は、現代では考えられぬほど大変だった。まず、立ったまま話しあうか、座って語りあうかで、意見が対立した。日本側は畳に正座しての会談を要求、正座の習慣のないロシアは当然反対する。川路が椅子《いす》を用いる案を提案して、ロシア側が受け入れ、ようやく、かけあいの準備がととのうという有様だった。

談判の場は、翌年、長崎から伊豆の下田に移され、ここで日露和親条約が締結《ていけつ》する。北方領土については、千島列島の択捉島《えとろふ》以南は日本領土と主張、また樺太もアニワより黒龍江《こくりゅうこう》までは日本のもの、とわが国の実地調査を証拠に一歩も引かず、これを認めさせた。

調印式のあと、プチャーチンから記念撮影の申し入れがあった。交渉前にも、一枚どうか、と勧められたのだが、「私のような不細工な男が、これが日本の男の見本、とお国の者に見せられたら、大和《やまと》男子に怨まれます。また、貴国の美女たちの笑い者になるのは、ごめんこうむります」と断ったのである。

相手が気を悪くしないように、ユーモラスな言い回しをしている。これが川路の人心掌握法であった。当時の日本人、特に武士には珍しい。仲間うちならともかく、相手は国使である。威厳を見せて、口数少ない応接が普通であった。しかし、川路は違った。

談判中も、突然、のろけるようですが、私の妻は江戸で一、二の美人と評判です、と言いだした。ずっと留守にしていますから、心配なんですよ、妻が盗まれまいかと。早く江戸に帰りたい、とプチャーチンを笑わせた。

七面倒くさい交渉は、いい加減切りあげましょうや、という謎かけである。これは相手に通じたらしい。川路の当意即妙が自然で、いやみがなかったからだろう。

再度の撮影申し入れを、さすがに袖にできかねた。川路は笑って応じた。日なたに、まっ白い布を四方に張り、その中で行われた。プチャーチンの秘書官（作家のゴンチャロフ）が、川路の印象を『日本渡航記』で、こう記している。「年のころ四十五歳ぐらいの大きな褐色《かっしょく》の目をした聡明《そうめい》機敏な面構《つらがま》えの男」その「聡明機敏な面構え」が、シャッターが下りる寸前に（当時の撮影は、三、四分は不動の姿勢でいる）、ヒョットコのような表情をしたのである。

川路は勘定奉行を拝命する前、一年ほど大坂奉行を務めた。その前は奈良奉行である。

奈良には、五年半いた。赴任したのは弘化三（一八四六）年、四十六歳の時である。辞令を受けたのが一月十一日、江戸を立ったのが三月四日だった。

邸には長男夫婦と実母を残した。

「奈良のおとぎばなしを、楽しみにしているよ」と実母（名は伝わらない）が川路に言った。おとぎばなし、というのは、日記のことである。川路は十二歳の時に、内藤家から川路家に養子に行った。しかし、ずいぶんのちまで実家で生活していた。父が亡くなってからは、実母の面倒を見ていた。養父母も賛成である。もともと川路の賢《かしこ》さにほれて、無理を言って養子にもらったから、何事も川路に任せている。見込み通り出世街道を進むにつれ、養父母がおずおずと切り出した唯一のおねだりは、好きな酒を心ゆくまで飲ませてほしい、ということだった。

川路くらい、各地に赴任や出張した幕臣も、そうそういない。ざっと数えても、先に述べた長崎、下田の他に、近江や木曾、佐渡、京都、大坂、堺、西宮、兵庫などがある。元気で仕事をしている、と実母を安心させるため、何日か分の日記を手紙がわりに送ったのが、きっかけだった。任地先の出来事や人情風俗を、面白おかしくつづった。世間の狭い母は、これを何よりの慰め物と喜んだ。物語を読むような楽しみだったのだろう。川路の方も母が興《きょう》がるから、ついつい、筆が滑るようになる。まあ、他愛のない、人に迷惑のかからぬ「うそ」話をつづる折もある。格別の事件も無い日は、母向けの「小説」をつづった。

一方、川路は妻に「留守中の出来事」を逐一《ちくいち》書いて寄こすよう命じた。手紙だとおっくうになるから、日記をつけよ、その日記を十日ごと送れ、と頼んだ。妻は、承諾した。

元来、書くことが大好きな女であった。

さと、という。佐登、または高子と記している。川路より三つ下、川路にとって四人目の妻である。紀州徳川家に行儀見習いで奉公し、姫に仕えた。その後、将軍家の姫付きの奥女中になった。川路と結ばれたのは三十五歳、遅い結婚だが初婚である。体が弱く、娘の頃、長生きは無理と、医者に告げられた。原因不明の吐き気に、常に悩まされていた。当人は結婚をあきらめていたのである。

川路もさとも書物が好きで、そのうえ文章をつづることを好んだ。そんな二人を知る者が、似合いの夫婦になる、と赤い糸で結んだ。

二人は、この時代に珍しく「交換日記」を試みている。理由は前述の通りで、互いの動静を確かめ、安心するためであった。

奈良への赴任に、川路は妻と次男の市三郎《いちさぶろう》（十四歳）、それに養父母を伴《ともな》った。家族同伴を許された時、奈良の滞在は永びきそうだ、と川路は覚悟した。「左遷」と受け取ったのである。順調に出世を重ねてきていた。佐渡奉行から小普請《こぶしん》奉行、そして普請奉行と階《きざはし》を一段ずつ昇ってきた。この次は、三奉行のどれかだろう、とひそかに期待していた。それが、「江戸追放」である。すぐには呼び戻されそうにない。単身赴任ではない。下手をすると、奈良に骨を埋めることになるかも知れない。川路ももはや四十六歳である。

新しいあるじを迎える奈良奉行所は、与力や同心もとより小者に至るまで、まだ見ぬお奉行様のうわさで持ちきりである。

「川路左衛門尉聖謨。さえもんのじょうは読めるが、諱《いみな》（名前）は何と読むのだろう？」

「さあて？　初めてお目にかかる諱だ。むずかしいね」

誰も読めない。無理もない。この名前、本人も最初は「せいぼ」と読んでいた。十二歳で入門した漢学の師が、『書経《しょきょう》』という本の一節の「聖謨《せいぼ》は洋々《ようよう》」から取って命名してくれたのである。聖謨の聖は天子で、謨は天子の謀計、はかりごとである。

ある時、書き付けを出され、これに署名し、名には読み仮名を振れ、と命じられた。大いにあわてたが、聖には俊敏の意味があるので敏《びん》をトシと読ませ、はかりごとは、思案して明《あき》らめる（はっきりさせる）ので、アキラと読ませた。苦肉の読みだが、全くの見当違いではない。読書の知識が、ものを言った。

これは余談だが、二〇一二年度のノーベル文学賞は中国の莫言《ばくげん》氏が受賞した。莫言は言うなかれを意味する筆名だが、本名の管謨業《かんぼぎょう》の謨の字を二分したと思われる。謨が謀計だから他言するなかれ、で理に叶っているわけだ。

東海道を上ってきた川路一行は、伊勢国、鈴鹿峠の関《せき》の宿《しゅく》を出たところで、ふた手に分かれた。川路は京都所司代と京都町奉行に挨拶のため京へ、さとと市三郎、及び養父母は伊賀越えで奈良に向う。家来たちも、半々にした。荷も分けねばならず、けっこう面倒だった。

川路が奈良に入ったのは、三月十九日である（旧暦の日付。現在の暦だと四月十四日に当る）。江戸を出てから、十五日かかっている。奈良に四里（約十六キロ）手前の、玉水という所で昼食をとった。

この三日間、ずっと雨にたたられている。

「せっかくの南都入りというのに、うっとうしいことでございます」

用人の間笠平八《まがさへいはち》が、あるじを慰めた。

「これで桜も大方散ってしまうでしょう」

「駿河路《するがじ》では散り始めていたからなあ」川路が答えた。茶屋の老いた主人が、「桜は大丈夫ですよ」と口を挟んだ。「都の桜は遅いのです」そう教えて、「この雨も大和では恵みの雨でして」と顔をほころばせた。

「今年は雨が多いので、土地の者は喜んでおります。この辺りは水不足なものですから」

「なるほど、そういえば溜池があちこちに」

「大和豊年と申します。大和豊年、米食わず。雨の多い年は大和は豊年ですが、よその国は凶作です」

「なるほど。それぞれの事情だな。物事は一方的に見てはいけないな」

川路は老主人から、一つの真理を教えられた気がした。

贈り物

川路聖謨《かわじとしあきら》が新任の奈良奉行として、御役《おやく》屋敷（奉行所、兼官舎）入りして三日たった。火点《ひとも》し頃、落し穴に落ちたように、用の無い時間ができた。川路は庭に面した居間で、江戸の母に、無事到着した旨の手紙をつづった。それだけを知らせるつもりだったが、自分を歓迎する奈良町の人たちの熱狂ぶりを思いだしたら、何だか気分が浮わついてきて、筆がとまらなくなった。

……いやはや、沿道は、人、人、人で、奉行所の表門前までぎっしり。江戸から来た奉行殿はどんな顔つきの男やらと、皆、品定めの目つきで私を見上げる。私は肩輿《かたこし》に乗って道を進みます。ええ、駕籠でなく、人の肩でかつがれる「神輿《みこし》」です。恥ずかしいが、これが仕《し》きたりだそうですから、やむを得ません。私は簾《すだれ》をかかげて、おもむろに道の両側の人たちに、目で挨拶を送るわけです。

見おろすと、見物人の頭が、かぼちゃや西瓜《すいか》を積みあげたようで、そう思ったら、吹きだしそうになりました。でも、笑ってはいけない。最初の印象が重要です。私はきまじめな表情で、目礼しつつ、奈良町を参りました。

そして、私の勤める役所、兼《けん》官舎に到着しました。

奈良奉行所。

いやあ、びっくりシャックリ、です。あまりの立派さに、のけぞってしまいました。五、六万石の大名屋敷に匹敵《ひってき》する豪邸です。

敷地が、およそ八千七百坪といいます。京都町奉行所でさえ、五千三百余坪しかありません。大坂町奉行所が三千坪ほどですから、ここは格別大きい。

御役屋敷は、お城のように濠《ほり》で囲まれております。濠の内側は土手で、その土手の上と濠の外側には土塀がめぐらされております。

表門や土蔵、長屋などの屋根は、すべて筒瓦《つつがわら》で葺《ふ》かれてあります。建物は二百五十年前に建てられたものだそうで、大分汚れていますが、畳替えなどあって、江戸の私の住まいよりは、よほどきれいです。

妻のさと、二男の市三郎、それに養父母は、私より一足早く着いて、運んできた荷をほどいていました。私たちは、まず何事もなく長旅を終えたことを、喜びあいました。

私は早速、麻裃《あさがみしも》を着け、部下の与力や同心の挨拶を受けました。

奈良奉行所には、与力が七人（本来は七騎と数えます。昔は馬に乗っていたから）、同心が二十五人います。それから、多分これは奈良だけの職制と思われますが、郷《さと》同心という者が二十人ほどおります。春日大社の祭など、特別の警備に当ります。他に町代《ちょうだい》と称する町役人が数人おります。町年寄《どしより》や町名主を補助する役人です。

与力が奉行所を切りまわし、同心を指図します。支配与力（与力の親分です）が代表して、私に初目見得《めみえ》（初対面）の口上を述べました。そして他の六人の役目を紹介しました。続いて彼らが一人ずつ、簡単に名前と年齢を告げました。これらは、儀式です。与力の詰所で行われます。

終ると支配与力の案内で、私は同心詰所に移動し、そこでも同じ儀式を繰り返します。私も就任の言葉を述べるのですが、まあ、当りさわりのない、いわば決まり文句の挨拶です。でも、与力詰所で放った私の何気ない感想は、なぜか、彼らを少しく動揺させたようです。私は奈良町の印象を語ったのでした。古都の桜を楽しみに、はるばると参ったのであるが、満開にはほど遠く、道々、桜の木を目にすることも稀《まれ》で、これは意外であった。奈良は桜の都とばかり思っていたから。

別に妙な指摘をしたわけではない。正直な感想である。茶屋の老主人の言葉が、頭にあった。南都の桜は遅いのです。そうだろうと思った。桜の木が目につかぬのも、花をつけていないからである。いっせいに、ほころべば、こんなにも桜が多いのかと知らされるだろう。

用人の間笠平八が入ってきた。

「羽田様が弱っておられます」

支配与力の羽田《はね》栄三郎《だえいさぶろう》である。

「やはり、祝辞のみでは落ち着かない。前例に無い。実意が伝わらぬ。実意は形でこそ伝わる、そう申しまして」

「前例か」川路は苦笑した。

「そんなに慣例にこだわるなら、お酒をいただこう。酒一升。酒なら飲んでしまえば、あとかたもない。同心たちにもそう言いなさい。ただし、私が下戸《げこ》であることは内緒にせよ」

「下戸と知れた時、彼らはかえって妙に勘繰りませんか。下戸なのに酒を望んだ理由を」

「養父《おやじ》と養母《はは》が喜んで、証明してくれるさ」

間笠は川路より先に、奈良奉行所に赴き、官舎の下見や決まりごと、生活上の引きつぎなどの雑務をこなした。川路に言い含められた注文は、ただ一つ、贈り物は一切受け取らぬこと。就任祝い、挨拶がわりの手みやげ、など名目はさまざまだろうが、誰からももらってはいけない。これは主人、川路の厳命だから、とはっきり言って断れ。

立場上、彼らも引っ込みがつかないだろうから、確かにご挨拶を受けたまわりました、と丁重に礼を述べ、相手の名刺だけをちょうだいしておけ。主人に名刺を渡すと言えば、相手も立派に用が果せたわけで納得するだろう。間笠は言われた通りにした。

京都に回った川路を、玉水の茶屋で出迎えた間笠は、「いやはや恐ろしい慣例でして、挨拶に参上する者、一人残らず、贈り物を持って参ります。何が入っているものやら、それが例外なく、こんな大きな箱ばかりでして」と報告した。

「最初が肝心だよ」川路が戒めた。「贈り物の大好きな奉行と見られたら、今後はもっと大きな箱をかついで来るよ」

「箱の大きさに見合うおねだりをされますからな」間笠が笑った。

お祝い品を断った奉行は、川路が初めてらしい。だから皆、どうしてよいか、大いにまごついたようだ。昔からの仕きたりで、これが間違っているとか、変だなどと、誰一人、これまで疑ったことがないのである。

お寺さんや大名、商人だけでない。与力や同心、町代など、部下たちも同様である。

彼らの挨拶を受けたあと、川路は同心の一人に、奉行所内をざっと案内してもらった。建物の配置だけは、頭に入れておきたかった。今すぐにも変事が突発しないと限らぬ。どこに何があるか、わからぬようでは、差図も執《と》れない。

公事場《くじば》（裁判所）を囲むようにして、与力や同心の詰所がある。罪状を調べる吟味所がある。

これらの建物は連なっている。

更にこれらを囲むように、町代部屋がある。少し離れて、仮の牢屋がある。土蔵がある。太鼓櫓《たいこやぐら》があり、厩《うまや》がある。そして、料理をする部屋や、書物庫、武器庫《ぐら》、捕物役人らの住む長屋、同心らの住まい（与力は奉行所の正門前の与力屋敷に居住）があった。

そして公事場に隣接して、奉行の官舎がある。仕事場とは廊下でつながっている。奉行宅の前は、広大な庭園である。築山があり、池がある。さまざまの樹木が植えられている。ところどころに、枯れた木がある。

「めざわりだな」川路がつぶやくと、案内役の同心が体を小さくふるわせた。

「取りのぞくわけにはいかないのかね」

「あれは記念のお手植え樹でありまして」同心が小さく答えた。

「何の記念だい?」

「新任のお奉行が奈良に参りました記念に」

「ほう。それは慣例かね?」

「はい。代々、そのようになさっております」

「では私も植えさせられるのかね?」

「はあ、たぶん」

「植樹の費用は、どこから出る?」

「はい。与力と同心が皆で等分に出しあいます。与力の方が多うございますが。お祝いでございます」

「そういうことか」川路が声に出さないで笑った。

「お祝いに贈られた樹だから、手入れは奉行の責任だな。樹に関心のない奉行は、植えてそれきりだろう。枯れても、勝手にお前さんがたが始末できない。そういうことだな？」

同心が何と答えてよいか、窮したていで手を揉《も》んだ。


……むろん、私は、「奉行お手植」を断りました。よくない、ならわしです。植樹の管理くらい、むずかしいものはありません。

八年前、西丸《にしのまる》の普請《ふしん》（建築）御用を命じられ、用材の伐り出しに木曾に出張いたしました。その時に現地の木こりから、樹木の性質や育て方などを教えられました。

何代目の奉行から始まったことなのか、調べもしませんが、いじの悪い見方をすれば、樹木を贈った与力や同心たちは、新任の奉行が贈り物を大事にする人か、疎略に扱う者か、こっそり観察していると言えます。つまり、樹で人物を量っているわけです。

どんな樹木であれ、何十年もの寿命がある。飲んだり食べてしまえば消えてしまう贈り物と違う。ずいぶん、底意地の悪い贈り物です。私は花や樹木は大好きだが、この贈り物はごめんです。しかし、彼らは気がすまぬと一歩も退かないので、結局、酒にしてもらいました。御養父母様は大喜び、大豊年だと大満足でした。ええ、玉水茶屋で学んだ「大和豊年」の語は、私ども今や口癖です。嬉しいことは、皆、豊年です。そうそう、こちらに着いた日の夕方、さとと市三郎と三人で、庭の築山に登りました。すると目の前に、三笠山や大仏の屋根があるのです。本で読んだ名所古跡が手に取る如く、私たち思わず、豊年豊年、大和豊年と叫びながら手を打ちました。

田主

夕食をすませると、奈良奉行・川路聖謨は、庭園の築山に面した六畳間に引き揚げた。ここを自分の書斎に決めている。奈良に赴任して十日たつが、江戸から運んできた荷が一向に片づかない。奉行の職分を全《まっと》うするかたわら、着任の挨拶回りをこなし、土地のしきたりを学び、地理風俗に精通せねばならぬ。

葛籠《つづら》から蔵書を取り出し、部屋の隅に据《す》えた書棚に、書名を確認しながら慎重に収めていく。古い和装本ばかりである。表紙の題箋《だいせん》（書名を記した細長い貼り紙）の無い本が多い。本の小口《こぐち》（上部と背と下部）の下部に、川路は墨で書名を記している。それが見えるように書棚に次々と重ねていく。十冊で揃いの本は、一から十まで通し番号を振ってある。番号順に棚に収めるから、手間がかかる。といって、他人《ひと》には任せられない。自分が取り出しやすいように、配置を記憶しながら、ゆっくりと積んでいく。

奈良の風土記が出てきた。川路は表紙をめくる。江戸の古本屋で購入した八冊本である。

「大和は国のまほろば」という『古事記』の一節が引かれ、「まほろば」の意味が説かれている。

「まほろば」の「まほ」は、漢字で真秀と書き、非常にすぐれた、という意で、まほらともいう。まほらの「ら」は、不特定の場所を示す。「まほらま」ともいう。日本書紀の「景行天皇《けいこう》」の項に、「大和は国のまほらま」とある。景行天皇はヤマトタケルノミコトの父君である。これによって、「まほろば」「まほらま」共に、大和の国の美称をさす。「まほらば」とも称する。

「失礼いたします」妻のさとが唐紙の向うで言い、入ってきた。正座して問いかけた。

「ずいぶん気をつけて荷造りをしたつもりですが、無くなったものはございませんか?」

「今のところは大丈夫だ」川路が顔をあげた。

「それはようございました。長持の品を取りだしましたが、確かに持ってきたはずの茶道具が見当たらず、置いてきたはずの鉄瓶が四つも出てまいりました。彰常《あきつね》たちが弱っているのでないかと」

彰常は川路の長男である。妻のしげと三歳の太郎と江戸に残り、実母の面倒を見ている。

「さとは、まほらまという言葉を知っていたか？」川路が訊《き》いた。

「まほらま、ですか？　まほろばは書物で読んだ覚えがございますが、まほらまは初めてお聞きします」

「同じ意味だ」たった今読んだ知識を受け売りした。さとが何度も口ずさみ、「まほろばは固い気がします。こちらの方が優雅で、大和の国にふさわしい言い方の気がします」とうなずいた。

「私もまほらま党だ」川路が微笑した。

「忘れるところでした」さとが手を突いた。

「養父上《ちちうえ》さまがお呼びです」

「行こう」立ち上がった。川路の立ち居ふるまいは、潔《いさぎよ》い。ぐだぐだしない。

養父母の居間は、台所に近い離れ部屋である。厠《かわや》にも遠くなく、用便に頻繁な老夫婦の希望で決めた。

養父の光房《みつふさ》は、養母を相手に酒を飲んでいた。二人とも酒豪である。

「来たな」光房が喜色を浮かべた。

「いい匂いがしますね」川路が鼻をひくつかせた。

「それで呼んだ。わしらだけで舌鼓を打っては、肩身が狭いからの」

「何です？　そういう毒なら喜んで皿《さら》までつきあいますよ」

「さとが持ってきてくれた。これだ」小鉢を示した。

川路が、のぞきこむ。「ぬた、ですか？」

「ぬたあえには違いないが、珍しいものだ。ひと口、味わってみろ」

養母が取り皿に移し、川路に箸と一緒に手に持たせた。川路がひとつまみ挟んで、おもむろに口に入れる。噛む。葱《ねぎ》の白身と味噌《みそ》の香が口中に広がる、こりこりとした歯ざわりの物がある。さとが、茶目っけたっぷりの笑顔で夫を見る。

「干蛸《ほしだこ》？」

「わしも最初そう思った」光房が養母を振り返る。「これは干鮑《あわび》だと言う」

「門番の妻女が分けてくれたのです」さとが口を挟んだ。

「実はな」光房が盃をなめながら話した。「夕食前に、ちょいと町歩きに出たのだ。猿沢池の方に歩いた」

「ご無理をなさいませぬように」川路がうなずいた。

「飲み屋があっての、看板を出す前で、しかし障子戸が開いていたから、のぞいてみた。酒の値段を知りたかったのでね」

「養父上《ちちうえ》らしい」川路が苦笑した。

「お前はそう言うが、人の世の仕組みを知るには、米より酒の値だ。これが高い世は悪政に決っている。いや、御政道の話じゃない。飲み屋の酒の肴《さかな》に、田主と書いてあった。さあ、これは何だろう？　訊きたかったが、店の者がいない。大体、何と読むのか。タヌシか。まさか、タシュやデンシュじゃあるまい。帰って、さとにその話をしたのさ」

「タヌシって何のことか、ちょうど門番の妻女が来ていたので訊いてみたのです」さとが続きを引き取った。「そうしたら、ちょうど作り置きがありますって、分けて下さったのです。それが、これ」

「タヌシ？」川路がもうひと箸つまんだ。含んで首をかしげた。さとが、ころころと笑う。

「タニシなんです」

「こちらでは、タヌシと申すのですか？」光房を見た。「大和訛の一つですか？」

昨日、蓬餅《よもぎもち》のことを、よごみ餅と教えられた。蓬を、よごみと発音する。

「いや、タニシはタニシさ」光房が笑う。「どうやら飲み屋の洒落《しゃれ》らしい。田のぬしだからと勝手に漢字を当てたのだろう。奈良町の商売人は頭がいい」

「私はタヌシと発音したつもりでしたが、門番の妻女にはタニシと聞こえたようです。ちゃんと通じたんですから」さとが笑った。

タニシは泥と一緒に保存する。秋に掘ったものが春まで持つ。水に漬けて泥を吐かせたあと殻ごと茹《ゆ》でる。そのあと針で殻から身を取り出す。奈良町には近郷から、茹であげた殻つきのタニシと、身のみを売りに来る。むろん、身だけの方が高い。殻から身を出すと意外なほど量が少ないので驚く。さとは門番の妻から、そんな話を聞きだした。

「いやさ、タニシの講釈をするため、お前を呼んだのではない」光房が急に真面目《まじめ》な顔になった。「この酒だ」と盃を示した。

「いかがですか、お味の程は？」

「さすが酒の本場だ。文句なくうまい」

「よろしゅうございました」

「いやさ、そのことだ」光房が咳《せき》払いをした。

「与力から贈られた酒と、同心から贈られた酒、それから町代《ちょうだい》からの祝い酒、どれも同じ味だ」

「はあ。おいしい酒なのですね」

「お前は酒をやらぬから、ぴんとこないだろうが、おいしい奈良酒も造り酒屋によって味が違う。飲んべえには、すぐわかる」

「そういうものですか」

「与力と同心、町代の者たちが、同じ造り酒屋の酒を贈り物にしている。先例を踏襲しているのかどうか。一軒の店のみをひいきにしている。うまい酒だが、ちと妙なにおいがする」

「気をつけてみましょう」

「いやさ、酒の調べはわしに任せろ。町歩きの目的の一つだ。それより、お前も盃の一つや二つは干せる方が、今後の為だと思ってな、それで呼んだ。どうだ、毎晩稽古してみぬか」

「はあ」川路は根っから体質が受けつけぬ。

「今までは不調法《ぶちょうほう》ですんだ。しかし、奈良奉行はそうはいくまいぞ。お前は、ねたまれている。お手並拝見、と奈良に送り込まれたと考えていい。つまり、それだけ奈良はむずかしいところなのだ。芝居でいい。酒の心得はある、控えているだけだ、と見せかけるだけで充分だ。企む奴はそこを衝《つ》いてくる。逆手にとればいい」

いきなり、盃を川路の鼻先につきつけた。

「目をつむって干してみろ。なあに、ひっくり返ったら、隣に床を展《の》べてある。さとに介抱を頼むために呼んだ。安心してよい」

養母が助け船を出してくれるか、と見たが、笑っているばかりで何も言わない。

「わしも若い時分は、下戸《げこ》での。盃一杯で金時《きんとき》の火事見舞だった」まっかになった、という酒落である。

「稽古をなさったのですか」

「違う。あるものがほしくて、必死で飲んだ」

光房が立て続けに干した。つられて川路も恐る恐る口に含んだ。飲み下せず、口の中で転がす。いやなにおいが鼻先に漂う。

「わしも年頃での、見合いをした。一目惚《ぼ》れだ。ところが、先方の親から断られた。下戸が理由だ。馬鹿にするな、とわしは先方の家へ押しかけた。それなら一緒に酒を酌《く》もう、と娘の男親が言う。酒の試合だ。負けたら娘をやる、その代わり、わしが屈したら潔く身を引くこと。わしは死ぬ気になって、盃を重ねた」

いつのまにか、光房が川路の盃に注《つ》ぎ足している。川路はあわてて口に運び流しこむ。

「そして、どうなりました？」

「知れたこと、相手の親父様を打ち負かした」

「といいますと？」

「勝った。めでたく、ほしいものを手に入れた。それが、これだ」傍らの養母を見た。養母がニコニコ笑っている。

「こいつは親に似て酒豪でね。つまり、酒好きの亭主でなければうまくいかぬ、と親はにらんだわけだろうさ。わしはおかげで、以来、酒に目がなくなり、底無しになった。こいつに、きたえられたのさ」

川路は、はあとうなずいて、とたんに気を失った。

桜無双

この物語は、奈良奉行・川路聖謨《かわじとしあきら》の日記『寧府紀事《ねいふきじ》』に拠《よ》って組み立てている。寧府は、寧《な》楽《ら》のみやこである。

御役《おやく》屋敷に入ったのが三月十九日、その二日後、日記にこんな記述がある。

「廿一日　雨　庭へ鹿参る」以下を現代文にすると、鹿というものは露《つゆ》を飲み霞《かすみ》を食らう神聖な動物で、奥山に住む仙人の友と聞いていたが、なんと町なかにおり、人の手から豆腐のカラをもらって食べるではないか。犬に比べると毛並は大いに劣っており、エサをやるからワンと言え、と命じても犬のような芸は持ちあわさない。「馬鹿のかたわれさもあるべし」、しかし、庭の築山など歩く様子は優美で、犬とはさすがに違う。

あまり賢《かしこ》い動物ではなさそうだ、と書いているが、川路が本心からそのように思ったのでなく、ここは母を楽しませるための文章のあやである。『寧府紀事』は、江戸の母への奈良だよりなのだ。鹿がいかにりこうか、この夏、川路は裁判を通じて知らされる。

それはおいおい物語るとして、日記で驚くのは、奈良の町の至るところに鹿が出没していた事実である。奉行所の庭を当り前にうろついていた。現在の奈良女子大学の構内、北は佐保川近くの佐保会館、そして講堂、南は図書館、文学部南棟あたりまでが、奉行所の跡地だが、広大な敷地とはいえ、少なからぬ数の鹿が棲息していたようだ。

奈良の人たちには、鹿は神聖な動物である。春日大社の祭神が白鹿に乗って、はるばる常陸《ひたち》国（茨城県）鹿島神宮から遷御《せんぎょ》された。鹿は神の使いとして保護された。鹿を殺す者は、猿沢の池のほとりで首をはねられた。

五代将軍・徳川綱吉が、一六八七年に「生類憐《しょうるいあわれ》みの令」を出した。牛、馬、犬、鳥、魚に至る生き物の殺生を禁じ、また虐待する者を罰した。特に犬の例が有名なので、綱吉は「犬公方《くぼう》」と呼ばれた。一七〇九年に廃止されるまで、実に二十二年間続いた。

奈良では鹿にのみ「生類憐みの令」が生きていたわけだ。

といって敬して遠ざける風でなく、むしろ愛して手なずけていたようだ。川路の日記に、「豆腐のカラなどを人の手よりくらひ」とある。オカラを与えた者が、ほら、ワンと言ってごらん、とからかったのであろう。鹿がオカラを好むのを知っていて、その好物で芸を強要したのである。新任の川路に見せた同心らの、これも接待の一つだったろうか。

ところで明治になって正岡子規《まさおかしき》が、こんな歌を詠んでいる。

「奈良の町に老いたる鹿のあはれかな　恋にはうとく豆腐糟《から》喰ひに来る」

オカラである。現代は「鹿センベイ」を与えるが、昔は鹿にはオカラと決っていたらしい。いつ頃、誰が、広めたのだろうか。

川路は江戸の母に手紙を書く。

「別にオカラを与えよと触れが出たわけではないようで、誰に聞いても、さあ？　と首をかしげ、皆がオカラをやるものですから、オカラが一番安全なエサなのではないかと思いまして——と同じ返事なのです。わからないでもない。うかつな物を食わせて、鹿が死んでしまったら、それこそ大変ですからね。オカラでは一件の、事故も起きていないのでしょう。

鹿についての文献を調べたのですが、春日大社縁起くらいで、こちらの知りたいことを書いたものが見当らない。鹿を殺せば死刑の国に、鹿の何たるかを研究する本が無いとは、なげかわしい限りであります。

なげかわしい、といえば、昨日、初めて春日大社に参拝いたしました。天気よろしく、春日野なる芝原には、鹿が十二三匹遊んでおりました。小松があり、桜があり、ひとえ桜は雪の如く散り、八重が開き始めておりました。この辺のひとえの桜の色は可憐ではかなく、紅を帯びた八重とくらべると、まことにうるわしく、八重が下品に見えます。

春日の一の鳥居に至る左右の大樹、ひとえと八重それぞれに咲き乱れ、まるで夢の世界のようです。

ああ、これが寧府の桜だ、古都の花だ、まぎれもなく、まほらまの、大和の国はまほらまの桜だ、と感動いたしました。

ここにあったのだ。これぞ私が求めていた桜である。ようやく、お目にかかれた。なんと、春日のお社に御座《ござ》った。ほんものの奈良の桜が見たいと願う私を、神が導いて下さった。

してみれば、昨日、わが庭先に現れた鹿は、春日社の神のお使いで案内人であったのだ。知らなかったとはいえ、大層失礼な言葉を記してしまった。

いいえ、なげかわしいと申したのは、そのことではありません。春日大社の見事な桜並木を仰いでわかったのは、奈良の町なかや寺々の桜があまりに貧弱であるということです。だから、ひときわ目立つのです。どうして他の桜は影が薄いのか。

季節のせいで花をつけないのではない。立ち枯れの木が多いのです。枯れた木を放置してある。花に関心が無いのです。日本に生まれ、しかも奈良の都にあって、国花に思いが及ばぬ、ということは、風流の心が無いことで、それだけ心がすさんでいる。気持ちに余裕が無いのです。

春日社の桜に小躍りしているのは、私や江戸からついてきた者だけで、地元の与力や同心は、ああ咲きましたね、春ですね、と通り一遍の感想しかない。花に酔わない人間は、きっと別のものを見ているのです。

それは何だろう？　と考えました。人々の心を蝕《むしば》んでいるもの。それを見つけて退治するのが奉行たる自分の役目だろう。そして、いや、あせってはいけない。じっくりと取り組むことだ。こころすべきは、自分はよそ者であるという意識を忘れてはいけない。その土地の慣習というものがあり、人情の違いがある。よそ者の思いこみで判断してはならぬ。玉水茶屋の老主人の言葉、「大和豊年」が教訓である。雨が多い年は大和は豊年だが、大和以外の国は凶作という事実。それぞれの事情があり、まずそれから調べなくてはならぬ。

赴任してまだひと月にもなりません。気負わずに一つずつこなしていこう、と考えました」

花見の話が、つい、まじめな固苦しいものになってしまった。川路は母を笑わすつもりで、おのれの酒の失敗談を記そうとした。義父に勧められて酒の修行を続けている。盃一杯くらいなら、何とか飲めるようになった。

しかし、母が妙に気を回して心配するといけない。酒の話題はやめた。代りに、

「まずい歌ですが、桜を詠みました。お笑い草までに、お目にかけます」と言いわけしながら、一首書きつけた。

「八重ざくら手折《たお》るも惜しし九重《ここのえ》に匂ひしはなの名ごりとおもへば」


雨の日、川路は急に思い立って、牢屋敷《ろうやしき》を実地検分することにした。

罪人を牢に送る時、奉行は入牢《じゅろう》証文に実印を捺《お》す。この書類を奉行所同心が、牢屋同心に渡す。牢屋同心が当人と書類を十分に確かめた上で、罪人を引き取り牢に入れる。奉行は牢の構造を知っておく必要がある。牢屋同心たちにも挨拶せねばならぬ(囚獄《しゅうごく》と呼ばれる牢屋奉行とはすでに面会した)。

といって、抜き打ちで訪問するわけにはいかない。奉行といえども、この時代は、手続きを

踏まねばならない。川路は公事方《くじかた》訴訟担当の与力に意向を伝えた。与力は囚獄に連絡する。囚獄は川路を迎える準備をする。

その間、川路は吟味方《ぎんみかた》与力に、現在入牢中の者の罪状一覧を持ってこさせ、ざっと目を通した。およそ二百人、いる。

中に、猫を盗もうとして咎められ、逃げようとして、咎めた相手に重傷を負わせた、無宿者の菊蔵という二十六歳の男に、目がとまった。たかが猫如きで必死に逃げようとする。その魂胆が解《げ》せなかったからである。

川路は菊蔵の落着《らくちゃく》書を取り寄せた。判決申し渡し書である。

菊蔵は佐紀にある俗称「猫塚」の猫を一匹盗まんとして怪しまれ、近くの百姓・栄助（四十一歳）に捕えられた。ところが隙をみて栄助の持っていた草刈り鎌を奪い取り、栄助の首に切りつけ、更に顔や手など二十一カ所を傷つけて逃走したものなり……猫は「金目銀目」で黒爪の三毛の牡《おす》で、大変珍しく……京都三条通り河原町の櫛問屋「丹什《にじゅう》」主人、陽之助《ようのすけ》の飼い猫で……行方不明の猫を発見し連れてきたる者には、一金十両を進呈との広告を出し……菊蔵は報奨金を目当に猫を探して歩きまわっていた……

川路は吟味方の一人を呼んだ。

「この猫塚というのは何かね？」

「はい。古墳であります」

「いわれは？」

「いえ。土地の者が勝手に名づけたようです。昔は野良猫がたくさん棲みついていたらしいです。猫探しの菊蔵は名称に釣られて来たとの話です」

「実際に、金目銀目の三毛がいたのだな？」

「でまかせですよ。菊蔵は言いわけに、その十両猫を持ちだしたのです、相手に重傷を負わせたものですから、普通の猫では誰も納得しない。何しろ肝心の猫は二人が争っている間に姿を隠してしまいました。栄助の言うには、自分の家の猫だと。捨て猫だったら咎めないでしょうからね」

準備が整ったと知らせがあった。川路は、みこしを上げた。

牢屋敷はいったん奉行所を出て堀の外、大通りを隔てて、大仏池に注ぐ佐保川支流のそばにある。

「……母上。菊蔵に会いました。意外にも気の弱そうな若者です。今、何が希望かと訊《き》いたら、これまた意想外の答えでして、桜が見たい、というのです。花を見ずに終るのが残念ですと言う。どこの桜が見たいか、と畳みかけると、ある御陵《みささぎ》の、と言いかけて、あわてて口をつぐみました」

京みやげ

奈良奉行・川路聖謨は、妻さとの日記を読んでいる。

奈良に赴任《ふにん》してほぼひと月半《つきはん》、五月に月が変ったのを機に、日記の提出を求めたのである。

川路が単身赴任の折は、夫婦で互いの日記を交換しあっていた。しかし、奈良は一緒の生活だから、日記で相手の動静を知る必要がない。川路がさとに命じた日記の用途は、自分が今後、治安《ちあん》や町政の指揮を執《と》る上で、参考になるだろう町の人たちの暮らしぶりや、物の値段を知るためであった。従って、さとは、もっぱら、台所女中たちの他愛ないうわさ話や、御用聞きの世間話、江戸と比較した物価などを、メモ風に記している。

たとえば、こうである。

さとの身のまわりの雑用をする腰元たちが、呉服屋に「真岡《もおか》」を注文した。江戸から連れてきた彼女らは、木綿《もめん》の着物といえば、下野《しもつけ》（現在の栃木県）の真岡産と決っているので、木綿のつもりでそう命じたのだが、値を聞いてびっくりした。江戸の大丸呉服店で買うより、二割がた高い。腰元から苦情を訴えられたさとは、思い当って笑いながら助言した。

「ここは奈良ですよ。江戸の物を取り寄せるのですから、高くて当り前、この土地の良き木綿がほしい、と頼んでごらんなさい」

すると、縞《しま》の木綿生地を勧められた。真岡産より品物がよほどいい。しかも真岡の江戸値の半分。女たち喜んで、私も私も、と争って求めた。気前よく言い値より払ったというから、ばかばかしい。

魚屋が松魚《かつお》を持ってきた。なま節のような、煮たもののような、そんな松魚だが、値段は三百八十文《もん》という。さとは、鎌倉の海の松魚と早合点し、思い切って買った。あとで、真岡を笑えませんね、と腰元たちにからかわれた。

そのかわり、木津川（本名はいづみ川）の鮎は安くて、百文買ったら、ゆうに五人前のおかずになるほどの量である。江戸では盆に一匹のせて麗々《れいれい》しく客に饗するものだが、ここでは多すぎて、ワカサギのようで、ありがたみが薄い。

「総じて、魚は高価です。若党（従者）の民蔵《たみぞう》が鰻《うなぎ》の蒲焼《かばやき》を出前させたら、四百文もとられた、とぼやいていました。江戸なら百文がいいところ、江戸に帰るまでは鰻を口にしまい、と誓ったそうです。果して、夏土用すぎまで、鰻断ちが無事に続きますかどうか、見守りたいと思います、うんぬん」


養父の光房《みつふさ》がお召《め》しである、と伝えてきた。

光房の離れに行くと、養母と二人で酒を酌《く》んでいる。両人とも、すでにできあがっている。

「お早いですね。入浴中かと思っておりました」

川路が挨拶をすませると、槍を突き出すように、養父が盃を取らせた。

「なに、カラスの行水さ。一刻も早く酒が飲みたくてね」

「いただきます」と受ける。近頃は、盃に三つくらいは、平気になった。酒のにおいが気にならなくなった。

「京の酒は、さほどでもなかったよ。奈良の方がおいしい」養母のくらが笑う。

「奈良でも、この酒は格別さ」光房が引き取る。この夫婦は、掛け合い万歳のようにやり取りする。

「奉行に贈り物の酒だからな。極上に決まっている」

「京見物はいかがでした？」川路が話をそらした。

「南禅寺門前の湯豆腐がおいしかったよ」くらが嬉しそうに笑う。

「けちくさい豆腐さ」光房が、くさす。

「けち？　それはまたどうしたことですか？」

「なに、小皿にほんの少し。一枚じゃ足りないので、三、四枚頼むわけさ。あっちでもこっちでも注文で、ほら、皿を重ねる音ががちゃついてさ、うるさくて、けちくさいおとーふさ」

「洒落ですか」

さとが、膳を捧げ持つ小女《こおんな》を従《したが》えて入ってきた。料理を運んできたのである。

「京みやげだ」光房が顎をしゃくった。

「おや。初物ですね」川路が微笑した。

筍《たけのこ》の煮つけである。山椒《さんしょう》の葉が添えてある。

「京都はひと足、季節が早いようだ」

「掘りたてですから、煮えるのも早うございました」さとが、空の銚子を小女に渡しながら言った。

「さとや。空豆《そらまめ》はもう無いか。お代わりしたいのだが」くらが、ねだる。「あたしが食べるんじゃない。カズに味わわせたいのさ」

川路の元服《げんぷく》（成人式）後の名前である。幼名を弥吉《やきち》といい、十二歳で川路家の養子となり、翌年に元服の式を挙げ、実父の一字をとって歳福《かずとみ》と名のった（父は歳由《かずよし》）。のちに現在の聖謨に改めたが、養父母にしてみれば、カズトミが我が子の呼び名である。弥吉は実家での名である。そういう思いがある。

「空豆もね、京都で買ったのだが、これも初物。香りがすばらしいのさ」

「まだありますよ」さとが小女に目配せした。小女が下がる。「柔らかそうですし、豆ご飯にしようと考えたのですが」さとが、うなずく。

「豆ご飯では酒の肴にならないからねえ」くらが笑う。「うまい物は、ぜいたくに味わうものだよ。空豆のおいしいのは、初生《はつな》り三日というからね。飯に炊き込むのは、四日以降の豆さね」

養父母は、川路の息子の市三郎《いちさぶろう》（十四歳）を連れて、二泊三日の京見物に出かけていたのである。

「いやさ、食べ歩きだけをしていたのではない」光房が筍を頬ばりながら弁解した。「ちゃんと御用も務めてきたさ」

「ありがとうございます」川路が御用を頼んだのである。

「三条通り河原町の『丹什《にじゅう》』は、大店《おおだな》の櫛問屋《くしどいや》にしては、流行《はや》らない店だったな」

「さようでしたか」

「しかし、ご内証は裕福そうだった。猫探しに金十両の懸賞は、間違いない。昨年の秋に、京のあちこちに貼紙をして、熱心に探し回ったらしい。その貼紙もいつの間にか無くなっていた、たぶん、見つかったのではないか、あるいは、あきらめたのではないか、と巷《ちまた》のうわさは、まちまちだ。貼紙が消えれば、人々の関心も無くなるさ」

「あるじの陽之助《ようのすけ》には会いましたか？」

「奈良でお尋ね者の猫を見かけた、と告げた。金目銀目の猫でしたか、と訊《き》くから、目の色まては突き止めなかった、爪の色も確かめていない、しかし、三毛の牡《おす》に間違いない、と言ったら、目の色が変った」

「金目銀目に？」

「お前も口が悪い」光房が苦笑した。

「しかし、お前の悪い口が言った通り、陽之助の探していた猫は、三毛の牡であったことは、ほぼ当りだな。金目銀目や黒い爪は、どうでもいいことだった」

「大体、そんな三つも四つも兼ね備った条件の猫は特殊だから、大抵見つかるはずです」

「それが見つからなかったのは……」

「見つけてほしくなかったからです」川路が受けた。

「それじゃ何のために探しまわったのか」

「探しまわっていることを知ってほしいためです」

「貼紙は誰かへの合図か」

「おそらく、そうでしょう」川路が、うなずきながら、筍の添えものの山椒をつまんだ。苦《にが》かったのか、ちょっぴり眉をひそめた。

「本気で猫を探すなら、猫に十両の金を懸けるより、町役人にもっと金をつかませて、探索を依頼するはずです。その方が、手っ取り早い。役人の地獄耳を利用しないわけがないですよ。それでだめなら貼紙でしょう」

「なるほど。餅は餅屋のお前が言うのだから、その通りだろう。陽之助はお役人を避けた」

「やましいからですよ」

「貼紙を全部外したのは、事が終ったからだな?」

「見てごらんなさい。陽之助はまた違う方法で合図を送りますよ」川路が自信ありげに言い、盃を干した。すかさず、光房が注ぐ。四杯目である。しかし、今夜の川路は気分がよい。何だか、七、八杯はいけそうである。

「店の品物もひと通り見てきた」光房が続けた。「櫛は象牙《ぞうげ》や鼈甲《べっこう》、紫水晶など高価な物ばかりだ。こいつに鑑定してもらった」とくらに目をやった。くらが微笑してうなずく。

「取引先を調べなくてはいけませんね」川路が小女の運んできた空豆を一つつまんだ。

「初夏の香りですね」と感想を述べた。

「『丹仕』はわしが洗う。いったん片づいた事件だ、お前が洗い直していると知れると、まずい。京は食べ物がうまい。病《や》みつきになる。これで京見物の口実ができたわさ」光房が豪快に笑う。

戸籍上は親だが、川路と十四歳しか違わぬ。還暦と思えぬほど若々しい。だから江戸からはるばるついてきた。くらは五十六歳である。二人とも実子を持たないせいか、身も心も溌剌《はつらつ》としている。旺盛な好奇心が、若さを作っている。

「市三郎も呼んだらどうだろう？」光房がふと気づいたように、さとを見た。

「酒は早すぎますよ」川路があわてて止める。

「酒じゃない。ご馳走だ」光房が苦笑する。

「市三郎もよく働いた。そのほうびさ。それに、やつの報告も聞きたい」

「市三郎は感心によく勉強しているよ。いい所に養子に行きたいそうだ」

くらが言った。さとが呼びに立った。その間に川路は、奈良町巡見の様子を語った。与力があらかじめ道筋を記した書面をよこす。「御陵」と書いた下に、括弧《かっこ》で（御覧）とある。川路が訊くと、「開化天皇御陵」であるという。是非お参り願いたく存じます、と勧めた。

白洲

奈良奉行・川路聖謨の日記『寧府紀事』の、弘化三年五月十三日の項に、こうある。

「くもり　此《この》ほど毎日白洲《しらす》あり一日もかくることなし」

白洲とは、法廷のことである。テレビや映画でおなじみの江戸町奉行「遠山の金さん」が、判決を言い渡す際、原告と被告が座る白い小石の敷かれた庭に向っておごそかに述べる、あの場面を思い浮かべてほしい。お奉行は一段高い座敷の正面に座っている。座敷の前に縁があり、映画や芝居では、ここから庭におりる階段が設けられている。これは「金さん」に見得を切らせるための舞台装置であって、実際の白洲には無い。

なお、一般には「御《お》白洲」といい、法廷のみならず、広く奉行所をも指《さ》す。川路は当事者であるから、白洲と称している。日記では、「白洲いたす」などと書いている。裁判を行った、という意味である。

この日、吉野村の百姓たち数十人が呼び出され、御白洲にかしこまっていた。彼らは金貸しから共同で金を借りたが、貧しさゆえに返済できなかった。それで訴えられたのである。

与力が彼らの申し分《ぶん》を聞くと、返さないのではない、少しずつでも返済するつもりだ、返すからわずかでも額をまけてほしい、と頼んだ、ところが相手は耳を貸さない、業突《ごうつ》く張《ば》りもきわまる、と口々に述べた。泣きごとが一向に通じないので、百姓たちは意地になっている。与力のとりなしも聞かない。

金銭や債権に関する訴訟で、これを「金公事《かねくじ》」という。与力が、百姓を手鎖《てぐさり》刑にでもしましょうか、と川路に伺いを立てた。

いや、私が詮議《せんぎ》してみよう、と御白洲に出た。奉行が直接調べることを、「直吟味《じかぎんみ》」という。

川路には吟味するつもりはない。

庭に居並ぶ百姓たちに、さとすように静かに言い聞かせた。

「お前たちは裁判にのぞむため、宿に泊りがけで村からやってきた。これだけの人数だから、宿賃も馬鹿にならない。一日当り二両もかかろう。裁判が長びけば、それだけ物入りだ。仮に五十日費すとして、百両はいる。訴え人の面《つら》が憎い、と言って、奉行所の吟味を拒み、無駄な出費を無駄と思わぬのは、それなりの理由があるのだろうが、金貸しの面憎さを憤《いきどお》るがゆえに、貧しい村がいよいよ難儀して、妻子は飢えるばかり、金貸しが憎いより、自分たちの妻子がかわいそうだと思わぬのか、心得違いではないか、よくよく考えてみるがよい」

言い終るや、百姓たち、あっ、と声を発して頭を下げた。「一同、立て」とうながしたが、立つ者がいない。泣いている。仕方なく川路の方から立った。

当時の裁判は、よほどむずかしい内容のものをのぞいて、特に民事の場合は、奉行所が和解を勧めた。告訴を取り下げさせる。

御白洲は一つの事件について二、三度開かれ、大抵は三度目に奉行の申し渡し（判決）があって終る。訴えを受けると、当番与力が物書同心《ものかきどうしん》を呼び、二人で訴状を確認して領収する。同心は物書部屋に戻り、訴状の要点を帳簿に記す。終ると先の与力と二人、帳簿と訴状を読み合わせ、食い違いはないか、念入りに点検ののち、与力が奉行に訴状を提出する。

奉行はこれを読み、与力の誰に審理を担当させるか、決める。命じられた与力が調査する。奉行は御白洲に訴えた者と訴えられた者を出頭させ、双方の言い分を聞く。相手の表情から目を離さないのが、吟味の心得である。そして何より大事とされたのが、「罪を憎んで人を憎まず」の精神であった。

川路は意外な質問を得意とした。相手が一瞬ひるむさまを見逃さず、たたみかける。論争はしない。論争に勝ったところで、うらまれるだけだからである。

よどみなく語ることが、何より相手を威圧する。最初は言葉少なに発し、ここぞ、というところでは、江戸っ子の巻き舌でまくしたてた。そのため、川路は寝しなに毎日、『鸚鵡石《おうむせき》』という本を、大声で朗読した。歌舞伎の名せりふを書き抜いた書物である。歌舞伎ファンが、役者の声色《こわいろ》を真似るのに用いる本だった。

川路は二十八歳の時、寺社奉行吟味調役《しらべやく》になった。名称通り、こちらは寺社、僧、神職などに関する訴訟を取り扱う。

インチキ加持祈禱《かじきとう》者を取り調べたことがあった。言葉巧みに人を騙し、法外な金をせしめていた男である。流暢《りゅうちょう》な江戸弁を使ったが、実は地方の者だった。彼は『鸚鵡石』で江戸弁と話術を学んだのである。この本には不思議な作用があるらしい。川路は興味を覚え、研究をするつもりで朗読してみたのだが、いつの間にか魅了され手離せなくなった。もっともこの本は愉しみのための書物である。

今日は、まじめな書物を開いている。歴代の天皇陵の事を記した本である。

いつぞや佐々木という儒者と、御陵の話をしていた。川路がお参りした開化天皇陵の印象話が、きっかけであった。

御陵は時に鳴動する、と佐々木が異なことを言いだした。

「いや、本当です。私は堺の人間ですが、泉州の、あなたもご存知でしょう、日本一の大きな仁徳帝御陵、あれは鳴動いたします」

「どんな風に？」

「そうですね。ゴオー、という地鳴りのような音です」

「松風を聞き違えたのでは？」

「松風とは違います。明らかに、御陵の中が空洞で、地気などの作用で鳴るものと考えられます。松風とは比べものにならない。よほどの響きですよ。聖武帝御陵も鳴動するといいます。本当ですよ」

佐々木がむきになって力説する。

「開化帝陵も、たぶん同様と思います。ご家来衆をやってお調べ下さいまし」

佐々木は不思議ぎらいの、怪力乱神を語らぬ男である。その彼がかくも主張する。

鳴動説を、ある僧に語ったら、そんな馬鹿なことはありえませんよ、と一笑に付した。この僧は妖怪変化の類を信じている男なのである。天狗はこの世に確かにいて、樹上にひそんでいる。葉っぱの大きさの人間で、木の葉天狗という名は、生態からきている。ま夜中に、空中をひらひらと飛ぶ。天狗のうちわと言うけれど、あれは葉の形をしたうちわでなく、天狗そのものなのだ、と真顔で言う。

川路は、猫盗人の菊蔵という男を思いだしている。「猫塚」の猫を持ち去ろうとして、近くの百姓に咎められ、その百姓を傷つけた。傷害の罪で無宿牢に入っている。

川路が牢屋敷を訪れた際、菊蔵に会った。菊蔵はある御陵の桜が忘れられぬ、ともらした。

「この世の桜と思えないほど、それはそれは美しい桜でした。夜桜です。暗い中に、そこだけ昼のように白く明るくて……」

「何という御陵《みささぎ》だね？」川路が問うと、菊蔵が、あわてて口をつぐんだ。ややあって、

「わかりません」と申しわけなさそうに首をすくめた。

「何だか恐くて——逃げてきたものですから」

気の弱そうな薄笑いを浮かべた。

川路は牢屋奉行に頼み事をして帰ってきた。

御陵の夜桜を見た菊蔵は、おそらく本職は陵荒らしだろう、とにらんだ。盗掘屋である。昼日中ならともかく、夜分に御陵のまわりをうろついているなんて尋常ではない。陵の副葬品を

掘りだして稼ぐ不届き者の一味に違いない。それが京の櫛問屋「丹什《にじゅう》」の猫探しと、どう結びつくのかが解《げ》せぬ。

牢屋奉行に頼み事というのは、陵荒らしの先例が知りたかった。調べておく、という返事であった。

奉行所の保存書類を繰ってみればわかることだが、川路は新任の奉行だから、目立った真似をするとまずいのである。過去の仕事のアラを探していると勘繰られる。与力同心たちは、いい気持ちがしないだろう。

今日も川路は、「白洲いたした」。「金公事」である。妙な訴訟だった。

訴えたのは京終《きょうばて》地方町の生薬《きぐすり》屋で、訴えられたのは椿井《つばい》町の骨董《こっとう》商である。

生薬屋は昨年の晩秋、骨董商の大仏屋利平《だいぶつやりへい》から、「駒《こま》の足形《あしがた》」という雑草を、名古屋の豪商、井関勘兵衛《いせきかんべえ》宅に届けてくれるよう頼まれた。並の量ではない。畳でおよそ三十枚分の土地が埋まるほどの数を、一度で納めてほしい。雑草を土ごと運んでほしい、そして春になり無事に生え揃うよう面倒を見てくれ、という条件つきである。手間はかかるが、報酬は悪くない。少なからぬ手付金も出た。

生薬屋は、薬草採りで生計を立てている。冬の間は暇である。格好の儲《もう》け話だった。

井関勘兵衛は名古屋の有名人で、大の奈良好きで知られていた。自宅の庭に、興福寺の五重の塔や、東大寺の大仏殿などを模した小さな建物を造らせ、大仏屋に注文した灯籠やつくばいを配し、奈良にゆかりの品々を置いて楽しんでいる。樹木も奈良から取り寄せて植えた。いっそのこと下草《したぐさ》も奈良産にしよう、と考え、懇意の大仏屋に相談した。

大仏屋はうまい話だからこの際利鞘《りざや》を稼ごうと、植木屋でなく生薬屋に発注した。奈良のどこの家の庭にもある雑草だから、本職をわずらわせることはない。運搬に金がかかるだけだ。生薬屋も名古屋に出張し、自ら雑草を植えつけた。今年の春、無事に芽を出し、青々と一面に生えた。ところが井関勘兵衛に、これは毒草ですと教えた者がいる。井関は驚き、縁起でもない、と怒った。大仏屋は生薬屋に尻を持ち込む。お前さんは薬草を扱っているのだから、これが毒の草と知っていたはずだ。生薬屋も黙っていない。むろん知っている。奈良では鹿に庭を荒らされぬよう、どこでもこの草を生やしている、それを承知でわざわざ駒の足形と名指しで注文したのではないか。悪いのはあんただ。金を全額払え、いや全額はだめだ、と諍《いさか》いになった。

奇癖

川路聖謨が奈良奉行に赴任した弘化三年は、五月が二回ある。いわゆる閏月《うるうづき》である。

聖謨の妻のさとは、日記をつけている。五月三十日が終ると、翌日は再び五月一日だが、閏五月一日と記す。夫は朝早く、与力らと共に生駒山あたりに巡見に出かけた。雨が降っていたので、どうしたものか、とぐずっていたのだが、与力たちが、梅雨どきですから雨は避けられません、さしたる降りではなさそうです、参りましょう、とせきたてるうち、雨があがった。なるほど梅雨の時季だった、五月という言葉に惑わされた、と夫が苦笑しながら、出かけていった。

さとは勝手向きの片づけ事をすませると、自室に引き取って日記をつけた。つい、うっかり、六月朔日《ついたち》と書いてしまった。あわてて、閏五月朔日と書き直した。梅雨の時季という夫の言葉を思いだしながら苦笑した。

日記には、野菜が高値で漬物に不自由、と記した。ナスが十個で二百文、キュウリが一本十二文もする。もったいなくて新漬にできない。野菜に比べて魚は安い。大きな焼き鯵《あじ》が六十四文、なまりぶしの最上の物が二百文である（さとは、なまりが大好物だった）。江戸ではどうだろうか、と思い、そうだ、おかか様に久しぶりに手紙を致《いた》そう、と日記を閉じ、巻紙《まきがみ》に手をのばした。

江戸の姑《しゅうとめ》御《ご》に近況を知らせるのである。

おかか様、その後お変りございませんか。

こちらはご隠居様（光房夫妻）はじめ、主人、市三郎、用人の間笠平八、他一同お蔭さまにて皆無事平穏に過ごしております。私も、まあ、お聞き下さいまし、持病の頭痛吐き気（主人はケロケロと申します）は、その後全く影をひそめ、嘘のようにケロケロのケロどころか、そのケもありません。今日で七十日、安泰で、主人の申しますには、たぶん、妙薬「大和円《やまとえん》」「奈良《なら》丸《がん》」の効き目だろうと。確かにこちらに参りましてから、発作が起きないのですから、風土のせいかも知れません。縁あって大和にやってきたのですから、「大和円」はわかりますが、なぜ「奈良丸」なのですか？　と主人に問いましたら、病いに「さようなら」というではないか。奈良の作用だよ、ですって。洒落《しゃれ》なのです。

奈良の作用と申せば、主人の例の奇癖《きへき》は、こちらに参りましてから一層つのりまして、内々ならご愛敬ですむのですが、先日はお白洲でついうっかり落しましたそうで、昔から出物腫物《はれもの》ところ嫌わずだ、許せよ、だが隠しごとはならぬぞ、臭いものに蓋《ふた》をすると、そのものは五臓六腑を駆けめぐって、ついにはおのが身を損ねる羽目《はめ》になる、とその場をうまくつくろったそうですが、口さがないのはどこも同じで、まして静粛なお白洲での一発ですから、大いにこだまして八方に轟《とどろ》き、その日のうちに奈良中に知れ渡ってしまいました。私は出入りの商人の口から、翌朝、聞きました。いえ、笑い者になったのでなく、逆です。さばけた奉行様、と評判になったのです。出物腫物うんぬん、という言葉が流行し、失礼という謝辞がわりに使われました。これには主人も、苦笑いです。

先だって五條の代官で小田又七郎という者が、主人に手紙を寄こしたのですが、末尾にこんな歌が添えられていました。

評判もほどもよしの花にまして
　草木《くさき》もなびく奈良のお奉行

むろん、小田代官は主人の「出物」をからかって詠んだのではありません。まじめな人柄ですし、主人を尊敬しており、皮肉でも何でもない字義通りの歌なのですが、主人は照れて、こんな返歌を申し上げたそうです。

屁《へ》のような御なら奉行になびくのは
　草木にあらず臭《くさ》きなるべし
小田様の方が自分の歌を皮肉に取られた、と気に病みませんか、と心配したのですが、あいつは話せない野暮天《やぼてん》じゃない、狂歌に腹を立てるような男なら、第一、こんな洒落た歌を詠まないよ、と笑いとばしました。
その通り何事もなく和気藹々《わきあいあい》で終ったのですが、おかか様、わたくしは案じられてなりません。今までは内輪の笑い事ですんだけれど、いったん、おおやけになると、悪い形で問題になるのではないか。たとえば、新任の奉行は病気ではないのか、といった風に勘繰られるのを恐れます。
おかか様、主人の「ところ嫌わず」を治す良薬をご存知ないでしょうか。軽石の粉をのむと治る、と耳にして試しましたけど、なお一層出るようになり、お医者に確かめましたら、軽石は促進の役割だ、といさめられ、あわててやめました。
もっとも、「出物」はあっても、主人は至って元気です。出た方が壮快と申します。病気ではなさそうで、医者は奇癖の一つ、と見立てます。となれば主人の心掛け次第ですが、主人とて面白がって落すわけでなく、見ていて気の毒でなりません。体質なのでしょうか。食材には十分気をつけておりますけど、一向に良くならず、私のケロケロは止まったのに、主人の「出物」は反対に募《つの》るばかりで、それこそ大和円、奈良丸の効果を切に期待しているところです。

話は変ります。先だって若党《わかとう》（主人の従者）の成木《なりぎ》が佐保川で蛍《ほたる》を数十匹捕まえてきました。庭の池のほとりに放ちましたら、夜ごと光って、女どもが居ながらに蛍狩りが楽しめる、とはしゃいでおります。

わたくしも誘われて見にまいりましたところ、馬小屋の屋根より転び落ち走り去った物があります。猫か、と思いましたが、梟《ふくろう》のような声を発し、猫より小さく、土地の者に尋ねましたら、貂《てん》というイタチの親類だそうです。書院の天井に棲みついている、と同心が申しました。体は黒く、のどの部分だけ白っぽく、日が暮れますと現れて庭で遊んでおります。初めは気味が悪かったのですが、慣れると愛らしく、飯を与えてみましたが食べません。トカゲなどを食べているようです。それを知った女中たちは恐がって、蛍狩りをやめてしまいました。

おかか様、今夏の江戸は、いかがですか？　奈良は連日耐えがたい暑さです。町の者は日中、男も女も裸です。もっとも家の中でのことです。

さとが江戸の母に手紙を書いたと聞いて、聖譔も認《したた》めた。母へ送る手紙は、皆一緒にまとめて送るのである。光房夫妻も、市三郎もすでに書き終え、聖謨を待っている。聖謨は筆まめなだけに、書くのも早い。待たせておいて、たちまち、一本、書きあげた。

……奈良の西のかた一里半ばかりの地に、巡見に参りました。在原業平《ありはらなりひら》の開基という不退寺や、また海龍王寺、尼寺の法華寺などを訪れました。法華寺では、十三四歳の尼さんが裳《も》姿で茶の給仕をしてくれました。芝居の道成寺《どうじょうじ》を見るようでした。

道々、いくつかの御陵を拝観しました。（注・以下御陵の記述は『寧府紀事』に従う）元明帝陵（四十三代の天皇です。土地の者は「うわなえ山」と呼んでおります）、元正《げんしょう》帝陵（四十四代。小なえ山と呼んでいます。以下、土地の呼称です）、平城《へいぜい》帝陵（ひしゃげ山。五十五代天皇です）、神功《じんぐう》皇后陵（十五代。御陵山という）、成務帝陵（十三代。石塚山）、称徳帝陵（四十八代。五社神山という）、安康帝陵（二十一代。兵庫山という）、垂仁《すいにん》帝陵（十一代。宝来山という）。以上の御陵は皆、松林となった山裾に三十間ばかりの堀を備えています。いずれも畦《あぜ》道がありますが、堀にはジュンサイがびっしりと生えて、底深く見えます。これらの陵には勅使などが訪れることは無いようで、ただ夏草の繁るに任せたまま。御陵で景色の良い所は、遊山《ゆさん》所になったのもあると聞きますが、大和の御陵は平地に築いたものなので、その心配はありません。ここにはたくさん小高き山があり、松林などになった所が見えます。陵では無いが、きっと貴い人の墓所と思われます。感慨を催し、一首詠みました。

「誰もみな千年《ちとせ》ののちはかくならじ　はかなきものは浮世なりけり」

それからこれは帰宅して詠んだ御陵めぐりの感想です。

「行きかよう小道もあらで夏草を　払いもあえず袖ぬらすかな」「いや高き松を昔の印にて　四方《よも》は荒田《あらた》に打ち返しけり」

役目をこなす傍ら、御陵の研究を進めております。せっかく大和国に参ったのですから、地の利を活かさぬ手はありません。市三郎にも、何かと調べさせております。

そうそう、御陵と市三郎といえば、こんなことがありました。ある日、市三郎がまじめくさった顔をして、奈良の昔、神功皇后《じんぐう》の時代に自分は生まれたかった、と申します。ほう、いくさのお供をしたかったのか、と問うと、いいえ、違います、その頃は日本に書籍も文字も無かったといいます、従って私みたいな者は毎日楽しく暮らしていたと思います、だと。さとと共に爆笑しました。

爆笑ばなしを、もう一ついたします。先日、牛を密《ひそ》かに殺した者のお白洲がありました。軽い盗みほどの刑罰ですが、胆《きも》はどうした、牛胆《うしのい》は薬になるが、薬屋に売ったかと聞くと、飯《いい》にしたと答えます。はて、胆は熊胆《くまのい》同様、苦くて食えないはず、嘘をつくな、と一喝すると、いや、イイです、イイにして売ったと。よく聞けば、干して猪胆《いい》と称して売ったというわけです。牛の胆を猪《いのしし》の胆と騙《だま》すとは、猫が馬糞《まぐそ》をしたと言うのと同じこと、角や爪はどうした？　それは簪《かんざし》の材料に京都の商人に売ったと答えるから、それは鼈甲《べっこう》（亀の甲）や馬爪と称して売ったんだな、と問い詰めると、はいはい、とうなずく。ふと気がつくと、「牛の猪肝」を笑う奉行が、「牛の鼈甲、馬爪」などと当り前にしゃべっている。こりゃ、「すもの梅干」と口走るのと同じだな、と言って苦笑すると、白洲の者たちが大爆笑しました。

葛切り

「いやあ、暑い」

寄れば触《さ》われば、口をついて出るのが、これだ。最初は江戸からの赴任組が、こらえ性なくぼやいていたのだが、今では地元の人たちの挨拶言葉である。連日、猛暑が続く。

「暑い、と言いあうのは、よそうじゃないか」

川路聖謨が、冗談まじりに、部下や家族に提言した。

「どうも、暑いという言葉そのものが、暑さを呼んでいる気がする。いっそ、寒い、と言い替えたらどうだろう?」

皆、面白がって、妙案です、と拍手した。そこで早速、「今日はことのほか寒いですなあ」と挨拶した。けれども、初めのうちこそ風流に感じられたが、連発してみると、別にどうということもなかった。暑いが寒いに代っただけである。かえって、暑さが仰々しく感じられた。川路も苦笑した。

「どうだろう? それなら暑いという言葉を禁句にして、別の言葉で表現することにしたら。気のきいた表現には、私がほうびを出そう。ただし、不用意に暑いと遣《つか》った者は、罰金を払う」

お遊びなので、罰金は葛切り一杯分の代である。溜めておいて、暑気払いに使う。一同、賛成した。こんな馬鹿げた粋狂《すいきょう》で浮かれねば、体がへたばってしまう。

「いやあ、体が燃えるようです」「蝋燭《ろうそく》になった気分ですな」「頭から溶けそうです」「うだるようでございます」「カチカチ山の狸さながら」「あさましい陽気ですなあ」……

「今日は格別冷えますね」

「冷やし素麺が恋しくなります」

そんな挨拶を、まじめに交わして、ぷっ、と吹き出す。お役所は、めっぽう明るくなった。思わぬ効用である。仕事の能率も、上がった。

お遊びも、大事だ。川路は自分の小さな思いつきに、満更でもなかった。

夕方、家にこもった暑熱に耐えかねて、川路はさとを誘って庭に出た。さとは乾飯《ほしいい》をひとつまみ持って来た。池のほとりにしゃがんで、川路が手を鳴らすと、真鯉が十数匹集まってきて、扇の形を作った。さとが乾飯をまく。水面が泡立ち、餌の争奪戦となる。はね散らす水音が、涼しげである。川路は即興で、歌を詠んだ。

「涼しやと池のみぎわの松に凭《よ》りて　馴《な》れ寄る魚《うお》を愛《め》でつつぞ見る」

「畑の方に回ってみませんか?」さとが誘った。「茄子《なすび》の花が、それはそれは一面に咲いて見事ですよ」

「ほう。茄子を植えたのか」

「実は高くて手が出せないので、苗を買ったのです。そうしましたら、満開」

「親の意見と茄子の花は、千に一つの無駄が無い、という俗謡がある。大豊作ではないか」

「富くじに当ったつもりで喜んでいましたら、奈良中の茄子が満開なんだそうです。茄子の実の値が、大きく下落しました。苗を育てる手間より、実を買った方が安あがりです」

「いやはや」

畑に来た。茄子の他に、瓜や隠元豆が植えてある。

「茄子の花は初めて見る」川路は腰を落して、顔を寄せた。

「なんと、実と同じ色をしているのだな」

ついでに、においもかぐ。さして、匂わぬ。

「しかし、まあ、苗を育てた甲斐があったというものじゃないか。こうして花を楽しめるのだから。それに、これらが皆おいしい実をつけるのかと思うと、豪勢な気分だよ」

腰を伸ばした。とたんに、例の「出物」が出た。豪勢な、音である。

「茄子が驚いたことでしょう」さとが笑った。

「これが本当の、おたんこなす、さ」

「寒い洒落ですこと」

湯殿の方で女たちが騒いでいる。

「何でしょう?」

「あれは歓声だな」

歩きだしたとたんに、川路はけつまずいた。

「お危うございます」さとが手をのべた。

「隠元の蔓《つる》らしい」

「おや？」さとが立ちどまる。「何か、畑の中を？」

「野鼠だろう」

旦那さまア、と用人の間笠平八が呼んでいる。こちらに、ゆっくりと歩いてきた。

「吉報でございます。御宅状《おたく》が届きました」

「そうか。湯殿の騒ぎは、それだったのか」

「江戸に別状は無いそうでございます。おめでとうございます」

間笠が、一礼した。川路とさとは、居間に戻った。行灯《あんどん》に、火が入っていた。いつのまにか、暮れている。

御宅状というのは、江戸の母や息子、それに知友からの手紙のことである。川路だけでなく、用人や召使いなど、江戸から赴任した者すべてに、まとめて届けられる。まとめて配達してくれるように、川路が手配したのである。その方が安上がりだし、悲喜こもごもは皆んなで共有したい。ひと月に一度、届く。

「遠国にては宅状来るといへば第一に胸とどろく也《なり》」

（『寧府紀事』）

川路あての母の手紙には、お前の奈良だよりが何より楽しみ、とあった。無事に勤めをしていること、壮健なこと、この二つだけが親の気がかりであって、手柄や賞詞などは聞いて嬉しくないわけではないけれど、望んでいるものではない。佐渡や松江や木曾など各地に赴任したお前に今更こんな提言をするのも何だが、まあ年寄りの繰《く》り言《ごと》と笑って聞いておくれ。新しい土地で仕事をするなら、地元の人たちと早く腹を割って話せるように心がけること。それには土地の言葉を、まず覚えること。方言を馬鹿にしてはいけない。

なぜこんなわかりきった話をするか、というと、先だってお前のたよりに、猪胆《いい》を飯《いい》と聞き違えた一件が書かれてあった。これは方言ではないけれど、読んでいて不快になった。なぜかなれば、お前の意識に、自分は江戸者である、江戸弁はどこよりも優《まさ》る、という天狗ぶりが散らついていたからだ。

お前は江戸弁を巧みに遣って詐欺を働いていた男の話をしたことがあった。男の悪知恵を、教訓としなければならない。奈良の人たちが、お前を名奉行と称えるとしたら、「鸚鵡石《おうむせき》」で稽古した流暢《りゅうちょう》な江戸弁をあやつる川路聖謨でなく、奈良弁でいやみなく諭《さと》す親しみ深いお奉行さまでなくてはならぬ。おならら奉行のおならの音は、お高くとまった江戸人の響きでなく、奈良の人のそれと同じ音色だからこそ、笑いが起こるのだよ。思い違いをせぬように。

……母上。江戸の意識を捨てるように、とのご指摘、胆に銘じました。

土地の言葉の習得につきましては、少しずつ実行しております。こちらは古い都でありますだけに、荒々しい関東言葉とは大いに異なります。たとえば、ミシュリお行《ゆ》き届《とどき》なされず、と言われ、はて、何の事か、といぶかると、御修理に手落ちがある、という意味で、文字に書けばすぐわかることが、耳で聞くと理解できない。

与力に、「一乗院宮は、大層賢いおかただ」と申したら、テンカサンですかいと言う。

一乗院は大乗院と共に興福寺の摂関門跡《せっかんもんぜき》の寺院なのですが、宮と申さずに殿下様と称するのです。親しみをこめて、テンカサン。あなたはテンカサンのエロご利口なるに仕込まれさんしたのですよ、と言う。エロは、えろう、はなはだの意です。テンカサンの一山《いちざん》のお取り締りもチンとしたることで、と申します。チンとは、チャンとした、凛呼《りんこ》としたという意味で、行き届いたことは、カネの音を借りて言うようです。何事も金の声がかからねば、よくはできぬようです。人が金を好むのも、なるほどであります（とは冗談冗談）。

御コンを重ねて下さいまし、はお酒を、も一つ召しあがれのこと、湯に入ることを、ニュウヨクとこちらでは申します。
独特の言葉は多くありまして、早く覚えねばお白洲でも迷います。ただいま、与力に聞きながら、申し渡し書をつづっておりますが、母上、これが私の奈良弁による判決の口切りとなります。お白洲で言い渡す言葉でありますが、文書では型通りの候文です。書類には残念ながら、方言は使えません。

暑い日が続いた。中間《ちゅうげん》（雑役をする武家の奉公人）の磯吉が、雑草取りをしていて右手の甲を蝮《まむし》に咬《か》まれた。さとが急いで手首をきつく縛った。医者を呼ぶよう小女に命じると、医者より重宝な者がおります、と言う。やって来たのは四十ばかりの男で、手にした布袋を磯吉の患部に当てた。しばらく当てたのち、ゆっくりと撫でる。「抜けました」と布袋を見せた。袋の表面に蝮の歯が二本、突き刺さっている。「これが悪さをしているのです」と言い、そのあと、平べったい大きな蛭を何匹か、磯吉の右手の肘《ひじ》から下に貼りつけた。たちまち血を吸って丸々と肥え、役目を終えたように落下する。「痛みが消えました」磯吉が喜んだ。「それは何の薬ですか？」さとが訊《き》いたが、男は笑って答えない。秘密の家伝薬らしい。さとは言われた治療代に、二百文の心付けを包んだ。男がためらっている。「駆けつけ代ですよ」さとが、微笑んだ。

畑の茄子が見事な実をつけた。毎朝摘んでも、取りきれない。菜も汁の具も茄子一色。

ある夜、戸外で与力たちが騒いでいる。見ると、おのおの提灯を持ち、手拭いで面を覆い、手甲脚絆《てっこうきゃはん》に紺足袋《こんたび》、それに下駄といういでたちである。

川路が問うと、興福寺の境内に帰りそびれた鹿が二頭、こちらに入り込み、畑を荒している という。捕まえなくてはいけないのだが、毒虫と蝮に用心してこの格好です、と皆苦笑する。

「それはご苦労。鹿を傷つけてはいけない。それにしても暑苦しい身なりだな」

「お奉行、葛切り一杯！」すかさず誰かが発した。

はめ

「蛇のことを奈良ではクチナ、または、クツナという。朽縄《くちなわ》の略であろう。蛇を初めて見た者が、腐った縄だと早合点した。それでクチナワといい、朽つ縄といった。クチナ、クツナはもしかすると昔は短い蛇を指し、長い蛇をクチナワ、クツナワと分けて称したのかも知れない」

川路聖謨は、備忘録にそう記した。

江戸の実母から、早く土地の言葉を覚えなさい、とさとされた。もとより川路は、お国言葉に興味がある。若い時分から赴任地の独特の言葉遣いなどを、丹念に採集し、自分なりの考察を加え、記録保存してきた。言葉の綾《あや》を知ることが、人情の理解につながり、人間の研究に役立った。町政をつかさどり、警察・裁判を指揮する町奉行にとって、土地の日常語が聞き取れなかったら、なにひとつ活動できず、お役目失格である。

川路の備忘録は、『言《こと》の葉《は》のしずく』と題されている。妻のおさとから、磯吉の蝮《まむし》一件を聞いて、早速、「へ」の部に、「蛇」を書きつけた。『言の葉のしずく』は、いろは順に分類されている。

奈良奉行の職を解かれ、隠居生活に入ったら、つれづれなるままに、『奈良語辞典』を編んでみたい、と考えている。

クチナワの略で思いだした。以下は著者のむだ話である。

落語家の五代目・古今亭志《し》ん生《しょう》の話芸は、「天衣無縫」と評された。技巧を凝《こ》らしたものでなく、天真爛漫の自然体、という意味である。話法からして、それだった。高座に上がって、「エー」と言ったきり、何も言わない。しばらくして、「ウン」と言う。ずいぶん間《ま》があって、また、「エー」と言う。ポツンと、「蛇ってのは、エー、昔は、あれは、ウー、へ、って言ったんですな」間、がある。「あすこに、ほら、へがいる、へがいるよ」また間があって、「そのうち、そいつが、ビッ、って鳴ったんですな」これがいわゆる落語の枕で、このあといきなり本題に入る。志ん生の話術の巧みさは、枕と本題のつなぎに無理がないことである。一見、無関係と思える前説の小話のどこかが、本筋とつながっている。これが、無技巧の技巧といわれるゆえんである。

川路の備忘録の話だった。川路は「ま」の項目に、「まむし・蝮」と記入した。

「奈良の人たちは、ハメと言う。蝮に食いつかれることを、ハメにかぶられる、と言う。ハメは食《は》むから来たか。食むは害をなすの意もある。あるいは、ハミからか。あばれ馬を制するため、馬の口に縄をかませる。その縄をハミという。なるほど、朽ち縄と関連する。クツナ、も轡《くつわ》から来たかも知れない。轡も馬にくわえさせる。ハミと同じ。いや、魚類の鱧《はも》に由来するかも。鱧は蛇に似ているし、口が大きく鋭い歯を備えている。昔は、ハムと称した。ハム、ハモ、ハミ、ハメ。後日一考」

後日一考とは、いずれ改めて考えてみよう、という意味である。

早朝、畑に茄子《なす》もぎに行った女中が、蝮のしっぽを踏んだ、と血相を変えて逃げてきた。さとが慰めていると、女中たちが集まってきて、口々に訴えだした。野鼠を呑み込もうとする蝮を見たとか、目の前を長大な青大将が横切ったとか、とぐろを巻いていたとか、皆、蛇に関する苦情である。そういえば、さとは思いだした。いつぞや夫と夕涼みをしていた時、畑の中を何かが走る音がした。野鼠だろう、と夫が言った。

野鼠がはびこれば、当然、これを狙う蛇が集まってくる。畑は池に近い。畑と池の間に、野《の》蕗《ぶき》の繁る湿地がある。蛇が巣くっていて不思議はない。女中たちは畑に踏み込むのをいやがった。

さとは、川路に相談した。

「まさか、同心たちに蝮狩りをさせるわけにはいかぬ」

お役屋敷の事だが、公務とは言いがたい。さればといって、雑用をこなす男衆に命じるのも後ろめたい。一匹だけ退治するのではない。怪我をさせたら、危険と知りつつ背中を押した主人の責任である。町中のうわさとなるだろう。

「本職を頼むより法はあるまい」

「そのような者は、いるのでしょうか」

「ほら、磯吉の手当てをした」

「なるほど」

蝮に咬《か》まれた磯吉の手の甲に、布袋を当て、やがてその袋をゆっくりと動かした。甲の表を撫でたのである。すると、甲に突き刺さった蝮の歯が二本、抜けた。あたかも布袋に吸い取られたように、あっけなく取れた。袋にはどのような薬が詰めてあるのか、さとが尋ねたが、男は答えなかった。

「あの者に教えてもらいましょう」さとが早速、使いを走らせた。「よかった。こんなこともあるかと思って、居所を聞いておきました。京終《きょうばて》地方町の……」

「京終？」

その地の生薬《きぐすり》屋が、骨董《こっとう》商を訴えている。生薬屋は薬草採りがなりわいと、書面にあった。名前は確か、伝蔵といった。

「いいえ。蝮の歯を抜いた男は、良七と名乗りました」さとが答えた。

「とにかく、その男が来たら知らせてくれ。会ってみたい」

「薬の秘法を訊《き》くのですか？　わたくしには教えてくれませんでしたが、奉行の威を以てすれば、包み隠さずでしょう」

「聞いたところで、用いようがない。蝮を一網打尽にするわけだから。別件で尋ねたいことがある」

良七は、じきにやってきた。さとの心付けが効いている。

「またどなたか咬まれやしたか？」

「咬まれそうなので来てもらったのですよ」

さとが応対しているところに、あたかも通りかかったかのような風で川路が加わった。

「お前さん、蝮の毒出しは、どなたに教わったえ？」

公務以外では、つい、江戸弁が出る。

「いえ。誰にも。自分で工夫しやした」

「何に暗示を得たかえ？」

「別にこれといって」良七が、まごつく。

「蝮に教わったのじゃないかえ？」

「へっ？」目を丸くしている。

「いやさ、お前さんの友だちはハメだろう？」

「友、だち？」

「友と言って障《さわ》りがあるなら、お仲間かねえ」

「旦那、仲間だなんて」

「だって、ハメに食わせてもらってるんだろう？　してみれば、恩人かねえ」

「旦那」泣きそうな顔になった。存外、人がいいのだろう。

「なぶるわけじゃねえ。安心しな。職掌柄、においに敏感なんでね。鎌を掛けたのさ」

「においますか？」

「人はどうかわからんが、私は鼻が利く方でね」

「旦那、ごめんなさい。隠したつもりはないんです。世間に聞こえが悪いから言わなかったままでです」

「よくぞ隠しおおせたものだ。特別のコツでもあるのかい？」

「ご冗談を。まあ、仕事中は覆面をし、手甲脚絆《てっこうきゃはん》に足袋をはき手袋をし、全く人相がわからぬ格好をしておりやすから、口さえきかなければ、隣の者にだって良七と気づきませんや。第一、人目の無いとこを仕事場所にしてやすものですから」

「人目があったら、泥棒と間違われるだろう」

「まあ、蝮どもにしたら、あっしは泥棒でしょうがね」へへ、と笑った。

良七の表向きのなりわいは、鍋《なべ》や釜《かま》の漏《も》れ穴を塞《ふさ》ぐ注文取りの鋳掛屋《いかけや》だが、裏の稼業は、蝮捕りなのである。道理で蝮に咬まれた傷の、応急手当の法を知っているわけだ。

それで重宝がられて、蝮に襲われた者が良七を呼ぶわけだが、といって、町なかで、そうそう蝮の事故があるわけではない。それなのにさとが良七を招いたら、蝮特有の生臭いにおいがする。身体ににおいが染みついている。川路の鼻が、そいつをとらえたのだ。

「いやさ、お前さんが蝮捕りの達人なら話は早い。紹介してもらうまでもない」

「達人と持ち上げられる程の者じゃございやせんや」謙遜する。

「その道でおまんまが食える者なら達人さ」

川路は正式に蝮退治を依頼した。

「お役屋敷に巣食うハメとなると、一日じゃ無理でやす」

「何日かかっても構わぬ。しかし、そうなると日当いくらと決めるわけにはいかぬな。どうだ、実績払いは？　一ぴきにつきいくらと取決めしようではないか」

「旦那、お金は奉行所から出るので？」

「悪人退治の費用はあるが、蝮を捕まえる出金の前例は無さそうだ。私のふところから払う」

「さようですか。なら、一匹につき二十四文で結構です」

「安いのか高いのか、私には判断がつかぬが、それは世間相場なのか？」

「お奉行所の公金で賄《まかな》うというなら、三十文いただきます。どうせ延《の》払《べ》いでしょうから、六文分は利子《りし》です。二十四文は、旦那の気っぷに惚《ほ》れたあっしの心意気の値段です」

「よし、わかった。現銀でその日払いにする。数の確認は、若党の成木《なりぎ》にさせる。なに、私は長虫が苦手での」

「旦那に成果をお見せできないのが残念です」

良七が、ニヤリ、とした。

翌日の成木の報告によれば、朝から夕方までかかって、たった一匹という。

「旦那は達人とおっしゃいましたが、あいつは食わせ者かも知れません。あっちこっち動いて探し回る様子もなく、一日中、草むらにしゃがんでいるだけです。とても商売人と思えません」

「一日で断を下すな。人の評価は少なくともひと仕事が終ってからだ」川路が、たしなめた。

黙《だん》り詣《まい》り

市三郎が江戸の祖母に手紙を書いている。「おばば様　厳しい寒さが」と記して、あっ、と気づいて、思わず苦笑した。つい、間違えてしまった。暑い、という言葉は、禁句なのである。連日あんまり暑いものだから、この言葉を口にするのはやめよう、と父の川路聖謨が、家族のみならずお役所に触れを出した。むろん、冗談である。罰金は葛切り一杯代、十四歳の市三郎も暑いと人前で言えば、潔く払わなくてはいけない。

それはいいとしても、何杯か葛切りを奢《おご》っているうちに、暑いの一言にひどく用心深くなった。内輪のお遊びなのに、どうかして外部の人との挨拶に、ふっと正反対の陽気を告げたりして、赤面する。祖母への手紙にも、つい、それが出た。

市三郎は紙鋏《かみばさみ》を取りあげた。巻紙の手紙だから、誤字や不都合な文章を書いたら、その部分だけを切り落し、紙を継げばよい。そうしようとしたのだが、気が変った。「厳しい寒さ」の文字を生かそうと考えたのである。

市三郎は、時候の文章を続けた。

「厳しい寒さが続きますが、お変りございませんか。寒さと記しましたけれど、書き違いではなく、私の頭が変になったのでもございません」

父の発案で暑いという語が禁句うんぬん、と説明した。これまでで一番罰金を払ったのは、言いだし兵衛《べえ》の父であること、役所の者が面白がって父に失言をさせるべく、あれこれ仕掛けるなどと記しながら、そうだ、自分の失敗談を「おばば様」に語ろう、と思い直した。

実は、父から「はめ」係を申し遣ったいきさつを、祖母に報告するつもりで筆を執ったのだが、蛇嫌いの父の親だから、やっぱり好まぬかも知れぬ、と急きょ話題を変更したのである。

正直言うと、「はめ」の検分は、人に語って面白い話ではない。蝮《まむし》取り達人・良七の手柄を祖母が喜ぶとは思えない。喜んだのは、父だけである。

そうだ、「はめ」一件は父の耳に届ければ、それでよし、それより、「寒さ」の話を祖母にしよう。暑くて熱い、市三郎の恋の話である。

市三郎がおじさん、おばさんと呼んでいる光房《みつふさ》夫婦と、京都祇園祭《ぎおんまつり》を見に行った。山鉾《やまほこ》が目当てだったのだが、旅館が取れない。七月二十三日と次の日の宿泊だけ、ようやく確保できた。七月二十四日は、四条御旅所《おたびしょ》に安置された八坂神社の三基の神輿《みこし》が、お戻りになられる、いわゆる還幸祭《かんこうさい》で、七月初めから続く祇園祭のほぼ最後の行事である。山鉾がだめなら神輿の還御《かんぎょ》を拝もう、と光房夫妻と市三郎は二泊三日の京見物を企てた。

それは表向きの口実、蔭の役目があって、光房は京の三条通り河原町の櫛問屋《くしどいや》『丹汁《にじゅう》』の取引先を一軒ずつ調べまわっている。櫛の収集が生き甲斐の江戸の楽隠居《らくいんきょ》、という触れ込みである。田舎大尽を装うつもりだったが、江戸弁がごまかせない。それで江戸からしばしば京に遊びに来る金持ちの体《てい》にした。高額の櫛を出されても、すでに持っている、二つはいらぬ、と断ればよいのである。夫婦連れがさいわいして、単なる冷やかし客とあしらわれずにすんでいるようだ。

市三郎は、京の寺社めぐりをしている。繁昌している寺、さびれている神社、それぞれの理由を探ってこい、という父の命令だった。ついでに寺社の来歴や伝説を調べよ、それはわが国の歴史の勉強になる、と言われた。祇園祭の華やかさを楽しみながら、祭りの費用はどのようにひねり出されているのか、聞きだしてこい。むろん、裕福な町衆《まちしゅう》が拠出しているのだろうが、毎年のことだ、一部の浄財であのような大掛かりな祭礼が滞りなく行われているとも思えぬ。

父は、寂れた奈良町の復興を考えているのだろう、と市三郎は受け取った。喜んで、承《うけたまわ》った。御陵の勉強より、こちらの方が楽しそうだ。市三郎はかねて父から歴代天皇と、御陵の所在地一覧表を作れ、と命じられている。天皇の事績をわかりやすく書き込む。いろんな史書や地理書を読まなくてはならぬ。

祇園祭の経費については、泊った宿の主人に教えられた。山鉾町の人たちは、毎日なにがしか決められた額のお金を、一軒残らず出す。御奉納、と記された木箱が、各戸に回される。木箱には穴があいていて、その穴に白紙に包んだ小銭を入れ、隣家に渡す。白紙には当主の名を書くのである。この日掛《ひがけ》奉納金を、粽《ちまき》料、扇代、お囃子《はやし》代などと称している。粽は厄難よけの神符で、家の軒下に飾る。扇は祭用の縁起物である。町の大店《おおだな》や金持ちは日掛をせず、どんと大金を奉納する。

宿題が片づいたので市三郎は、光房夫婦に断って、一人で夕暮れの町見物に出かけた。あちこち歩き回って、夜も遅くなった。祭りで賑う町は時間を感じさせない。市三郎は四条御旅所に向った。明日の下見をしておこう、と思い立ったのである。

御旅所に近づいた時、横あいの路地から娘が二人飛びだしてきて、いきなり市三郎の左手にすがりついた。驚いて、刀の柄《つか》に右手をかける。

以下、市三郎の祖母あての手紙。

……娘たちが、ふるえているのです。目で助けて、と言っている。見ると、路地の奥から越中褌《ふんどし》一本の裸の男が、にやつきながら、こちらに歩いてくる。酔っていました。男は私を見ると、娘の縁者か、と問う。違う、一体どうしたのか、と娘に聞いたのだが、二人とも首を横に振るばかりで答えないのです。よほど怖い思いをさせられたようです。そこで男に何があったのか、と質問しました。

すると男が「何もしやしない。このお守りをあげる、と言っただけだ。それなのに逃げるから追ってきたのだ。悪いか」とまくしたてる。私は娘たちに確かめました。その通りか、と聞いたのです。娘は二人とも首を横に振るのみ、私は心配いらないから説明してごらん、と優しく言いました。でも娘は何も言わない。お守りはいらないのか、と尋ねました。うん、とうなずきます。

男がわめきだしました。

「これはな、花盗人《はなぬすびと》山のお守りだ。女は皆ほしがる。いらないはずがない」

「花盗人山とは何だ？」私は男に聞き返しました。

「なにい？　おめえは田舎者だな？　花盗人山というのはな、山鉾の一つ保昌山《ほしょうやま》をこう呼ぶんだ。ご神体は花をかざす武将で、縁結びの神さまだよ。おれはな、そちらの娘さんが気にいったから、大事なお守りをくれてやるのさ。さあ、受け取れ」

知りあいの者か、と娘二人に聞くと、首を横に振る。おびえきっているのです。男は酔ってからかったのでしょう。いらないそうだ、と告げると、男がいきなり、「お前はおれを、おちょくる気か」と殴りかかってきました。私は娘二人を背に回すと、男の臑《すね》を思いきり足で払いました。勢いあまって、男が尻餅をつく。私は娘たちに早く逃げるよう言いました。娘たちが頭を下げると、走って遠ざかりました。男が本気で怒りだし、立ち上がるや、猛然と頭から突進してきました。私は横っとびして男をいなし、振り返りざま、男の汚い尻を、ポン、と叩きました。音はポンですが、まあ、かなり強い力で押したのです。男はずいぶん向うまで、吹っ飛びました。あとはどうなったか。三十六計、逃げるにしかず。私も路地に入って暗闇にまぎれましたので、わかりません。何食わぬ顔をして旅宿に戻りました。

翌日、おじおばと四条御旅所から還御する神輿を見送りました。三基の神輿は別々の道を通って八坂神社に還られます。そこで私たちは神社に先回りすることにしました。

四条大橋の中ほどで、前方から歩いてきた二人の舞妓に挨拶されたのです。どうやら人違いされたようです。

「いいえ。私たち、ゆうべ、酔っ払いにからまれたところを助けていただいた者です。その節はありがとうございました」ときれいな京言葉で言われて、あの時の娘さん二人と知りました。昨夜は素顔で普通の装いであったから、とっさに気づかなかったのです。それと全く言葉を発しなかった。おびえているあまり口がきけないのだ、とてっきりそう思っていたのです。

わざと口をきかなかったのだ、と二人が言うのでびっくりしました。

何でも「黙《だん》り詣《まい》り」というのだそうです。四条御旅所に神さまが宿っている七月十七日から二十三日（厳密には二十四日の神輿出立直前まで）の間、願《がん》をかけると叶《かな》う言い伝えが花柳界にある。ただし、お詣りの行き帰りに、言葉を発してはならない。家族や知人に会っても、無言を貫かねばならない。ひと言でもしゃべったら、心願は成就《じょうじゅ》しない。「酔っ払いには何とか黙りを通しましたが、あなた様にお礼を述べられないのが、つろうございました」と二人が代るがわる説明しました。

別名、無言参りともいうのだそうです。

聞いてみれば、ナアンダです。

「今日はどんなにおしゃべりしてもよろしいんです。ですから何度でもありがとうを言わせて下さい。ゆうべ、言いたくても言えなかったお礼を、たくさん言わせて下さい」

二人はのべつに頭を下げます。

「それで、願いは叶えられそうですか?」と聞くと、二人は、ええと微笑し、互いに顔を見合わせるのでした。

舞妓と別れたあと、いきさつを見守っていたおじが寄ってきて、小さな声で私に言いました。

「お前も隅に置けないな」

私はまっ赤になり、とたんに、どっと汗が吹きだしました。「寒い」と照れ隠しに答えました。

お手当

連日、猛暑が続く。

奈良奉行・川路聖謨の日記『寧府紀事《ねいふきじ》』に、こうある。

「晴　九十二度の暑也《あつさなり》　土地の人の言う。残暑に至れば今一段の暑に成《なる》と。恐るべきことなり」「晴　九十二度にいたる堪《たえ》かぬる也」「晴九十二度。昨日あまりの暑に与力同心共に葛水《くずみず》をつかわす。家来も同じく」

九十二度は、いわゆる華氏《かし》温度である。華氏とは、ドイツの物理学者ファーレンハイトで、中国では華倫海の字を当てた。わが国でもこの漢字を用い、華氏温度の略としている。現在日本では摂氏《せっし》温度を使っている。こちらはスウェーデンの物理学・文学者セルシウスの頭《かしら》文字である。今はセ氏と言っている。

セ氏温度の目盛は、ご存じのように水の氷点を零《れい》とし、沸《ふっ》点を百度とする。現在は、絶対温度から定義する。

華氏九十二度は、セ氏温度にすると何度だろうか。およそ三十三・三度である。つまり、川路が初めて体験した奈良の暑さは、連日このくらいであったわけだ。

今年（二〇一三年）は日本全国が四〇度近い炎熱に見舞われたけれど、地球温暖化や電化製品の普及による熱など種々の理由はあるだろうが、何も無かった時代の三十三度、三十四度だから、川路が愚痴をこぼすのも無理はない。江戸にいた頃は経験した覚えがない、と言っている。江戸では六月土用のうちが最も暑いけれど、それでも八十八度前後である。九十度以上はせいぜい二日か三日で、それも夜は涼しくなる。

「ああ、この暑さには参った。江戸が恋しいよ」と妻のおさとにもらしたら、おさとが、「珍しいことをおっしゃいます」と笑った。

江戸の話は誓ってしない、とおさとに宣言していたのである。

ところで、川路は、今日の暑さは九十度、いや九十二度と、毎日、何で計っていたのだろうか？

『寧府紀事』の七月十一日の条《くだ》りに、こうある。昨日、日暮れに庭に出て、月を愛《め》でた。涼み台にいると汗が出る。「あまりのことに寒暖器をみるに八十九度也」

「寒暖器」を備えていたのである。

一体どのような形をしたものだったろうか。

寒暖器を発明したのは、先に紹介した華氏で、十八世紀の初めに水銀を用いたそれを作った。この世紀のなかばには、わが国にも伝わり、現物を見た平賀源内が三年後には自作している。やがて相当の数が輸入されたようである。値段は一本十五両ほどというから(現在の価値でおよそ百万円である)、大名か、よほどの金持ちが購入したと思われる。川路の場合、奉行所の備品ではないか。

川路の日記には、克明に天候と気温が記録されている。夏の暑さだけに限らない。たとえば、この年の四月四日には、こうある。「晴　けしからぬ冷気にて誰もかれもみなわた入《いれ》のかさね着《ぎ》也　寒暖計五十二度にて寒のしるしよりは二度高し　されども其《その》時節ならぬこと故《ゆえ》に二月はじめの如く思うなり」

ここでは「寒暖計」と称している。

寒暖計は奉行所に必要な品だったのではないか。犯罪事実の検証に、あるいは裁判の審理上で、日々の気温を参考にしていたのではないか。そのため朝昼晩と計測し記録する者がいたのではあるまいか。川路は職業柄、たえず寒暖計に目が向くのではないか。

そう思うのは、どうやら川路は、犯罪と気温は関係があるらしい、と薄々考えている節が見えるからである。

猛暑が続く日は、犯罪が少ない。どうかして、秋が来たか、と勘違いするほどの涼風が立つ晩がある。たった一晩、奇蹟のように現れるのだ。その晩は、やたらと事件が起こる。

善人は暑さ疲れもあって、久しぶりに熟睡する。悪人は、そこにつけ入るわけだ。

事件の多寡《たか》と気温の高低を見比べ、関連性があるなら、犯罪の予防に生かせる。

池に迫《せ》りだした二畳ほどの涼み台で、川路がそんなことを考えていると、若党の成木《なりぎ》がやってきた。川路が呼びだしたのである。

「構わん。そばへ寄れ。話が遠い」

「お言葉に甘えます」成木が器用に膝を進めた。

「殿さま。ご推察の通りでございました。見事なお手当《てあて》をいたしました」

「これ」川路がたしなめた。「場違いの言葉を遣《つか》ってはならぬ」

「申しわけございません」

お手当、というのは、奉行所の役所言葉で、召し捕ることである。手当者という言葉もあって、こちらは死罪や島流しなどの重罪人を称する。

「で、何匹お手当した？」

つい、うっかり、口癖が出る。

「十四匹でした」

「すさまじいの」

「胸持《むなも》ち悪くなりました」

「聞いただけでもそうだ」

例の蝮捕《まむしと》りの良七である。屋敷の畑にはびこる蝮に手を焼いて、一網打尽を命じたが、達人というわさには程遠く、一向に成果が挙がらない。十日かかって、たったの二匹である。

良七も面目なげに、どうも暑すぎて奴ら表に出てこない、と成木に言いわけをした。

「蝮どもも、お湿りを願っているんだね」成木は皮肉を言った。

「その通りです。お湿りがあった日に参ります」良七が頭を下げた。

成木は、達人が気候のせいにした、と川路に報告した。川路はそれを真剣に受け取った。

「ならば、やっこさんはひと雨過ぎて涼しくなった日に現れるに違いない。その日の仕留め数に注目せよ」

昨日が、その日だった。良七が久しぶりに黒装束《しょうぞく》の姿を見せた。いつもと違うのは、蝮を入れる魚籠《びく》の他に水桶を提《さ》げている。腰に、何の蔓《つる》か、輪にしたものをぶら下げている。成木は遠くから、良七の挙動を観察していた。

良七はまず水桶に腰の蔓を浸《ひた》した。縄《なわ》のように太く黒い蔓である。しばらくして水から上げると、二、三度、鞭《むち》のように振って、長く伸ばした。そして、おもむろに懐から皮の手袋を取り出し、ゆっくりと左手にはめた。

準備が整ったらしい。良七が左手に蔓をだらりとぶら下げ、右の手ですばやく蛇の皮を剥ぐように裂《さ》いた。何度も、繰り返す。

シュー、という音がする。良七は茄子《なす》畑のまん中にいる。蝮を恐れて近頃は誰も茄子を収穫しないので、育ちきった実は、はじけてヒビ割れている。それと雑草が生い繁って、荒れ果てている。

成木が目をこらしていると、やがて、畑全体が、風も無いのにざわめきだした。芋の葉が風に騒ぐ。あんな感じである。成木は、寒気がした。

良七の姿が、突然、消えた。成木は驚いて、伸び上がった。すると、先ほどまで良七が立っていた位置からずっと奥の方に、黒頭巾がうごめくのを確認した。あれが良七ではないか。そう思った時、黒ずくめの姿が、ふらふらと、青草の間から伸びた。あたかも蝮が鎌首を持ち上げたかのように見えた。成木は、ゾッとした。黒ずくめは、ゆっくりとこちらに歩いてくる。右手に水桶、左手に魚籠を提げている。蔓のような物は見当らない。

良七は成木を認めると、黙って魚籠を差しだした。何気なく受け取った成木は、あまりの重さに持ったままよろめいた。

「蓋《ふた》を開けちゃいけませんぜ。今までと数が違う」良七が、ニヤリと笑った。

「どうして数を確かめる?」

「十四匹。信用してもらうしか無い」

「もっと居そうな重さだ」

「奉行所で嘘をついても始まらねえ」

成木は約束通り一匹につき二十四文、十四匹で合計三百三十六文払った。領収書に、爪印《つめいん》を押してもらった。墨をつけないで、爪の痕だけをつける。なま臭いにおいがした。

「お奉行が喜ぶだろう」良七が愛想笑いをした。

「お前も儲《もう》かったな」成木も笑顔で返した。

「お手当にしたこいつを、薬種屋に売るんだろう? 捕って儲け売って儲け、笑いが止まらないじゃないか」

「これでも命懸けですぜ。おまんま食うのは容易じゃねえ」

「お互いさまよ」

「こちらの旦那のようなかたに使われるお前さまは、しあわせ者だよ」

「旦那もいい人だし、奥様もいい人さ」

と、そこまでは報告しなかったが、成木は川路の予想に違《たが》わなかったことを、大いに持ち上げた。

川路は成木にこう言ったのである。

「いいお湿りだった。暑さも去って、ひと息ついた。たぶん、良七はこの潮どきを待っていたに違いない。見ていなさい。必ず奴は来る。そして、びっくりするほどの成果を挙げるはずだ」

川路の推測は適中した。

「してみますと、良七は蝮の動きを先刻承知だったというわけですね。知らんぷりを装《よそお》っていたことになりますね」

「そこが商売人というものさ。気を持たせておいて、名人芸を見せる。人は喝采する。高く売るためには、そのくらいの芸は必要さ」

「蔓の正体を聞きました」

「とぼけて、教えてくれなかったろう」

「いえ。殿さまに伝えてくれ、と詳しく話してくれました。藤蔓だそうです。水に浸して皮を剥《む》くと、シュー、という音がする。これ、蝮の鳴き声なんだそうです。この音で仲間を求めて寄ってくるんだそうで。そこを皮の手袋をはめて捕まえるんだそうです」

川路は成木に言い含めた。

「今度それとなく良七に聞いておいてくれ。蝮が一番棲息《せいそく》している場所だ」

釘光る

暑さは、衰えない。酷暑は犯罪の素因かも知れぬ、と奈良奉行・川路聖謨は考えている。

連日、多忙である。御用日、というのは、奉行が白洲《しらす》に出て訴訟を裁く日なのだが、大変にこみ入った事件が目白押しで、遅い昼食をとったあとも白洲に狩りだされる。調べ事などで午後四時過ぎまでかかった。結局、為残《しのこ》した調べを翌朝に片づけ、昼前と昼あと、白洲に出た。

この忙しさがこのところ、ずっと続いている。猛暑と仕事の多量が無関係とは、思われない。

「右に付《つき》内職一向に出来《でき》不申候《もうさずそろ》」

内職、というのは、川路にとっては、朝の乗馬と剣術のことである。そしてもう一つ、読書。

今日は久しぶりに夕刻前に、御用が一段落ついた。「漸《ようやく》書物に懸《かか》る」渇した者が一気に水を飲むように、前から読みたかった本を夢中で読んだ。物の気配を感じて、ふと顔を上げると、卓から一間《けん》（約二メートル）ほど離れたところに、大きな貂《てん》がいる。貂は近眼らしく、あるじの存在を察せず、こちらに歩いてくる。いつの間にか、座敷に入ってきていたらしい。思わず、「シッ！」と声をかけたら、驚いて庭の方に逃げて行った。川路は胸がドキドキしている。こんなことでは、とっさの事があると、上手《うま》く対応できない、と大いに反省した。

川路は日記に「その時胸驚《むねおどろき》たりし也」と記している。あるいは、恟々《きょうきょう》と書くつもりで、胸驚という文字を当てたのかも知れない。どちらも意味は同じである。

胸驚たりし也、は以前にも覚えがある。川路は思い立って唐櫃《からびつ》から桐油《とうゆ》紙《し》にくるんだ物を取りだしてきた。油紙を開くと、鬱金《うこん》色（鮮やかな黄）の袱紗《ふくさ》が現れた。重要な品を包む風呂敷である。手紙の束だった。

今は亡き人が、生前に川路に書いて寄こした手紙である。一通残らず保存してある。大切な、いわば形見ゆえ厳重に梱包《こんぽう》してあるのだが、人に知られると面倒な書簡だからでもある。恋文ではない。しかし、川路には、恋文のようなものだ。

だから、こうして、時々ひそかに、一人で読み返す。

一通ずつ、妻のさとが手製した大きめの状袋に収めてある。手紙を受け取った年と日付が記してある。奈良に赴任する前、川路が日記を繰りながら記入した。一番新しい日付が、故人が川路に寄こした最後の便りということになる。

天保十二年十月九日。これが読んだ日。書かれた日がいつであるか、残念ながら書状には日付が記されていない。

この当時の人は、手紙には必ず日付を書くのが習慣であった。いや、掟《おきて》のようなものであった、と言っていい。のちのち証拠になるからである。現代と違って書き付けに不用意な文言をつらねない。大体、発する言葉に責任を持っていた。

故人はその点、人一倍、気を遣《つか》っていた。適切な言葉が見つからぬので、言語の代わりに絵を描くのだ、と言っていた。半分以上は冗談であったろうが、この日付の無い手紙には、三本の松が、一筆描きで描かれているだけ、文句は見当らない。

これを受け取った時、川路には判じ物としか思えなかった。

五年後の今は、松の絵が何を示しているか、よくわかる。わかるから、厳重に包み、唐櫃の奥底に隠したのである。川路が生きている限り、隠し通さねばならない。

次の一通を取りあげた。天保十二年九月二十日受け取り。この手紙にも発信者は日付を入れていない。本文は、たった三行。

「御安和御同慶《ごあんわごどうけい》／所懐《しょかい》／板の間の釘《くぎ》もひかるや夜《よ》のさむみ」

お変りないようで嬉しく存じます。思うところあり、次の句を詠みました、という意味だが、夜寒の季節ではない。故人の心の情景を詠んだ句であろう。

三通目を読む。天保十一年十月十八日某氏より受け取り。十月十六日に某氏に直接託したもので、飛脚便ではない。

あなたの心のこもった便りを読み、泣いてしまった。何度も読み返し、そのつど涙ぐんでいる。ご心配いただいている家計だが、絵の門人、福田半香《はんこう》という者が、他の門人数名と語らい、私の絵をひそかに三河や遠州方面に売りさばいてくれおります。ずいぶん迷いましたが、背に腹は替えられず、私は黙認という形をとりました（福田がそうせよ、と言うのです）。私は我慢するとしても、老母や妻子を飢えさせるわけにはいかない。万が一、お咎めを受けたなら、責任を取る覚悟である。うんぬん。

四通目。天保十一年八月七日受け取り。発信日付は八月二日。

病気でしばらく床に就いていたこと、江戸がなつかしいこと、元気になったら農事に励むつもりで、農具を揃えていること。雪隠《せっちん》（トイレ）の近くに狐が出没したこと。座敷に蛇が這っていた日があったこと。皆さんと大っぴらに文通ができぬことが何とも寂しい。うんぬん。

五通目。天保十一年四月十一日受け取り。発信日付は四月八日。

お申し越しいただいた、蒲生君平《がもうくんぺい》著『山陵志』ですが、小生、文化五年初刷のすこぶる美本を所蔵していたのですけれど、二年前、（四十六歳で）退役願《たいやくねが》いを出した折、同時に所持していた書物と書画、合計二百九十七点、一千四百十冊を献納してしまったのです。『山陵志』も含まれておりました。実は藩主より藩政を執ってほしいとの内意があり、恐れ多く、病気を理由に（体の状態を草木にたとえたなら、水草のようで脈もぶよぶよと頼りないと申し）、ご辞退したのですが、これまでのご恩情にせめて酬《むく》いたい、と蔵書を差し出した次第です。書画は小生の作品ですが、一昨年の大凶作のような折に、売って一粒の足しになれば本望、と考えたのです。あなたの希望に添えず申しわけない。なお、小生の知るべに、くだんの書を持っている者いるはず、これから当ってみますから、しばらくお待ち下さい。

六通目。天保十一年三月三日先の某氏より受け取り。三月一日付。三通目同様の直接便。

渥美半島の田原《たはら》に幽居して、三カ月たちます。その節は多大のお見舞い金をたまわり、ありがとうございました。皆様からいただいたご厚意、総額八十両ございました。これで積もり積もった借財を、すべてきれいにいたしました。四十八年間の負債です。思えば小生、生まれて初めて債鬼《さいき》(借金取り)のいない国に住みました。何という解放感でしょう。債鬼に責められない仕合わせは、蛮社《ばんしゃ》の獄の辛さを忘れます。つまり、人をそねんで無実の罪を着せようとする人間よりも、金の威力の方がはるかに怖いということです。うんぬん。

七通目。天保十一年一月十日受け取り。一月五日付。

いろいろご尽力をいただき感謝に耐えません。暮れに、在所蟄居《ちっきょ》の裁《さば》きが出ました。死罪を覚悟していた身には、夢のような処分です。近日中に、三河国田原に参ります。いろいろな制約を受ける生活に入りますが、小生は耐えられるとしても、老母の心身が心配の種です。これまでのように自由な通信は無理のようです。昔の人が、いみじくも申したように、どうぞ便りがないのは良い便りなのだ、とお思い下さい。お元気でご活動願います。

それは我師走《わがしわす》の句なりいそげ人《ひと》

八通目。天保十年二月二日受領。二月二日発信。

先日ご提案の「百人一首」もじりの「百人狂歌」ですが、まず、小生から見本がわりに始めたいと存じます。今後、お互いに詠み次第、見せ合う形は如何でしょう？　では早速。調子に乗って先触れの太鼓を叩《たた》いて回る者は、「山辺のばか人《ひと》」

ながらえば子にさえ馬鹿にさるる身は憂《う》しとみし世ぞ今は恋しき

行先《ゆくさき》はまつ毛の如く近すぎて見ること出来ぬ地獄ごくらく

手紙は以上である。状袋はあと四、五通あるが、中身は手紙でなく、詩文原稿だった。川路は八通の書簡を読んだ順に並べ、もの思いにふけった。天保十年二月二日以前の書簡が無いのは、お互いに書く必要がなかったからである。二人の住居がごく近くだったので、用があれば訪ねあった。八通目の日付が受領と発信が同日なのは、それを表わしている。一通目から七通目までは逆に間があいているのは、江戸と三河国田原との距離を示し、同時に、手紙に「検閲」が行われている気配をうかがわせる。つまり、川路あての書簡を、何者かが途中で一時留めておいて、盗み読みしているのだ。それを察して、手紙は短くなり、最後は、絵だけになった。

一通目の、三本松は、では何を表現したのだろう？　これを見た時、川路には全く意味がわからなかった。考えあぐねて、答えを教えてほしいと返事を書きかけた時、凶報が来た。手紙のぬしが自殺したとの知らせであった。その瞬間「胸驚」した川路は、ふいに三本松は「浜松」

の謎とわかった。浜松は老中・水野忠邦《みずのただくに》の藩地である。故人はいつこの絵を描いたのか、今となっては特定できない。しかし、自殺の理由を暗示した絵であることは間違いない。

手紙のぬしは、三河国田原藩一万二千石の家老、渡辺崋山《かざん》である。崋山は、画家としても著名だった。現在は国宝の「鷹見泉石像《たかみせんせきぞう》」、重要文化財指定の「千山万水図」、ユニークな人物スケッチ「一掃百態図《いっそうひゃくたい》」などがある。

崋山は川路の親友の一人であった。崋山手製の短銃を贈られている。本稿は奈良時代の川路の言行を描くため詳細に触れないが、のちに川路はこの短銃を用いて自殺する。わが国最初のピストル自殺である。

母思い

奈良奉行・川路聖謨《かわじとしあきら》は、五年前に自殺した親友の、渡辺崋山との思い出にふけっている。

崋山は画号で、本名を登《のぼる》という。川路より八歳上で、知りあったのは川路が三十七の時である。

登はその頃、三河国田原藩《たはら》一万二千石の家老で海防掛《がかり》を務めていた。一方で、蘭学（オランダ語による西洋学）の結社「蛮学社中」を設け、その評判は高かった。登はオランダ語を読めなかったが、シーボルトの門人、高野長英《ちょうえい》や、出羽《でわ》庄内鶴岡出身の蘭医、小関三英《こせきさんえい》に頼んで蘭書を翻訳してもらい、それを読んで勉強した。「蘭学の大施主《だいせしゅ》」と呼ばれた。大旦那、パトロンというほどの意味である。

蛮学社には、最新の海外事情を記した翻訳書があると知った川路は、何しろ書物に目のない男なので、居ても立ってもいられない。

登の住む田原藩邸は麹町の三宅坂にあり、小石川の川路の屋敷からは、何ほどの距離でもない。直接出かけていって、閲覧を願った。

すると、実に気安く承知してくれ、学問を好む者に垣根があってはならぬことです、とむしろ大歓迎してくれた。登の人柄に、川路は感激し、以後、しばしばお邪魔した。蘭書の翻訳は一部きりだから、借りるわけにはいかない。読みたくなると、川路が出向いていく。

そのうち、二人で語りあう時間が多くなった。天保八年のことで、この年、川路は三人目の妻と離婚している。寂しさをまぎらす思いが、渡辺登に集中したといえるかも知れない。さと、と結婚するのは、翌年の四月である。

めでたい年の正月七日に、川路は新年の祝詞を述べに、渡辺家を訪問した。

「ちょうどよかった。わが家の七種粥《ななくさがゆ》をあがっていきませんか」と勧められた。

妻のいない川路は、おそらく家庭行事を省略したろう、と同情したのである。

「ありがたくご馳走になります」登の好意を素直に受けた。

登の妻たかが膳を運んできた。大きな黒塗りの木椀の蓋《ふた》を取ると、黄の色がまず目に飛び込んできた。ついで大根の香りが鼻をうった。大根の干葉《ひば》を刻んで入れた粥である。白木の箸を刺すと、粥より蕪《かぶ》の小片と大根の千六本が多い。椀の隅に、芹《せり》、なずな、御形《ごぎょう》、はこべら、仏《ほとけ》の座《ざ》も添えてある。

「お恥ずかしいが、わが家の七種粥は、すずな（蕪）と、すずしろ（大根）が、のさばっております。昔の苦しさを忘れるな、という家憲でして」

「わが家は、きらず飯が普通でした」川路が苦笑した。「正月もそうです。雪飯と称していました。風流でしょう」

「お互い食事には恵まれなかったんですな」

きらず、は豆腐のカラ、オカラである。

「米一升にオカラ一升を入れて炊くと、四合増えるのです」川路が語った。「食いのばすため、雪飯と大根飯を交互に炊《た》きました」

「食いのばすと言えば」登が語った。

「わが家は干麺の切り落しをまとめ買いしておくのです。麺を茹《ゆ》でる時、わざとふやかすのです。のびると、量が倍に増えます。わざわざのびさせて食うのです。貧乏人の知恵ですな」

「わが家の雑煮は餅でなく、米粉の団子でした」川路が引き取った。

「米屋に米粉をわけてもらうのです。それも一番粗悪な、ゴミ入りの粉。ゴミを取って、水で練って、汁に落す。水団《すいとん》です。わが家では餅といっていましたから、ものごころつく頃まで、餅は水団のことだと信じていました」

「餅はぜいたく品でしたよ」登が笑った。

「糸魚川《いといがわ》から西は丸餅を雑煮に使うそうですね」川路が粥椀を膳に置いた。「ごちそうさま。お国も丸餅ですか」

「いや、三河は角餅ですね。お粗末さま」登も椀を置いた。

二人、同時に食べ終ったのである。

「焼かない角餅です。西国でも美濃や伊勢志摩、薩摩がそのようです」

「江戸は焼いた角餅です。大人になって知りましたよ」

「お互い、餅は大人の食べ物だったのですな」

餅の話から、幼年時代の話に移った。

川路は豊後国《ぶんごのくに》日田代官所の宿舎で生まれた。父は代官所の下級役人である。何があったのか不明だが、父は代官所をやめ、家族を残して江戸に出る。四歳の時、母に連れられて父の元に行った。父は江戸城西丸《にしのまる》の御徒《おかち》に採用されていた。将軍の行列の警護や、徒歩でお供をする役である。代官所時代より、はるかに手当は少ない。餅の食えない生活が続いた。

「十二歳の時に、転機が訪れました」川路が話すと、「十二歳の時？」登が驚いたように、川路を見た。

「ええ。小普請《こぶしん》組の川路家の養子になったのです」

城の小さな修理をする役である。聖謨は長男だったが、弟が生まれたため、子の無い川路光房《みつふさ》に懇望されたのだった。川路家は御家人だが、由緒のある家柄である。息子の将来を考えれば、御徒組より幕臣の家格が物を言いそうであった。

「そうでしたか」登が微笑した。「いや、私もね、十二歳の時に、一大転機となる事件がありました」

父の薬を買いに日本橋に行った。登の父は身体が弱く、側用人《そばようにん》の務めを思うように果せなかった。殿様のお側にいて、殿の命令を重臣に伝え、また重臣の上申を殿にとりつぐ役目である。

川路に比べれば雲泥の、上級家臣だった。ところが、父の病気で薬代がかかるうえ、家族が多い。登が十五歳の時、祖母、両親、長男登の他に弟や妹が五人、合計九人というから、側用人の俸禄では生活できない。父の給与は十八人扶持《ぶち》である。一人扶持は一日五合の計算だから、一日九升もらう。ところが減俸令のため一日六升の実収である。六升で家計をまかなわねばならない。米はもとより衣類や日用品、養育費、交際費、役職上の諸経費など、いろいろかかる。

登は幼い時から絵が上手であった。十二歳の時、忘れもしない、父の薬を買いに行った帰り、日本橋で歩きながら人物の写生をしていて、うっかり、備前《びぜん》池田侯の行列の先触れにぶつかった。無礼者と咎《とが》められ、人中《ひとなか》で散々なぐられ、罵倒された。行列のぬしは、登と同い年の若様である。

「同じ人間でありながら身分違いとはいえ、このような目に遭《あ》う。よし、見ていろ。王侯といえども、跪《ひざまず》き尊敬せざるを得ないような偉人になってやる。そう発憤しましてね」

学者がよかろうと人に勧められ、猛烈に勉強を始めた。

「私は生まれつき愚鈍な子どもでしてね」

登が川路を見て、照れ笑いをした。

「いや、私もですよ」川路は急いで言った。お追従《ついしょう》と思われたくなくて、七歳で手習いの塾に通ったが、もの覚えが悪くて先生にいつも叱られていた、と語った。それは事実だった。九歳で父から論語や大学の素読を受けたが、理解が遅くて、毎日頭を殴られていた。

十二歳で友野《ともの》霞舟《かしゅう》という儒者の塾に通いだしたとたんに、見違えるように頭が良くなった。霞舟の教え方が優れていたのだろう。兄貴のような感覚で、川路を導いてくれた。師匠は川路より六歳上の、たった十八歳の学者であった。川路の頭脳明晰は霞舟を通じて、養父の耳に達した。かくて、無事に養子縁組が行われたわけである。

「私はね」登が笑いながら言った。「十五、六歳の時、友と浅草観音にお詣りのあと茶屋で休んだのですが、銭の勘定ができなくて笑われました」

六つか七つの時に祖母と歩いていて、荷車に当り、溝に落ちた。驚きも泣きもせず起きあがることもせず、泥の中に仰向けになったままなので、祖母は死んだかと肝をつぶしたらしい。登、と呼びかけると、ニタリ、と笑った。この子はよほどの痴《し》れ者かも知れぬ、と祖母は思い、いまだに疑っている様子である。

「いやあ、似た者同士ですなあ」川路は嬉しくなった。

もう一つ、二人には共通するものがある。母思い、という点である。

登の孝行ぶりは、つとに有名であった。

現在、国の重要文化財に指定されている登の絵画「千山万水図」は、一代の傑作だが、これの画料は火鉢ひとつの代金だった。冬の寒さにふるえている母に贈るために、筆を執《と》ったのである。大体、登の画代は世間相場より格段に安かった。貧しい生活をした人にしては、お金に執着が無い。

なりわいのために、絵の道を選んだ。学者になるため猛烈に勉強したが、学問では生活ができぬと知り、好きだった絵の方に、志を変えた。谷文晁《たにぶんちょう》の門に入り、画才を認められた。

川路の母思いは、江戸の実母にひんぱんに送る奈良だよりで知れる。そもそも奈良日記の『寧府紀事《ねいふ》』は、母に読ませるために書かれたというから、いかに母を安心させることに心をくだいていたか、推《お》し量《はか》れる。

日を追って親しくなった登に、川路は友人の江川太郎左衛門を紹介した。

江川は韮山《にらやま》の代官で、代々、太郎左衛門を名乗る。川路の友人は実に三十六代目で、英竜《ひでたつ》といい、担庵《たんあん》と称した砲術家である。高島秋帆《たかしましゅうはん》に西洋砲術を学んだ。韮山に反射炉を設け、大砲を鋳造した。

登と江川は意気投合した。ところが、かねて江川をこころよく思わぬ幕府の目付《めつけ》がいた。鳥居耀蔵《とりいようぞう》である。鳥居は大学頭《だいがくのかみ》の林述斎《じゅっさい》の三男だった。大学頭は、幕府学問所の一切を仕切る役で、初代の林羅山《らざん》から林氏が継いでいる。家柄から、西洋の学問を好まない。いや、鳥居は洋学を憎んでいた。洋学者を懲《こ》らしめたい、と願っていた。

そこに江戸湾の防備強化を願う老中の水野忠邦が、湾の検分を鳥居と江川に命じた。正使が鳥居で、副が江川である。江川を水野に推挙したのは、勘定吟味役の川路であった。

この顔合わせが、のちに事件の引き金《がね》になる。

福豆

田原《たはら》藩家老、渡辺崋山《わたなべかざん》宅では、毎月拾の日に寄合《よりあい》が持たれた。すなわち、十日、二十日、三十日である。旧暦では大の月が三十日、小の月は二十九日しか無い。従って大の月のみ会合は三回ある。夕方より始まる集会である。

「尚歯会《しょうしかい》」と称した。敬老会のことである。年齢のことを、年歯《ねんし》という。としはもいかぬ娘で、して、などと使う年歯。尚歯は、老齢を尊《たっと》ぶことである。

崋山宅には多い時で十五、六人、普通は十人ほどが集まった。何の決まりも無い。気が向かなければ欠席しても構わない。会議を行うわけでないから、夕方以降なら何時に顔を出しても一向に差し支えはない。会費も不要。ただし、茶も菓子も出ない。酒を飲みたければ、各自が持参する。自弁の飲み食いは自由である。これなら誰でも気兼ねなく出席できる。

尚歯会の名称は、会員が老人ばかりだからではない。老人の知恵を持ち寄って、物事を解決しよう、という意味の会名である。

もともと紀州藩の儒者・遠藤勝助《えんどうかつすけ》が、天保四年から続く飢饉《ききん》の対策を考えようと、諸藩の江戸屋敷の知識人に呼びかけて結成した。その成果は、遠藤の『救荒便覧』、高野長英の『二物考』など本にまとめられた。

次々に人が集まり、そのうち会員の関心が海防問題になる。当然、外国のことが知りたくなる。渡辺崋山が、いつのまにか尚歯会の中心人物になった。すると蘭学（オランダ語による西洋学）に興味を持つ人たちが参加するようになった。尚歯会は、いつしか西洋学を講じる蛮学社《ばんがくしゃ》中《ちゅう》（略して蛮社）と称されるに至る。

川路聖謨《かわじとしあきら》が、伊豆韮山《いずにらやま》の代官、江川太郎左衛門（名を英竜《ひでたつ》という。太郎左衛門は世襲名）を崋山に紹介した頃は、蛮学社中の時代である。川路の場合も、同様である。

江川は崋山に気に入られた。江川も崋山の識見に感服した。それで公用のない限り、拾の日には必ず崋山宅に足を運んだ。めったに休まないのは、江川と川路の二人であった。

その頃（天保八年）の社中の顔ぶれは、次の通りである。いちいち年齢は記さない。川路と江川が三十七歳で若い方、崋山が四十五歳で、他の者は崋山とおっつかっつの年と見ていい。崋山が蘭学を学ぶに当って蘭書を訳させた高野長英が三十四歳、小関三英が五十一歳。長英が社中で最も若く、三英が最も高齢である。

長英は陸奥《むつ》国水沢の人、長崎でシーボルトに医学を学んだ。シーボルトはドイツの医学者で、オランダ商館の医師として、幕末に来日した。わが国に近代医術を伝えた他、日本の動植物、地理、言語などを研究した。長英は崋山と共に言論弾圧事件「蛮社の獄」に遭《あ》い捕縛され、永《なが》牢《ろう》（終身獄屋入り）の刑を受けた。

のちの話だが、長英は牢に火を放って逃亡した。人相を変え、宇和島に潜伏していたが、三年後、江戸に戻り、沢三伯《さわさんぱく》の名で隠れ住んでいた。薩摩藩の依頼でオランダの兵術書を翻訳したところ、この難解な蘭書を自在に訳せる者は長英以外にいない、と指摘する者があって、正体が現れた。役人に自宅に踏み込まれ、二人を斬ったのち、自殺した。四十七歳だった。

小関三英は「蛮社の獄」の直前まで、崋山にキリスト伝を翻訳しつつ講義していた。崋山が逮捕された報を聞いて、蘭書のキリスト伝が理由に違いないと早合点し、自殺した。

足の悪い人で、おとなしく実直、本と酒以外に楽しみを持たない。金を得る才覚が無いため、崋山が翻訳料の名目で家計費を出してやっていた。

尚歯会にはいつも酒壺持参でやってきたが、実は崋山がこっそり先に渡していたのである。独身のまま逝《い》った。

その他の会員は、田原藩医の鈴木春山《しゅんさん》。水戸藩の儒者、立原杏所《たちはらきょうしょ》。立原は崋山と同じく谷文晁《ぶんちょう》の門下で絵がうまい。藩主の徳川斉昭《なりあき》が、大名を招いた席で絵を描かせた。儒者の誇りを持つ立原は、絵師扱いされて面白くない。懐紙《かいし》を丸めて墨に浸《ひた》すと、広げた画紙に放り投げた。墨のしずくが斉昭の袴《はかま》に飛んだ。藩主が色をなすと、これが私の画法です、とすました顔で「葡《ぶ》萄《どう》」の絵を見事に描いた。

高松藩の儒者、赤井東海。二本松生まれの儒者、安積艮斎《あさかごんさい》。彼は林大学頭《だいがくのかみ》・述斎《じゅっさい》の直弟子《じきでし》である。

同じく幕臣の儒者、古賀侗庵《とうあん》。津藩の儒者、斎藤拙堂《せつどう》。幕府の代官で、儒学も極めた羽倉簡《はぐらかん》堂《どう》。この人は川路の親しい友でもある。

また江戸町奉行、筒井伊賀守の次男の、下曽根金三郎《しもそねきんざぶろう》や、旗本で評定所記録方の芳賀《はが》市三郎、蘭学者の宇多川榕庵《うたがわようあん》門下の、納戸口番《なんどぐちばん》、花井虎一《とらかず》らがいた。

おわかりのように、儒者が多い。幕府の目付、鳥居耀蔵《とりいようぞう》が蛮学社中の存在をいまいましがり、ついに目の敵にしたのは、そのせいである。何しろ耀蔵の父は、儒学の本家、大学頭《だいがくのかみ》、林述斎なのである。父の弟子の安積が、ライバルの洋学に傾倒している。安積だけではない。皆、身を売ったようなものだ。孔子の「論語」を学んだ人間の、とるべき道ではない。礼無く、仁に悖《もと》る。学者どころか人間の風上《かざかみ》にも置けぬ。奴ら、どうするか見ていやがれ。鳥居はひそかに牙を研《と》いでいた。

天保九年の立春前日の節分は、旧暦一月十日だった。

尚歯会の日である。崋山宅をまっ先に訪れたのは、川路と江川であった。夕暮れに、少し早い。余人に聞かれたくない二人だけの相談事があって、それで早目に来た。相談事は、短くてすんだ。

三人で談笑していると、花井虎一がやってきた。花井は江戸城の衣服や調度類を納めておく部屋を守る番人を務めている。そのせいか人の着物や持ち物に異常に関心が高く、それはそれでおのれだけで得心していればいいものを、つい口に出してあげつらう癖があった。けなすわけでなく、ほめるだけなのだが、わざとらしいのである。ほめられた者が、言いがかりを付けられたような気になる。

一度、崋山が花井にこっそり忠告したことがあった。花井が、あいすみません、人徳が無いもんで、と首をすくめた。ひと言、多いのである。

「道々、にぎやかでしたよ」花井が座敷に入ってくるなり、町家では節分の豆まきがいっせいに始まった、と報じた。

「町方《まちかた》では、福は内、鬼は外、と叫ぶんですな」とたった今、発見したように言った。

武家でも男の子や男衆が豆をまくが、福は内だけ唱え、鬼は外と言わない。

向うの座敷で、男児が「福は内、福は内」と叫んでいる。豆をぶつける音がする。

その声と音が、こちらに近づいてきた。と思うまもなく、襖《ふすま》が開いて、三歳くらいの男児が走り込んできて、「福は内」とあどけない声と共に、手にした枡《ます》の豆をパラパラとまいた。

「おお、上手上手」と花井が拍手した。

「次男の諧《かのう》です」と崋山が三人に紹介した。

「えらいね。上手上手」花井がお愛想を言った。

「福はア、内」

しっかりした声がして、裃《かみしも》に袴《はかま》姿の七歳くらいの男児が現れた。彼は客に遠慮して、座敷の隅に向って豆をばらまいた。

「総領の立《りつ》といいます」崋山が紹介した。立が軽く会釈した。今夜は無礼講である。年男が主人公である。二人の男児は、ひとしきり豆をまくと、次の間に移っていった。

「いやあ、めでたい、めでたい」花井は浮かれている。「豆男がお宅は二人。福も倍ということですな。何しろ、めでたい」

「おめでたいことがあったようですね」小関が現れた。酒壺を包んだ風呂敷を提《さ》げている。もうかなり出来上がっている。片方の足を引きずるようにして座敷に入ってきたが、いきなり、ずでんどう、と大きな尻餅をついた。

畳に転がる節分の豆に、足をすべらせたのである。起き上がれぬ。四人は驚いて、駈け寄る。痛たた、と小関が顔をしかめる。足首をひねったらしい。

「新しい足袋《たび》を履《は》いてきたのが災いした」と言った。「身分不相応な真似はするな、との戒めに違いない。いたたた」

「失礼」江川が小関の痛む足先を持ちあげた。えい、と小さく気合いを入れる。軽く曲げたあと撫でさすりながら、「如何《いかが》ですか?」と尋《たず》ねた。

「やあ。痛みが消えた」小関が声を上《うわ》ずらせた。「江川氏《うじ》。何ぞ魔法でも?」

「柔術の先生に教えられたのです。立てますか?」

「一、二の」花井が掛け声をかけた。「三英《さんえい》」

小関が立ち上がって、ぷっと吹きだした。

「これぞ豆転び八起き、ですな」珍しく洒落《しゃれ》を言った。「江川氏のおかげです」

「名前がヒデタツですから」江川が応じた。

一同、大笑いした。

この年の秋、尚歯会の席で、評定所（老中と三奉行が大目付や目付の立ちあいのもとで、重要な裁判や評議をする所である）勤務の芳賀市太郎が、近く江戸湾に外国船モリソン号が入ってくる、幕府はこれを撃ち払う腹づもりらしい、と重大な秘密情報をもらした。

モリソン号はアメリカの船だが、芳賀はイギリス船と一同に語ったらしい。イギリスの軍事力に通じている崋山と長英は、それは大変だ、と腰を浮かせた。イギリスと戦争になれば日本は滅びる。何としても幕府の軽率な行動を止めねばならない。

崋山と長英は反対意見の書を書いた。前者を「慎機論《しんきろん》」といい、後者を、「戊戌《ぼじゅつ》夢物語」という。崋山は書き進めるうちに、次第に筆鋒《ひっぽう》が鋭く過激になった。お上をはばかって、途中で筆を止めた。そして論稿は誰にも見せなかった。「夢物語」の方だけ出版された。

この二著が蛮社の獄の引き金である。その前に、江川太郎左衛門と鳥居耀蔵の対立がある。幕府はモリソン号来航をきっかけに、江戸湾周辺の防備に本気になった。その下見調査に、老中の水野忠邦は二人を起用した。

雛あられ

川路聖謨《かわじとしあきら》と江川太郎左衛門《えがわたろうざえもん》、それに羽倉簡堂《はぐらかんどう》は、幕府の三兄弟と称された。

三人には、いくつかの共通点があったからである。

まず、江川と羽倉は天領《てんりょう》（幕府直轄《ちょっかつ》の領地）の代官であること。しかも両人は支配地が隣り合っている。江川は伊豆、相模、甲斐、武蔵を宰領し、羽倉は下総《しもうさ》、上野《こうずけ》、下野《しもつけ》、伊豆諸島を支配した。

川路の実父は、代官所の手代《てだい》を務めていた。しかも羽倉の父の元でである。

羽倉の父は、豊後《ぶんご》（大分県）の水郷日田《ひた》の代官で、日田代官は九州一円の天領約十三万石を支配する。のちに西国郡代と呼ばれ、大名並みの権力があった。川路の実父は羽倉の父に目をかけられていた。それなのに、何があったのか、川路が三歳の年に実父は手代をやめて江戸に出てしまう。幕臣になりたかったのだろうといわれている。さまざまのつてを頼って、江戸城西丸《にしのまる》の御徒《おかち》に採用された。将軍が行列を作って外出する際、歩いて従い警備をする役割である。牛込の御徒組屋敷住まいとなり、郷里から妻と子を呼びよせた。川路は四歳で江戸の人となった。

羽倉簡堂は川路より十一歳上である。幼児の川路と遊んだことはないとしても、何度か会ったことはあるだろう。後年、二人が親しく友だちづきあいをするようになったのも、以上の因《いん》縁《ねん》による。

三人とも学問好き、書物好き、尊皇主義で、歴代天皇の御陵に関心が深かった。羽倉は京都巡見の折り、みすぼらしい仙洞御所に衝撃を受け、声を放って泣いた。

三人とも大の親孝行であった。更に政治面においては、民政に力を注《そそ》いだ点が共通している。江川は天保の大飢饉に苦しむ領民のため、富商や地主に米を提供させ、餓死者や打ちこわしなどの暴動を防いだ。「世直し江川大明神」と称《たた》えられた。

文武両道に秀でた点も、三者共通である。川路は柳生新蔭流の免許皆伝を得、江川は神道《しんとう》無念流のそれ、羽倉は天真正伝神道流の奥義をきわめた。

川路にはおびただしい詩歌稿の他に、「神武御陵考」や「島根之言能葉《しまねのことのは》」等の研究書がある。羽倉には、「饌書《せんしょ》」という料理の著書がある。料亭「八百膳」の板前の聞き書きである。江川は金主になって地誌『豆州志稿《ずしゅうしこう》』を編纂させている。

天保九年二月二十日の蛮社の集会で、川路は羽倉から雛祭りに誘われた。

羽倉には一人娘がいる。ずいぶん遅くに恵まれた子で、大切に育てた。長じて婿を取った。一向に、子ができない。あきらめていたら、今年の正月、待望の孫が生まれた。女の子である。喜びもつかのま、羽倉は伊豆諸島巡見使を命じられた。これは将軍が代わるごとに行われるもので、地方政治監察のために臨時の役人が任命される。羽倉の場合は天領の代官なので、「国々御料所村々巡見使」といい、自分の領内を見回る。船で三宅島から八丈島に向う途中、暴風に遭い、三浦三崎に押し戻されてしまった。九死に一生を得たのだが、準備をやり直して改めて出発しなくてはならない。死にそこなったからやめる、というわけにはいかないのである。

「唯一の心残りは、いや、川路殿、笑わないでほしい。孫の雛祭りを見ないで行くのが残念でね。急いで飾ることにした」

「お察しいたします」

「さいわい当家には娘が生まれた時に、妻が実家から取り寄せた雛飾りがある。妻が誕生の際に贈られた年代物だ。それを孫に飾ろうと考えた。まあ、安あがりだ」

「喜んでお伺いしますよ。三月三日ですね？」

「いや、もう雛は飾った。節句の前に私は伊豆の島に出発する予定だ」

「なるほど。ではいつお訪ねしたらよろしいですか？」

「川路殿の都合さえよければ、明日はいかがだろうか」

「構いませぬ」

「よかった。では午《うま》の刻（午後零時頃）と決めよう。江川殿と渡辺殿にも声をかけたら、ご両人とも参られるとのご返事だった」

「何か趣向がおありのようですね」

羽倉が含み笑いをした。

「そうだろうと思いました」川路がいたずらっぽく笑った。

「雛祭りに、むくつけき男を呼ぶわけですから、格別の魂胆がおありと見ましたよ」

「怒られると弱るのだが」羽倉が首をすくめた。

「怒りませんよ。何です？」

「いや、明日の楽しみとしよう。怒らない人だけを招いたのさ」含み笑いをした。

翌日、川路は若党《わかとう》（侍の従者）に、渋うちわほどの大きさの鯛を持たせて、羽倉簡堂の邸（江戸役所）を訪れた。江川と渡辺崋山が先客でいた。

「いやあ、大漁大漁」羽倉が川路の手みやげを喜んだ。

「実は私も江川殿も鯛なんだ」崋山がきまり悪そうに、川路に言った。

「そうだったのですか。考えることは同じですね。めでたい席なものですから」

「つまり、安易ということだね」崋山が断じ、皆、笑った。

「女の子の節句に招かれるのは初めてだし、無理もない」崋山が苦笑した。崋山は羽倉より三つ下の四十六歳である。川路と江川は三十八歳。川路の方がひと月ほど兄貴分である。

三人は雛が飾られた座敷に案内された。緋毛氈《ひもうせん》の敷かれた七段に、上から内裏雛《だいりびな》、三人官女、随身《ずいじん》、衛士《えじ》、五人囃子《ばやし》、桜、橘や膳や三方、高杯《たかつき》、箪笥《たんす》長持、駕籠、牛車《ぎっしゃ》がにぎやかに飾られている。人形の顔や衣装や道具など、どれも古風である。しかし今どきの品と違い、丹念に作られている。

「四十三年前の雛人形ですよ」羽倉の妻女が、無邪気に自分の年齢を披露した。

「昔の物は貫禄がある。落ち着いていていいですな」

崋山が持参の画仙紙を広げ、筆で雛壇を写生した。外出の際は、必ず携帯している。たちまち、内裏さまを描きあげた。

「まあ。すばらしい絵」羽倉の妻が目をみはった。

「どうだろう、渡辺殿。孫娘のお祝いに一枚ちょうだいできまいか」羽倉が所望《しょもう》した。

「よろしかったらどうぞ」崋山が妻女に差しだした。「しかし実物の見事さには勝てません。ところで羽倉殿、趣向というのは何です？」

「いやさ、勿体《もったい》ぶるほどのことではない。四十三年昔の物の味を、味わってみようかという粋狂な試みでね」

「ご自分だけで試せばよい、ととめたのですが、この人は皆さんを巻き添えにするつもりらしくて」妻女が苦笑する。

「何です、その、いわくありげな食べ物は？」

川路と崋山と江川が、同時に同じ言葉を発した。

「これなんだ」羽倉が千代紙の貼られた小箱を、一同の前に出した。古びた箱である。

「この雛人形や道具を、人形つづらから一つ一つ取りだしておりましたら、この箱が出てまいりましたのです」妻女が説明する。

「開けてみましたら」と箱の蓋《ふた》を開けた。

油紙に包まれた物がある。羽倉が手を伸ばし、包み紙を開いて、一同の目の前に差しだした。

「雛あられ、ですね」江川がうなずいた。

「四十三年前のです」妻女が言った。「この雛と一緒に贈られた物だと思います。飾られずにそのまま、しまいこまれていたのです。全く手をつけられずに」

「毎年雛は飾られていたのでしょう？　よく気がつかれなかったですね。この箱だけ」

「ほら、千代紙細工の箱でしょう？　子どもの遊び道具と勘違いされて開けられなかったのだと思います」妻女が言った。

羽倉が雛あられに鼻を寄せた。「かびくさくない。全く湿《し》けていない」

「失礼」江川が顔を伸ばした。かいでいる。

「どうだろう羽倉殿。私にお毒見をさせていただけませんか？」江川が勇《いさ》んだ。

「当っても、うらみっこ無しですよ」

「もちろんです」江川が言うやいなや、一個をつまんで口に含んだ。音を立てて噛みくだいた。

「うん」とうなずく。おもむろに一同を見渡して感想を述べた。

「うまい！」

「いただきます」崋山と川路が手を出した。

羽倉の方が早く、三粒ほどつまみあげた。皆、音を鳴らして食べた。江川が笑いだした。

「これは一本、羽倉殿にかつがれましたね」

「何です？」羽倉が江川を見る。

「このあられ、最近調達したものでしょう？　四十三年前の品とは信じられませんよ。この風味」

「いいえ」妻女が首を振る。「本当に、人形つづらから出てきたのです。年代が書きつけてあるわけではありませんから、確実に四十三年前と申せませんけど。私の娘がこの雛を飾ったのは二十数年前ですから、少なくともそのくらいの古さはあると言えます」

「二十数年と四十三年じゃ、ありがたみが違うよ」羽倉が不満げに舌打ちした。

「いや、四十三年ですよ」江川が断定した。「間違いない。私の舌は四十三年前と主張している」

皆が笑った。江川がまじめな顔で語った。

「羽倉殿。今日は実に貴重な体験をさせていただきました。私は日頃、兵糧《ひょうろう》の研究をしております。日本古来の乾飯《ほしいい》の他に、軽くて携行に便利で、煮炊きせずに腹を満たせる物は無いか。食糧ですから何種かあった方が楽しいいし、調達も容易。なるほど雛あられがあった。これもいい兵糧になる。餅と違い火がいらぬ」

のちに江川は乾パンを製造する。そしてわが国の「パン祖」と呼ばれる。

ざざんざの松

　川路聖謨と渡辺崋山と江川太郎左衛門が、羽倉外記《はぐらげき》宅で四十数年前の雛あられを味わった数日後、三人はまたも雛祭に誘いを受けた。今度の招待主は、尚歯会《しょうしかい》の仲間の花井虎一《はないとらかず》である。三人とも先約があって断ったのだが、のちに顔を合わせた時、どうして我ら如き武骨な中年者が、女児の祭事に招かれたのだろう、と首をかしげあった。その場に居た羽倉が、人形の着物を自慢したかったのだろうさ、と笑った。花井は衣服に異様な関心を持つ男であった。花井には娘ばかり四人いるとの話で、川路は恐らくそれが理由かも、と推測した。良い縁談を得たいほしさに、エサをまいているのだろう。川路はむしろ花井の心根に同情したのである。

　後日、招きに応じた尚歯会の某が、大層華美な人形飾りだった、と川路に語った。雛の首が象牙《ぞうげ》で、衣装が西陣織、簪《かんざし》が銀、調度品が鼈甲《べっこう》製というぜいたく極まるものだったという。

「人に披露したくなるわけですよ」その者が苦笑していた。

　花井にしてみれば、持参金は潤沢《じゅんたく》ですよ、と暗に匂わせた形だろう。

　この話が川路から本丸老中の水野越前守忠邦《みずのえちぜんのかみただくに》に伝わり、三年後、水野がぜいたく禁止、節倹奨励の御改革、いわゆる天保改革を断行するきっかけになった、と世上言われているが、嘘である。川路は、うわさ話を耳打ちする人柄ではない。川路と水野の懇《ねんご》ろな関係をねたんだ者のでまかせである。

川路が七歳上の水野に目をかけられたのは、事実である。水野が老中に出世して翌年、大名家の乗っ取り事件が出来《しゅったい》した。いわゆる「仙石騒動《せんごく》」である。これの調査をしたのが、川路である。ひと筋縄ではいかない、お家騒動であった。何しろ時の老中首座《しゅざ》の松平康任《まつだいらやすとう》が、事件にからんでいた。つまり、水野の上役である。

そうと判明した時、川路に調べを命じた寺社奉行もためらった。川路は証拠を揃えて、幕府最高裁判所である評定所《ひょうじょうしょ》で裁いてくれるよう、強く進言した。老中と三奉行（寺社、町、勘定奉行）が、大目付（大名を監視する者で老中に属する）、目付（老中に次ぐ重職の若年寄《わかどしより》に属し、旗本や御家人を監視する）立ち合いのもとで評議裁決をする所が評定所だが、このものものしい顔ぶれでわかるように、幕府にとって重大重要な案件を扱う。評定所に託されるだけで、大事件なのである。仙石騒動の場合、審議する者が事件の黒幕なのだから、寺社奉行が評定所上申に二の足を踏んだのも無理はない。老中首座に握りつぶされるのは、目に見えている。それだけですまない。寺社奉行も川路も、適当な理由をつけられ左遷される。追放ですめばいい方で、悪くすると罪人にされてしまう。将軍につぐ権力者となれば、思いのままに振るまえるのである。

仙石騒動の決着は、老中末座《まつざ》の水野忠邦の働きで、川路の進言通りになった。水野は川路の実力を認め、川路は水野の正義に打たれた。老中首座は辞職し、隠居を命じられた。以後、川路は水野に引き立てられる。

水野は天保改革で大名や庶民にうらまれ憎まれたせいで、悪声を放つ者が多いが、川路に言わせると、取り巻きの、たとえば鳥居耀蔵《ようぞう》らの所業が水野にかぶせられた節がある。ただし、そうであったにしても、やはり鳥居を起用した者に責任はある。水野は武士の腐敗と堕落に我慢がならなかった。いやだと思うことを、見過ごせない性格であった。金に汚い者を許せない。自分が金に恬淡《てんたん》だから、そうでない者が憎い。自分は正しいという自信があるので、不義を懲《こ》らさずにおけない。鳥居が同じような性格である。

こういう手合いは、往々にして正義を極端化する。理想的な正義を一途《いちず》に追い求めていけば、妥協を許さぬ酷薄な姿勢そのものが、いつか不正義に変ってくる。そのことに本人は気づかない。何事も、程々がいいのである。

異国船が出没するようになり、水野は江戸湾防備に着手した。まず湾を測量しなくてはならぬ。ある日、川路に適材の人物を下問した。川路は即座に代官の江川太郎左衛門を推挙した。今は伊豆諸島は羽倉簡堂の支配地だが、数年前までは江川の管轄《かんかつ》地であって、島を含む伊豆、相模一帯を統《す》べる江川は港湾防備に熟知している。何より高島秋帆《たかしましゅうはん》に学んだ西洋砲術に長《た》けている。江川をおいて他に誰かいるか、と水野が反問した。私の知る限り、おりませぬ、と川路は断言した。

そうか、と水野がうなずき、何か言いたそうだったが、何も言わなかった。

やがて、江戸湾見分使の正副両人の名が発表された。正使が目付の鳥居耀蔵で、副使が江川である。川路は江川を正使のつもりで推したので、意外な気がした。そしてこの顔合わせは、うまくいかぬだろうと危惧した。鳥居は嫉妬深い男と評判だった。

案の定、測量人選びで衝突した。鳥居の選んだ男は、伊能忠敬《いのうただたか》の門下生である。一方、江川は渡辺崋山《かざん》から推薦された者である。鳥居の側の男は無能ではないが、技術は旧式である。江川側は西洋流の手法で、用いる器具も最新の外国製である。両者が噛み合うわけがない。江川は弱って川路に訴えた。川路は水野に具申した。水野はお互いを競わせよ、と鳥居に命じた。水野にしてみれば、新旧の技術などどうでもよいのである。正確な結果が得られればよい。しかも早くほしい。同じ仕事をさせ、優秀な方を採用する。競争させた方が、はりきるに違いない。

　鳥居と江川は測量を分担した。そして上がってきた図面と統計を比べた鳥居は、明らかに自分の側が不利なことを知った。見分が終れば、正副共に報告書を水野に差出さねばならない。水野は読んで正使の能力に疑いを持つだろう。鳥居は水野の寵《ちょう》を失うことを恐れた。同時に更に寵を得なければならぬとあせった。

　部下の（小人目付《こびとめつけ》という。目付の指図で探偵をする）小笠原貢蔵《こうぞう》に、尚歯会の活動を探るよう言いつけた。水野の内命である、と偽った。

　小笠原は花井虎一に目をつけた。一番口軽な者だったからである。何も知らぬ花井は、尚歯会の会員の動静を、世間話として小笠原に語った。幕府がイギリス船を撃ち払うらしい、という芳賀市三郎《はがいちさぶろう》が尚歯会でもらした秘密情報の一件も語った。それに対し、崋山と高野長英《ちょうえい》が、わが国とイギリスが戦争をしたならば、軍備の整ったイギリスに勝てるはずがない、と幕府の無謀を指弾した。

　御政道批判、である。これは立派な罪になる。

　小笠原から以上の報告を受けた鳥居は、尚歯会の連中が異国研究の名目で集《つど》い、実は幕政にケチをつけていると、花井の密告という形で告発書を作り、水野に届けた。

告発書には、このたびの江戸湾見分において、崋山は鳥居の手法をあざ笑うべく、江川を通して西洋測量術の体験者を名簿にねじこんできた、鳥居の脚をひっぱるような悪どいこともした、とちゃっかり自分の失敗をごまかす文章も入れておいた。すべて花井が告発したようにつくろってある。

尚歯会の面々を見て、水野は逆に告発書の内容を疑った。水野の信頼する川路の名があったし、江川も羽倉も入っていたからである。

水野はひそかに間諜《かんちょう》（スパイ）を放って、尚歯会を探った。花井が密告した事実はなかった。しかし水野は鳥居を咎めていない。崋山と長英が幕政批判の書を書きあげたことは間違いなかったからである。

水野が自分たちを内偵していると、川路は知った。こういうことは、わかるものである。しかし、知らぬ振りをした。やましいことは、何もない。そのうち嫌疑が晴れたらしい、と伝わってきた。同時に、崋山と長英が北町奉行所に召喚されたと聞いて、川路は容易ならぬ事態、と憂慮した。北町奉行の大草安房守《おおくさあわのかみ》は知らない仲ではない。川路は大草を訪ねた。むろん、直接、召喚のことを訊くのではない。大草も語らない。当たりさわりのない世間話を交わすだけである。それだけで川路の用は足りる。この節わざわざ訪ねてきた言外の意味は、大草も察している。

「渡辺殿宅の集まりには、酒どころか茶も出ないそうで」大草が苦笑した。「野暮な決まりですな」

火も無いのに煙が立ったのは、これか、と川路は得心した。何人かが頭を揃えて、酒を飲まずに語りあっている。よそから見れば、秘密の会議をしているとしか思えない。それも重大な議題に違いない。

川路はかつて水野忠邦と、何かの話がきっかけで、「松籟《しょうらい》」について言葉を交わしたのを思いだした。松風の音である。松韻《しょういん》ともいう。水野は詩歌の素養がある。

「松籟の良さは、あるか無きかの風を、松が教えてくれるところにある。あの独特の、時雨《しぐれ》のような音。ところがね」

水野が言葉を切って、思いだし笑いをした。

「現在《いま》の領地に来たら、ざざんざの松というものがある」

水野は肥前唐津《からつ》藩主だったが、遠江《とおとうみのくに》国浜松藩に国替《くにがえ》になった。どちらも表高は六万石だが、実高は違う。唐津は二十五万石だが、浜松は十五万石である。ただ、浜松は家康の居城であり、格が異なる。幕府の閣僚に選ばれる名門の藩なのである。水野は実より名を取った。政治に野心を抱いていたからである。

「広大な松林でね。ここの松籟はざざんざ、わめくような音。浜松の音はざざんざ。物には程というものがないと、風流ではない」

尊徳の桜

天保九年の春を、川路聖謨は回想している。

川路が奈良奉行に赴任する八年前である。羽倉外記《はぐらげき》宅の雛《ひな》祭りに誘われた年である。川路と同い年の江川太郎左衛門と、二人より八歳上の渡辺崋山が招かれた。雛あられをつまみながら、羽倉を含めて四人で花見の話をしていた。桃から当然のように話題が桜に移ったのである。

「どうです、いっそ、皆さんで私の領地に参りませんか」と江川が一同を見回した。

御府内の桜の名所は、ほぼ見尽くした、と崋山が言い、川路と羽倉が大きくうなずいた時である。

「江川殿のご領地となると、日帰りというわけにはいきませんな」と崋山が難色を示した。「二日取っていただければ」江川が言った。

「ある山の山桜をお見せしたい」

「山歩きですか」崋山がガッカリした声を出した。「私は歩くのが苦手でして。年ですかな」

「私も江川殿のようには歩けない」川路も同調した。「同い年なのに情けない話だが」

江川は健脚で有名だった。一日に平気で二十里（約八十キロ）歩いていた。伊豆の韮山《にらやま》の自邸と、江戸深川の役所とを、しょっちゅう往《い》ったり来たりしている。むろん乗物を用いるのだが、領内を回る場合は徒歩が多い。駕籠《かご》や馬だと、領民が打ちとけない。

「皆さんに是非ご覧に入れたい山桜があるのですが、ここはちと辺ぴな場所でして」

「天城《あまぎ》山中ですか？」川路が問うた。

「いや、天城でなく、甲斐《かい》の奥深い集落です」

江川が語った。

そこは平家の隠れ里といわれる秘境である。生活が貧しいためか、人心が荒れていて、代官の威に従わない。役人も恐がって行きたがらぬ。長いこと、手つかずのまま、放置してあった。父が死んで、江川が代官職を継いだ。三十五歳の時である。領内の様子は十年前の代官見習いの折に、ほぼ掌握《しょうあく》している。

隠れ里の無法ぶりを、自分の手で何とか取り締まり、健全な村落に再生させねば、とひそかに期していた。

江川が是非会ってみたい人物がいた。

二宮尊徳《にのみやそんとく》、である。名は尊徳《たかのり》、通称を金次郎、村起《おこ》し、町起しの名人、として知られていた人物である。江川や川路を若い時から可愛がってくれた、小田原藩主の大久保忠真《ただざね》公が、自慢の篤農家であった。老中になった忠真は、二人にしばしば尊徳の偉さを語った。

忠真が尊徳の名と実力を知ったのは、家老の服部《はっとり》十郎兵衛の献言によってである。十郎兵衛は尊徳の経営の才を見込んで、服部家の家政建直《たてなお》しを依頼した。当時、服部家は大変な借金があり、家老職を投げだす寸前だった。二十代の百姓に武家の窮状を訴え、救済を求めたのだから、よほどのことである。無一物から二宮家を再興した尊徳の手腕に、恥も外聞も捨てですがったのである。

尊徳は節約を強《し》い、金の貸しぬしに返済の猶予を乞い、無駄を省き、切り詰めた生活を続けさせ、五年で服部家を建直した。感動した服部が殿様に尊徳を推奨《すいしょう》した。忠真は二宮を士分に取り立て藩のために働いてもらうつもりだったが、身分制度を楯に家臣たちが承知しない。賢人といえども農の出では、仮に士分にしても服従する者がいないだろう。それではかわいそうだ。忠真は考えた。二宮に顕著《けんちょ》な功績を立てさせればよい。

分家の宇津《うづ》家四千石の領地は、下野《しもつけ》国（栃木県）桜町だが、ここは荒れ果てて今や三分の一の実収しかない。宇津氏は本家の小田原藩に居候しているありさま、有能な藩士を派遣し村起しを図ったが、成功しない。

忠真は尊徳に頼んだ。尊徳は辞退した。自分の才能は一家を興すだけであって、とても村までは無理です。忠真は引き下がらぬ。辞を低くし、礼を尽し、頼むこと三年、というから、殿様も本気である。尊徳も打たれて、「十カ年任せおき」の条件つきで承諾した。十年の間は尊徳が何をしようと、一切、口出し手出しをせず見守ること。むろん、忠真に否《いな》やはない。かくて尊徳は妻子を連れて、桜町に移住した。

そして、十年後、尊徳は見事に桜町を再興した。約束通り成ったことを、日光参拝の途次の忠真に報告、しかも剰余米《じょうよまい》四百二十六俵を納めた。忠真は、もったいないと感涙し、おろそかに使える米ではない、と蔵に入れ、後年、小田原領民の救荒米として活用した。

尊徳の村起しの手法を、忠真は論語にある徳を以《もっ》て徳に報《むく》う、つまり、恩返し、報徳精神であると評した。

尊徳は言う。私たちは天地の徳、祖先の徳、親の徳、隣人の徳などの恩恵に日々浴している。これに報いるには、徳行《とっこう》しかない。良い行い、道にかなった生き方である。

それはどういうことかというと、まず、自分の財産を明確につかむ。収入がいくらで、借金の高がいくら。支出が収入を上回ってはいけない。生活は分相応《ぶんそうおう》にする。盆暮れの贈答も、身の程をわきまえて行う。義理も交際もできなければ、やらない。これが礼であり義であり道である。ケチとけなす者がいても無視せよ。けなす方が間違っているのだから。決して惑わぬ。これが徳行を立てる最初だ。

分を知ることが大事、と尊徳は説く。身の程である。自分の財産や収入・支出をまず知らねばいけない。把握して予算を組み、切り盛りする。この計画を、分度《ぶんど》を立てるという。収入よりも支出が多い生活はいけない。分際《ぶんざい》をわきまえぬ生き方であってはならない。

尊徳は桜町復興資金として、忠真から金五十両、米二百俵を預かった。この金を無利息で村人に貸しだした。荒れた家を修理させた。雨が漏《も》るような家に住んで、徳行も分度も無い。働く意欲は、家族の団欒《だんらん》から生まれるのである。

「頓智《とんち》の人でね」忠真が江川に語った。江川が尊徳に会いたい希望を告げた折である。

広大な竹林をつぶして畑地にしたい、と村人が尊徳に相談した。しかし、一人や二人の力では開墾《かいこん》に何年かかるかわからぬ。といって、人手を頼めば、莫大な金が必要である。よい知恵はないだろうか。

尊徳は即座に授けた。今年、筍《たけのこ》が出始めたら、村人に触れを回し、無料で掘り放題にせよ。筍が地上に顔を出した頃合いがいい。その代わり、掘った穴に一本ずつ山芋を植えさせよ。山芋の種を用意するのに金はかかるが、開墾費と思えば安い。秋になったら、今度は村人に無料で山芋を掘らせよ。山芋はかなり深く掘らないと収穫できない。竹の根も傷めつけられ、やがて自然に枯れるだろう。伐採して竹を売ったあと焼いて、焼き畑にすればよい。

江川は忠真の配慮で、尊徳に会った。江川より十四歳上で、がっしりした体格の大男である。江川はどのようにすれば人心を収攬《しゅうらん》できるものか、と率直に質問した。果して徳の力のみで、怠け者が勤勉になり、ならず者がおとなしく変るものだろうか。あなたには特別の妙術があるのではないか。よろしかったら、ご教授願えないだろうか。

尊徳が笑いながら答えた。

「あなたにはお代官というご威光がある。それを用いれば、至って簡単に民をなびかせられる。でも私は武士でなく百姓ですから、何の権限も持たない。ただし、ナスをならせ大根を太らせる技だけは心得ています。この技をよりどころに、ひたすら働いて怠らないのです」

そして続けた。

「荒れた土地を開拓すれば、米ができます。米の飯があれば、鶏でも犬でも集まってきます。

尾を振れと命じれば振るし、ほえよと言えば従います。私はこの道理を、誠を尽して実行しているだけです」

要するに政治は、民衆の三度の飯を確保することだ、と民を絞る武家階級を皮肉ったのである。

江川は領内の隠れ里の話をした。

「特産品というものが、何も無いのです。山の中ですから、現金になる物が無い。だから村の者は生活に張り合いが持てず、ぶらぶら病いにとり憑かれて、考える気力さえ失って」

「あるものを生かせばよろしい」尊徳が言下に断じた。「山があるなら山を金にする」

山には樹がある。樹には葉がある。枝がある。根がある。根元には草がある。これらを一つ一つ調べ、人間の生活に役に立つ部分はどれか、を見きわめる。山だけを見ては、いけない。虫も土も含めて、山だ。

「その村には寄合《よりあい》（共同）墓地はありますか？」尊徳が聞いた。

昔の調査では、死者は適当に埋められているらしく、墓地の形らしきものは見当らない。「村を見下ろす高台に、寄合墓地を造成しなさい」尊徳が言った。

「山桜が咲く場所がいい。村で一番いい場所を選ぶこと。後生を送るにふさわしく、あそこに眠りたいと誰もが望む、そういう所を決めます。桜が咲くと、おのずと墓参りをするようになる。村人が集まれば、生きる活力も生まれるし、知恵も出る。村起しの第一歩は、墓造りです」

「なるほど」江川は感心した。「すると、先生の桜町の事業も、まず墓からだったのですか？」

「桜に目をつけました。何しろ、地名が桜町ですから。日本人にはやはり桜が理屈でなしに心休めなのです。桜を利用しない手はない」

江川が川路たちを見回しながら、こう結んだ。

「隠れ里の山桜が見事でねえ。里の者以外の目に触れたことがないから、うぶで、これぞ日本の桜という感動がある」

是非見せたいと誘った江川だったが、この年、川路たちは桜見物どころでなくなった。尚歯会の寄合の拾の日、すなわち、天保九年三月十日の明け方、江戸城西丸から火が出て大騒動になったのである。

桜顔

奈良奉行・川路聖謨は、久しぶりに養父母の晩酌《ばんしゃく》に相伴《しょうばん》した。相談したいことがあったからである。話は簡単にすんだ。川路は盃を二つ干して下がった。ほんのり顔が染まった。

「いい色ですこと」妻のさとが、冷やかした。

「桜顔。俳句の季語になかったかしら」

「そんな季語があるものか」

「桜雨。桜色。桜煮。桜魚《うお》。桜貝。桜紙。桜衣。桜鯛《だい》。桜鍋。桜乾《ぼ》し。桜味噌。桜結び。桜飯。桜餅」和歌に堪能なさとが、よどみなく挙げる。「桜のようにうっすらと赤い顔。桜顔。ありそうですよ」

そう言われると、何だかありそうな言葉だ。

「お花見で酒を飲むと桜顔ですよ、間違いなく」

「俳諧の本で調べてみよう」

川路は蔵書に当った。桜顔、桜顔とつぶやきながら、何冊か俳諧や和歌の本を取りだした。

ふと、『怡顔斎桜品《いがんさいおうひん》』という本が目にとまった。これは松岡玄達《まつおかげんたつ》という本草《ほんぞう》学者が著した桜の専門書である。本草学とは本来、薬草、薬物の研究のことだが、そこから動植物や鉱物、地質など広く自然界を探る学問に発展した。本草学イコール博物学である。松岡は号を怡顔斎と称した。六十九種の桜の図を描き解説し、弘化三（一八四六）年の現在より、八十八年前の宝暦八（一七五八）年に刊行した。わが国に桜の種類を初めて紹介した貴重な本だが、川路が手にしているこれは初版ではない。四十一年前の文化二年の再刊本である。古書値は初版より安い。奈良赴任に当って、親友の浅野長祚《ながよし》から餞別《せんべつ》にちょうだいしたのである。

浅野は忠臣蔵で有名な播州《ばんしゅう》赤穂《あこう》藩主の親類で、三千五百石の大身《たいしん》の旗本であった。十代の川路が通っていた友野霞舟《かしゅう》という儒者の塾仲間である。浅野は頭が切れて、無類の本好き、凧《たこ》を上げて遊ぶ年頃から凧に目もくれず本屋通い、新刊だけではあきたらず古書店を回って、片っぱしから漁《あさ》った。本ばかりを読んでいるから、常にうつむいた姿勢で、後ろ姿は少年に見えない。塾仲間から、「老公《ろうこう》」と呼ばれた。老公は、怒らない。どちらかというと無口の方だが、時に下す判断は誰よりも適確《てっかく》で、世慣れしていた。「老公」でなく、「老巧」だと川路は見ていた。二人は馬が合った。

浅野はのちに浦賀奉行、京都町奉行、江戸町奉行を歴任する。職歴が川路に似ている。ずっと後年の話だが、川路が外国奉行の時、浅野は作事奉行を務めていた。川路の孫の太郎と浅野の五女花子との結婚が成立した。両家は親戚になったのである。

川路が奈良奉行を拝命し、旅支度を整えていた折、浅野から呼び出しがきた。屋敷に赴くとただちに書庫に案内された。おびただしい数の蔵書である。ざっと五万巻はあるという。川路が書庫を拝見するのは、実に久しぶりである。

「どれでもよい。ほしい本を選べ。進呈する。ただし、一点だけだ」浅野が勧めた。

「一点減ると、こまらないか」

浅野は五万巻楼主人、と自称している。欠けると看板に偽りあり、となじられないか、とからかったのである。

「ご配慮無用だ。じきに六万巻楼主人になる」

「では遠慮なく、いただく」

川路は書棚を見回した。一冊残らず、特別に作らせた帙《ちつ》に納めてあり、書名を記した札が下げてある。浅野が自ら書いた札だ。書棚は、「絵画」「礼法」「服飾」「筆跡」などと、細かく分類されている。

川路は、「草木」の棚の前で立ち止まった。『桜品』と記された札に手を伸ばした。『桜品』は二部あって、「再刻」と註された方を選んだ。浅野に差し出した。

「これをちょうだいする」

「わざと安い方を選んだな」浅野が苦笑した。

「内容は同じさ。これでいい」

蔵書家が本をくれるというのは、大変な好意である。しかも、どれでも好きな本を選べとは、金銭に換えがたい贈り物といってよい。川路は浅野の負担を少しでも軽くするために、重複している本を探したのである。

「これはいい。楽しめる」

川路はゆっくりと本を開いた。

「奈良に立つのは三月四日、といったな」浅野がのぞきこんだ。「すると道中十五、六日とみて、都に着くのは、三月二十日頃か。ちょうど桜の盛りではないか」

現代の暦に当てはめると、四月十四、五日になる。

「青丹《あおに》よし奈良の都は咲く花の、か」浅野が万葉歌を口ずさんだ。「匂うが如く今盛りなり。江戸の桜と違い、大らかで美しいのではないかな。こせつく市塵《しじん》を離れて、英気を養うのも、また風流というものだろう」

川路の奈良奉行辞令は、左遷といううわさがもっぱらだった。浅野はそれを慰めたのである。

「桜には、どうも良い思い出が無い」川路は、ぼやいた。

「桜の花のせいにするな」浅野が笑いとばしながら返した。「桜には関係あるまい」

これが浅野の話法であった。鋭く、真理を衝《つ》く。

天保八年三月九日、川路に目をかけてくれた老中の大久保忠真《ただざね》が亡くなった。小田原藩主で、二宮尊徳を引き立てた鋭敏な殿さまである。喪《も》は秘められ、二十日になって、前日に死去と公表された。

川路は急ぎ江戸城大手門前、辰の口南角の小田原藩邸に弔問に伺った。焼香をすませて玄関の式台に立った時、強い風が起こって、目の前が白煙のように霞んだ。桜の花びらが散り、舞い込んだのである。来る際は全く気づかなかったが、玄関横に里桜の大木が聳えていた。八重の桜が満開だった。うなだれて玄関に入ったため、花を見なかった。一陣の強風が、存在を知らせた。川路は大久保の声を聞いたような気がした。

帰途、駕籠《かご》の中で歌を詠んだ。

「世の中の心を知らば天津空《あまつそら》（大空）散りゆく花をしばしとどめよ」

「なかなかに今は神をもかこつなり花散らせしは心なきかと」

翌年の三月十日未明。江戸城西の丸のお料理場から出火、炎が広がった。報を聞いてまっ先に単身駆けつけたのが、水野越前守忠邦である。水野は足袋はだしで下知《げち》を執った。大奥の女たちを上手に誘導して逃がした。西の丸の女官だけで六百人以上いる。一人の怪我《けが》人も出さなかった。大奥表御殿は焼け落ちた。

この時の働きで水野は、株を上げた。一万石加増の他、多くの賞賜《しょうし》を受けた。

川路は江川太郎左衛門の誘いで花見をする予定だったが、それどころではない。まず十日の尚歯会《しょうしかい》が中止になった。ひと月後、西の丸普請《ふしん》御用を命ぜられた。再建工事である。その翌日、普請用材伐採監督として、信濃国木曾出張を命ぜられた。木曾の檜《ひのき》を伐りだすのである。息つく間もない。折悪しく、実母が重病の床にあった。母の看病をする手が必要だった。旅の準備の一方、留守宅の心配もしなければならない。

勘定吟味役《かんじょうぎんみやく》同僚の都筑峯重《つづきみねしげ》が、いっそ身を固めないか、と助け舟を出した。前年、三人目の妻と離縁している。

「自分の知っている者の娘で、非常に出来た者がいる。川路家の事情を承知で、あんたさえ良ければ応諾すると申している」

都筑は誠実な男で、川路は日頃、一番信頼している。同い年であり、浅野と並ぶ親友である。

何でも打ち明けられる仲だった。

「ただし、年は問わないだろうね」都筑が条件を示した。

「いくつだ？」

「あんたより三つ下」

「出来た娘が、どうして残っている。世間は見る目がないな」

「体が弱いという理由で、結婚に熱心でなかった。なに、本人の思い込み。病人ではない。現にずっと紀州徳川家の江戸屋敷に奉公していた。姫に気に入られていたが、姫が亡くなられて、ガッカリして御殿奉公をやめた。姫の急死がよほど応《こた》えたらしい。頭痛持ちなのだが、亭主に迷惑をかけたくない、とつまりは優しい気性なのだよ。会ってみるか？」

「そんな余裕はない。五日後に木曾に出発だ」

「こうしよう。あんたの母の看病をしてもらう。その名目で頼んでみる。様子を見て、気にいったら正式に迎えてくれ」

どんな風に話をしたものか、翌日、母に付き添われて川路家を訪ねてきた。挨拶がすむと、いつの間にか襷掛《たすきが》けして、病人の下《しも》の世話をしている。ずっと前からこの家に居た人のような振舞《ふるまい》である。何より驚いたのは、女中や子どもたちが、すっかりなついたことだった。川路家には正妻の子が三人と、妾の子が二人（市三郎がそうである）、そして知人から預かっている娘が三人いた。全員が、何のわだかまりもなく、新しい母として歓迎したのである。川路はその様を見て、即座に決めた。妻になっていただけまいか、と切りだしたのである。

「そのつもりで参りました」と微笑した。そして、「ふつつかものですが、どうぞよろしくお願いいたします」と三つ指をついた。

彼女が、さとである。

婚儀も披露宴も、ない。家内一同を集めて、川路が皆にお披露目した。翌日、都筑がさとの両親を連れて来て、両家が形ばかりの挨拶を交わした。さとの父は、幕府大工頭《だいくがしら》・大越喬久《おおこしたかひさ》である。西の丸普請の現場指揮を執る。一切は、都筑が川路の成功を願って、計らったことだった。四月二十二日、川路はさとに留守を託して、木曾に向った。木曾は山桜が満開だった。

上松という土地の茶屋で、桜の塩漬を出された。白湯《さゆ》に入れて飲む。桜茶である。ほんのりと春の香りがする。季節物かと聞いたら、年中あると言う。帰りにみやげに買って行こうと考えた。さととの固めの盃事に用いるのである。桜茶は二人にふさわしいように思われた。

鹿追い

奈良奉行・川路聖謨は、夕食後のひととき、江戸の生母に手紙を書いている。

「……朝夕めっきり涼しくなりました。こちらは別状ありませぬ。さとも大層元気です。

そうそう一昨夜のこと、さとが大声を上げて、いきなり飛び起きたのです。寝巻を脱ぎながら行灯《あんどん》のそばに行く。毒虫に刺されたようです、と言う。そういえば私の足の上を何かが過ぎたようであったが、さとが細帯を投げたものと思ったのです。起きて床《とこ》を上げて探したが、何も見つかりません。さとが痛みを訴えるので、女ども二人を呼び起こして、明かりを掲《かか》げさせ、蚊帳《かや》を外し蒲団《ふとん》を移し調べましたが、何もいない。私も裸になり、寝巻を振ったが、虫らしき物は見つかりません。さとは手と肩、腹と三カ所、たちまち腫《は》れました。母上にちょうだいした火傷《やけど》治癒《ちゆ》の御符《ごふ》で撫で、更に薬を塗り寝かせました。痛みは程なく去ったようです。

翌朝、患部を見ましたが、腫れもなく痒《かゆ》みもないとのこと、何の虫であったのか、わからずじまい、「名奉行」もお手上げでした。蛇ではないようです。

名奉行、といえば、母上、ひとつだけ自慢させて下さい。

奈良の名物、鹿の裁判です。奈良の鹿は神の使いであることは、以前、お話しました。従って鹿を殺すと厳罰です。町の者はそれを承知ですから、鹿をいじめることはいたしません。しかし、鹿の方が人間に乱暴を働くことがあります。奈良に参って知ったのですが、牡鹿《おじか》の角は春に落ちて、夏になると先が太くてまるい袋角が生えてきます。これが秋には尖った硬い角になります。そして盛りがついて、気が荒くなります。眼が血走り、やたら角を土につっこみ、磨きたてます。凶暴になり、人を襲います。

さあ、そうなると、おちおち町を歩けませんから、鹿の角切りということを始めました。今から七十五年前に、奈良奉行の神谷備前守《かみやびぜんのかみ》が、江戸にお伺いを立ててから、奉行の手で始めた、と古文書にあります。最初の頃は興福寺が角を切るのは忍びないと、角のある間、寺の境内に矢来囲いを設け、そこに収容していたらしいのですが、角突きあいをして多数死んだため、以来、一年の行事として角切りを義務づけたとのよしです。

奈良ではこの行事はお祭り同様でして、町中が楽しみにしております。来《きた》る八月四日が、角切りの日であります。

そろそろ祭りの準備にかかるのですが、事件が起きました。

鹿殺し、です。一乗院宮と興福寺から吟味願いが出ました。殺したのは、近在百姓の二十八歳の男です。話を聞いてみると、仕方のないことでした。

祭りの準備、と先に申しましたが、角切りの儀式のために、前もって牡鹿を生け捕りにしなくてはいけません。これを行う者を、鹿追い衆、といいます。

大昔、鹿占《しかうら》というものがありました。鹿の肩の骨を焼き、その割れ目で吉凶を判断する、わが国固有の占いです。鹿は神の使いですから、鹿占は神の宣旨《せんじ》です。鹿の骨を用意するのが、鹿追い衆で権威があります。鹿の角を図案にした半纏《はんてん》を着け、さでを持ちます。

さでは叉手網《さであみ》のことです。棒の先に二本の竹を交叉させ三角に作り、そこに網を張って袋にした、これを鹿の角にかぶせておさえつけるわけです。

牡鹿は気が立っていますから、猛然と向ってきます。あるいは、さでをかぶせられたまま走りだします。大型の鹿だと子牛ほどもあります。普通の大人なら、はじき飛ばされてしまいます。そこはさすが鹿追い衆で、鹿にしがみつき、背に乗り、両眼を手でふさぎます。うなだれて足を止めた瞬間に、牡の急所をひねる。悲鳴をあげて、横倒しになる。すかさず角に縄をかけ、その縄の端を両前脚に巻きつける。いかな獰猛《どうもう》な鹿も、もはや身動きできない。

ところが例外はあるもので、角に掛けた縄が、するりと手から抜けた。さあ、興奮した牡は血まなこで逃げだす。町なかを突進する。ゆくてに、老人が幼い孫を連れて歩いている。鹿は二人の背をめがけて走る。鹿追い衆が叫ぶ。老人が振り返る。あっ、と叫んだ時は、正気を失った大鹿は、三歳の子に襲いかかっていた。

幼児は宙にはね飛ばされる。そして地べたに叩きつけられていた。

と思ったら、地べたに転がっていたのは鹿だった。

叩きつけたのは老人？　いえいえ、ずんぐりもっくりとした男です。鹿は首を折って即死でした。

男は山辺郡永原村の百姓、直三《なおぞう》という者です。直三は奉行所に用事があって、在方《ざいかた》から出てきたのでした。店屋で道を聞いていて、老人たちの危機を知った。とっさに幼児の前に立ちふさがった。すると鹿がもろに直三にぶつかった。夢中で角をつかんだつもりが角にからみついた縄を握っていた。その縄を引っぱったら、はずみで鹿がもんどりうった、というのです。

鹿殺しには違いありませんが、この場合、どう見ても直三に罪は無い。しかし、訴えが出ているからには、法に照らし合わせて、然るべき処置を取らなくてはなりません。お裁きの、むずかしいというか、厄介なところであります。

さあ、そこで鹿殺しの判決例を調べてみました。母上、意外なことに、厳罰は一度しかありません。それも百年も前の、三代将軍時代の、そう、有名な島原の乱、あの天草《あまくさ》四郎時貞《ときさだ》の叛乱の年に申し渡された一件のみ、です。
興福寺の山内《さんだい》を引廻した上、猿沢の池のほとりで石子詰《いしこづめ》の刑に処した、あるいは首を撥《は》ねた、との言い伝えは、おそらく伝説でありましょう。何しろ、生き物を殺すべからずの五代将軍の時代に、ただの一件も厳刑が行われていないのです。これは町の者が伝説におびえていた証拠でしょう。

私は訴えを却下しました。理由は、こうです。中秋に至れば、鹿が人を傷つけるゆえに、奉行所が牡鹿を押さえて角を切る。これ、しきたりの行事である。おおやけに鹿の角を切るのは、鳥の羽を切り、人の指を切ることと同じである。すでに鹿を傷つけることを許すからには、誤まって鹿の命を奪った者を処罰するわけにはいかない。まして、このたびの例は、人を助けるために殺《あや》めたのであって、殺さんがため殺したのではない。人の命と鹿のそれを比べれば、はるかに人の命が尊い。定められた規則で取り扱う件にあらず。よって本件を差し戻す。奉行。

鹿殺しは、かくの如く落着しましたが、母上、当事者の直三のことです。直三は奉行所に用事があって、村から出てきたと申しました。用事とは何か。

直三は二十八歳、永原村では人望ある者でした。働き者で心学を好み、自ら説教歌を詠んでは、村人や子どもらを集め、節をつけて歌う。歌で教え導いているとの話でした。

どのような歌なのか、白洲で歌わせてみました。直三は声を張りあげて歌いました。白洲で歌が出るのは前代未聞《みもん》、と与力、同心らがあとで笑いました。同心が書き止めた歌は、こうです。

「その日ぐらしに借りさえせねば　いつも正月、気が楽な」

「きれいな着物を着てさえいねば　ほこり仕事も、気が楽な」

「腹を立てるは笑わぬからと　思い直せば気も楽な」

「細い道でも我からよけて　人を通せば気も楽な」

こんな調子で、次から次へと繰りだします。「もう、よい」私は制止しました。改めて直三の目的を尋ねました。直三は意気込んで語ります。つまりは、私への批判でした。

この夏、あまりに犯罪が頻発するので、暑熱と関連あるかと調べているうちに、妙な事実に気がつきました。大きな犯罪は無く、こそ泥や騙《かた》りが多いのです。常習者は少なく、大半が出来心で犯した者ばかりです。だんだんわかったことは、手先たちが新任奉行の私におべっかを使って捕まえているのです。手先は、母上、江戸でいう目明かし、岡っ引きです。同心が雇っている手下ですから、手先のおべっかは、つまりは親方の同心に点数を稼がせてやろうという義侠心？　です。驚いたことに捕まった者は、ほとんど手先の仲間です。どうせ軽い罰ですみますから、これは、なあなあのなれあい芝居です。

仲間ができる理由は、博奕《ばくち》です。手先が胴元で毎夜のように、夕涼みと称して開いている。博奕に負けた者に貸しを作って、何かと利用する。金に窮してすがりついてきたら、泥棒や騙《かた》りの手口を伝授する。

これはいけない、と同心たちを集め、それぞれ抱えている手先を解雇するように申し渡しました。手先、またはそれに類する手下との関係を、一切断つこと。

大和国の村々には、夜警職が置かれています。手先とは異なりますが、村の治安を守るため、村の情報を奉行所に随時寄せてまいります。私の処置は、村の夜警にまで及びました。とんでもないことだ、と夜警の一人、永原村の直三が、私にじか談判にやってきたというわけです。

直三は心学を信奉する男ですから、悪事と無縁で、従って私の思惑が理解できない。与力同心らの前で、私の真意を説明するわけにまいりません。ひとまず鹿殺しの件を決着させ、下がらせました。直三は百姓宿に泊ります。江戸で申します公事宿《くじやど》でして、裁判で在所から出てきた者が泊ります。その晩、私は若党の成木《なりぎ》に手紙を持たせ宿にやりました。

この続きは次便《じびん》に記します。

手足

奈良奉行・川路聖謨は、八月四日に行われた鹿の角切りの盛大さを思いだしている。

奈良の人たちにとっては、お祭りのような楽しみらしい。

町のあちこちに場所を設けて切るのだが、金持ちの通人などは、鹿追い衆にひそかに金をやって、自宅前や料亭前で角切りをさせて酒興とするという。

「一体まあ何が面白いのだか、しかし、鹿の角切りは奈良奉行にとっても大切な行事でありまして、馬鹿馬鹿しいなどと口にするものなら、今度の奉行は話せぬ、という評判になります。町の者同様、浮かれねばなりません」

と川路は江戸の母あての手紙をつづっている。

八月四日は、あいにくの雨でした。小雨です。「祭り」を見物する者には、雨具持参で意気も上がるまい、と思っていましたら、逆で、願ってもない祭り日和《びより》なのだそうです。

なぜかと訊きましたら、鹿は雨天を好み、雨の日は、はなはだ力が強いと申します。暴れれば暴れるほど、祭りが盛り上がるのだそうです。また、角を切られた鹿は、傷を冷やすのか、佐保川や猿沢の池の水に首を漬けるそうです。してみれば雨は鹿にも恵みの水なのでしょう。

さて、当日は奉行所の門前に、桟敷席《さじき》が設けられ、鹿が飛び込まぬように矢来が結《ゆ》われました。色がわりの紋付き幕が張られ、奉行の私が座ります。与力たちの居場所には、普通の幕が打ち渡されます。門番所の前は、さとや奥向《おくむき》女中たちの見物場所と決められています。女たちは、さともそうですが、庭より外へ行くことがめったに無いので、鹿の角切りを前々から楽しみにしておりました。角切りを見たい、というより、町の人たちに出会えるのが嬉しいのです。もっと踏み込んで言えば、町の者たちから「見られたい」のです。女ごころ、というものでしょう。

腰元のまさなどは、一昨日からはしゃいでいて、さとが髪を撫でつけてやりました。まさだけだと女たちが焼き餅を焼くので、一人残らず面倒をみたようです。なまじ、まさを構わない方がよかった、とあとでさとがこぼしました。女たちの化粧に肩入れしたため、大いに疲れてしまったようです。

昼すぎ、私も門前に参りました。これもお役目です。私が床几《しょうぎ》（椅子）に腰をおろすやいなや、鹿追いの衆が、いっせいに散らかりました。私の左右には、着流し姿の与力が槍を持って立ち、同心どもは股引姿です。

矢来囲いに一頭の牡鹿が放されました。昨日までに捕えられた中で、最も図体の大きなやつです。奉行に供覧するため、なりの立派な鹿や、角の見事な奴を選《よ》り分けておくのだそうです。囲いの中には、揃いの半纏《はんてん》をつけた鹿追い衆が五、六人、おのおの輪っかをこしらえた太縄を持ち、子牛のような牡鹿を追います。

正面に立つと、槍のような角で突かれますから、巧みにあしらいつつ、角をつかんで背に乗るようにします。別の者が後ろ脚をつかまえようとする。別の者は角に輪をかけ、太縄を垂らす。何本も縄を掛けます。

鹿はいやがって暴れる。首を振ると、角の縄が何匹もの蛇のようにのた打ちます。背の男は振い落される。鹿は走る。角に掛けた数本の縄を引きずりながら逃げる。鹿追い衆が追う。一人が太縄の端をつかむ。彼は渾身の力で鹿を引き戻す。鹿の足が留まると、半纏の男たちが残りの太縄に群がります。角に掛けた縄が物を言うわけです。

鹿を横倒しにし、二人が角を押さえ、他の者が素早く前後の脚を縛ってしまう。一人が鋸《のこ》で、角を根本から切ります。切るには相当の技が必要です。もたもたせず、鹿を傷つけずに切らねばなりません。

鋸役は決まっているか、というと、そうでなく、鹿追い衆の誰もが習熟しているのだそうです。鹿の追い方、捕え方、角切りの手順や骨法などに通じてこそ、一人前の鹿追い衆なのだそうです。これの修業は、まず鹿を観察することから始まり、鳴き声が聞き分けられるようになると、実地訓練に入るそうです。

鹿の捕え方にも作法があり、傷つけたり殺したりしないように生け捕るため、私どもにはわからぬ苦労があるようです。たとえば、群れで逃げる鹿を追うには、先頭の鹿は逃がし、最後尾の鹿をねらう。そうしないと、後ろから来る鹿に突かれるからです。これまでに死者は出なかったようですが、大怪我《けが》を負った者は無数ということです。命がけです。それだから角切りは見世物になるわけです。

鹿の鳴き声ですが、妻恋いの声は聞いていて哀れなほどで、角が二股《ふたまた》の鹿はふた声、三股は三声続けて鳴くのだそうです。

いさぎよく黙って角を切らせる鹿、鳴きわめく鹿、角より血を出す鹿、さまざまです。

奉行所門前はおびただしい見物客で、鹿が暴れるたび喚声が上がり、鹿追い衆が五条の橋上の牛若丸よろしく、あっちに跳び、こっちに躍《おど》ると、やんやの喝采、鋸役は鋸を振りかざして足で拍子を取り、他の衆は手拍子で囃《はや》す。要するに、祭りです。執行する者、見守る者、共に理屈抜きで楽しんでいるのです。

私は別用のため、半時《はんとき》（約一時間）ほどで中座しましたが、夜までかかって（提灯をつけて）十九頭の角を切ったそうです。

翌日、奈良町の方々で切った角が、奉行所に届けられました。一つ一つ、天秤《てんびん》に掛けられ、目方が量られます。大なるは目方が五百匁ありました。数は七十余りです。取り逃がした牡鹿は、けっこういます。彼らも利口で（馬鹿と書きますが、馬も鹿もおろかではありません）、鹿追い衆が半纏を着て市中をうろつきだすと、この姿を見て春日の奥山へ、とっとと逃げてしまいます。どうやら鹿は、普通の者と追っ手とを、衣類の模様で判断するようです。それが証拠に、たとえば大工や建具職人が仕事着の半纏姿で市中を歩いても、平気の平左でいますが、鹿の角の図柄をひと目見るや、あわてて走り出します。

角は計量や数を記録すると、鹿追い衆に下げ渡します。彼らはこれを細工師に売ります。刀掛けや、槍掛けにこしらえられ、江戸で捌《さば》かれます。いい値段で刀屋などで売られているのを見ると、鹿追い衆も満更でない実入りでしょう。彼らは仲間割れしないように、平等に分け合うようです。年に一度の余得です。鹿追い衆は、普段は鹿の世話をし、鹿が起こす厄介事の処理をしております。たとえば、畑を荒らされた苦情など、毎日のように持ち込まれるようです。畑に囲いを作ってやるのが彼らの仕事です。

鹿の話が長引きました。私が詠みました川柳を披露して、この辺で打ち止めといたします。鹿の特殊な読みは、馬鹿の「か」ですが、「か」が二つ重なると「かか」、かかあ天下の嬶であります。そこで、「かかの角は切れぬに奈良も大こまり」。

さて、前便《ぜんびん》で申し上げた永原村の百姓、直三のことです。白洲で自作の説教歌を声張り上げて歌った男です。

以前、母上に与力や同心たちが同じ造り酒屋をひいきにしている、とお話しました。覚えていらっしゃいますか？　養父がこれには然るべき理由があるに違いない、調べてみる、とおっしゃった、そんなことを報告しました。覚えておいででしょうか？

その時母上は、こうお返事を下さった。赴任したばかりなのに、新しい勤め先の内情を探るのはよしなさい。仮りに何かあったとしても、知ってしまったら知らぬ振りをするのは大層むずかしいことです。しばらくは、動かずに、目だけ光らせていなさい。役所の者たちを、何食わぬ顔して観察なさい。

そのうち、各人の性格や挙動のあれこれが、おのずと見えてきます。誰が正直者で、誰が食わせ者か、はっきりしてきたら、真の正直者を自分の味方につけなさい。その上で、役所の改革に着手します。あせっては、いけません。人を見分けるには、時間が必要です。

母上の助言は、貴重でした。私一人で何もかもこなせません。まして、奉行という重職は、制約が多すぎます。

直三が泊っている公事宿《くじやど》に、奉行の私が訪ねていくわけには参りません。かといって、直三を私の役宅に呼ぶわけにいきません。人が知ったら、これだけで大事件になります。直接に私は町の者と会うことができない。

そこで養父が私の代わりに行動してくれるわけです。私は養父に直三の話をいたしました。直三が信頼できる百姓であることは、鹿事件の際に綿密に調べ上げておりました。

養父に頼んだことは、直三の人柄と能力をとくと確かめてほしいのと、奉行としての私の実体を、ありのまま伝えてもらいたいことでした。

直三に私が会って話せば、どうということもないやりとりに、これだけの内密な手続きが必要なわけです。養父は直三と町の一杯飲み屋で会いました。養父は町人の姿でした。二人は意気投合したようです。

それから直三は、ちょくちょく永原村から奈良町に出かけてくるようになりました。これは私が呼び出す形を取っております。奉行の方針に文句をつけた直三は、奉行の機嫌を損《そこ》ね、まさに嫌がらせを受けて、再々呼び出しを食っている図です。白洲では核心を衝《つ》く話は与力や同心のいる手前、全く交《か》わせないが、当りさわりのない世間話は大っぴらにできます。あらかじめ養父を通じて直三とそのように打ち合わせておりますから、そこは頭の良い直三、こちらの口に上手に合わせてくれます。直三は公事宿に泊り、その晩は養父と飲み屋（特定の店でなく、そのつど新規の店に入ったそうです。養父はこれが楽しみでした）で、酒を汲みながら打ち合わせです。そうして私は奉行所で、今後ひそかに私の手足《しゅそく》となって働いてくれる、忠実な部下を得ました。同心の、下條有之助《しもじょうありのすけ》です。

脱文

この小説「まほらま」は、以前にも述べたが、奈良奉行・川路聖謨の日記『寧府紀事《ねいふきじ》』に依《よ》って、物語を組み立てている。

従って、まず、『寧府紀事』を読み解くのが仕事である。テキストは、日本史籍協会叢書『川路聖謨文書』（東京大学出版会刊）の、とりあえずは二巻であるが、活字化されているとはいえ、原文のままなので読みにくいことおびただしい。

たとえば、昔の人は、五十音のカサタハ行《ぎょう》の濁音は清音で記した。「少々しのぎよし」は、

「少々しのきよし」である。「三十間余ばかりの堀」は、「三十間余はかりの堀」である。その堀だが、「多はねぬなはなとはへて深くみゆる」とある。こういう文章は、下から逆に読む。まず、「深くみゆる」と読み、何が深く見えるのか、考える。句読点《くとうてん》の無い文章は、適当に区切って読んでみる。「はなとはへて」「なはなとはへて」、ははあ、菜花《なばな》と生えてかな。すると、「多はねぬ」はどういう意味だろう。「多く跳《は》ねぬ」か。「多く跳ねぬ菜花と生えて深く見ゆる」？　何のこっちゃ。というわけで、今度は違う形に区切って読んでみる。「多くは」「寝《ね》ぬ」「縄《なわ》」「等《など》は」「経《へ》て」、これを口に上《のぼ》せているうちに、ハタ、と気づいた。ねぬなわ、である。これは、寝ぬの枕詞《まくらことば》でなかったか。『広辞苑』を操ってみる。出ていた。ジュンサイの古名、とある。池や沼に生えて、若芽を食用にするあのジュンサイである。してみれば、このくだりは、「多くはネヌナワなど生えて深く見ゆる」と読むわけだ。

かくの如く、川路の原文を一ページ読むだけで、へとへとになってしまう。小説どころではない。

今回も、もう三日ほど『寧府紀事』を開いたまま、考えている。しかし今回の問題は、読み方でも解釈でもない。

果してこれは川路の迂闊《うかつ》か、故意か、それとも活字化にした際の編者の過失だろうか、とあれこれ推測している。

実は、日記が一日分、欠落している。

八月四日は、鹿の角切りの日だった。五日は奈良市中で切った角を、全部奉行所に集め、鹿追い衆に下賜《かし》した。六日は、急に涼しくなって、川路は袷《あわせ》に羽織を着た。日本で一番古い本は何か、調べてみようと思ったが、「一寸《ちょっと》しらへみたきにも書籍なく人なく勘計《かんばかり》にて当惑せり」。

そして七日の原文は、こうである。たった二行の記述ゆえ全文を掲げる。

「晴　ひるは単衣《ひとえ》にてよろし○富塚順作之《の》家内出産いたし女子出生いたす母子とも達者也《なり》此ころよりあいほうは民蔵方に参り止宿すると云《いう》」

あいほう、は相棒でなく、アイ坊である。アイ何とかという名の男の子で、順作のせがれ、泣き虫で駄々をこねて、川路やさとをこまらせる。二歳くらいだろうか。

順作と民蔵は、川路が江戸から連れてきた家来である。家計や家事に関すること、いわゆる奥向《おくむき》の用をする者で、奉行所の仕事にはタッチしない。

順作方《かた》は出産騒ぎでアイ坊の面倒を見きれないため、民蔵方に預かってもらった、というわけだ。民蔵の妻はアイ坊をかわいがっていた。

さて、『寧府紀事』は、次に九日の記述になる。八日が抜けている。

ちなみに九日は、こうである。

「晴　よほとの冷気に成○東大寺に鴨毛の屏風《びょうぶ》といふものありかも毛にておりたるものという也　光明皇后の御物無紛宝物に而世に知るところ也かもとは毷の和言也鴨はかり字なるを雁鴨のかもと心得雉頭裘のことくいふはいかにやあるへき」

七日同様原文のまま記した。よほとは、よほどである。鴨の毛で織たるもの、である。光明皇后の御物は、まぎれもなき宝物にて世に知るところである、「かも」とは、「毷《かも》」のことで、カモシカの毛を撚《よ》って作った敷物、鴨は仮字であって、それを雁や鴨のそれと心得、「雉頭裘《ちとうきゅう》」のように言うのは如何《いかが》なものだろうか。まあ、こんな意味だが、「雉頭裘」がわからない。雉《きじ》の頭に皮衣（裘）とは何だろう？

それはともかく、どうして、八日の項が抜けているのか、である。

『寧府紀事』は、川路が江戸の実母に送る「奈良だより」を兼ねた日記であった。むすこは毎日をこのように過ごしていますよ、と無事を知らせるのと、実母の退屈しのぎに、見聞した市井《しせい》の出来事を、面白おかしくつづった。時に、東大寺の屏風の考察などを書きつけて、勉強ノートのようでもある。単なる日記ではない。母に読ませる目的の日記である。

従って読みやすいように、ていねいに書き写し、清書した原稿を、月に一、二度、母に送った。その際、八日の項を写し落したか。

それなら母が気づいて、川路に問うだろう。一日抜けていれば、常にむすこの動静を気にかけている母が見落すはずがない。

川路の日記を楽しみにしていた者は、母だけではない。川路の長男夫婦も読んでいた。

その他には？　実は八月十三日の項に、こんなことが書いてある。

現代文に訳して紹介する。

「友野霞舟《とものかしゅう》佐藤先生へこの日記を見せたとみえ、佐藤一斎先生の文通の中で記されていた。両先生へもとより秘すべきことはないけれど、この日記はもっぱら母上のお慰みを主として、かつ弥吉（長男）らへ普段の話を書いたものであるから、他人の見るべきものではなく、冗談や前後の合わないことなど記し、訂正もせず、書き落しもあり、けしからぬお笑い草も多い。そんな日記を、霞舟一斎の両先生がご覧になられたとは、汗顔の至り、深く恥じ入ります。お会いの節はお叱りなきように、よく申し上げて下されたく、いたく恐れ入っていると申して下さいまし。」

友野霞舟は、川路が十二歳で師事した儒学者である。霞舟の師が佐藤一斎で、川路は四十歳を過ぎてから一斎の門下生となった。

両師に日記を見せたのは、むろん母で、日記の文章は後半、母へのお願いになっている。これで『寧府紀事』が、プライベートなものでないことがおわかりだろう。

すると、八日の項を省いたのは、他人の目に触れるとまずいことがあったのだろうか。

それだとしたら、むしろ省略すると不審がられるはずで、どうして何食わぬ顔をして「嘘いつわり」の記述をしなかったのか。誰にも、迷惑の及ばぬ嘘話を書きつければすんだのに。母を喜ばせるためには、創作をもいとわぬ川路だったではないか。

隠さねばならぬことは、一体、何だったのだろうか。

今こうして説明しながら気づいたのは、読者は八日の欠落を、筆者の作りごとと思っているのではないか。何しろ、この「まほらま」は小説と断っている。「まほらま」で述べられている事柄は、全部小説であろう。そう受け取っても当然である。しかし、日記の、この一日脱文は、筆者の創作ではない。お疑いなら、『川路聖謨文書』二巻の、二百八十一ページを開いて、確かめてほしい。川路は三月四日付から『寧府紀事』を書き始めているが、ここまで一日の付け落ちもない。几帳面《きちょうめん》な川路が、八月八日だけ、まるまる抜かしてしまった。抜かさざるを得ないこと（母にも言いたくないこと）が、起こったのだ。そのように考えざるを得ない。

それは、何か。

川路は母あてに手紙を記す（日記に添えて必ず書き送っていた）。

同心《どうしん》の下條有之助《しもじょうありのすけ》は二十二歳、奈良奉行所には同心が二十五人おりますが、中で最も若い者です。若いということは、色に染まっていない、ということです。もっとも奉行所に色があるかどうかですが。

下條はお役所では、番方若《ばんかたわか》同心という役です。これは私の供をしたり警固をしたり、捕物に出たり、罪人の首打ち役を務めたり、走り使いをしたり、あらゆる用事をいたします。まあ、同心一年生の役目です。下條は一年生を二年ほど務めております。

私が奈良奉行に着任して半年になりますが（三月十九日に奈良に入る。五月は閏月《うるうづき》があって実質六カ月の計算）、下條の勤務ぶりを見ていると、実に真面目《まじめ》で、機転が利《き》く。人あしらいが、上手です。下情《かじょう》に通じている。何より性格が明るく、下條がひと言発すると、座が浮き立ちます。早くから目をつけておりました。

実は来月早々に、用人の間笠平八を、内与力《うちよりき》に取り立てるつもりでおります。母上はご存知ないと思いますが、奉行に就任すると、自分の家来の中から十人までを、奉行所に勤めさせられます。身分は与力並《よりきなみ》、役所内で私の直属の部下となります。内与力には、同心がつきます。

用部屋手付《ようべやてつき》同心と申します。犯罪の調査が、おもな役目で、内与力の手下です。

間笠の配下に、下條有之助を、というのが私の腹案です。下條にとっては出世ですが、この抜擢《ばってき》がお役所に波風を立てないだろうか、というのが私の心配の種でした。

永原村の直三《なおぞう》に、与力同心の評判を聞き出しました。一人ずつ詳しく人物評価をしてもらいました。直三は私の真意を知ると、喜んで協力してくれました。えこひいきをせず、ありのままの考査表を作り、養父上《ちちうえ》を通じて渡してくれました。この表に下條の人となりが出ていたわけです。

母上、そろそろ、私も動きだしたいと思います。まず、小さな改革に着手します。手足《しゅそく》は揃いました。これが首尾よく成功したなら、もう少し大きな改革に進みたいと考えております。

明日、八月八日、その一歩を踏みだします。

灰かぐら

奈良奉行・川路聖謨の日記の謎である。

弘化三年八月八日の記述が抜けている。

七日は晴で、こうある。「ひるは単衣《ひとえ》にてよろし」。昼間は夏物の裏地をつけない着物でよかった、という意味である。

日記は次の八日が無く、九日にとぶ。「晴　よほとの冷気に成《なる》」とある。よほど寒かった、というのである。

川路の日記は当時のことであるから太陰暦で、現在私どもが使っている太陽暦に当てはめると、八月九日は九月二十九日になる。寒くなって当然であった。単衣物では、いられぬ。袷《あわせ》に綿《わた》入れ羽織をつけた。

夜になると、手焙《あぶ》りがほしくなった。本を読んでいると、膝元がうそ寒く、川路は妻のさとを呼んだ。さとが女中に命じて、火鉢を出させた。

「つい、先だってまで、耐えがたい暑さでしたのに、嘘のようです」さとが言った。

「ほんになあ」川路が苦笑した。「皆に何杯、葛切《くずき》りをご馳走したことか」

暑い、と言った者は罰として葛切り一杯の金を払うこと。川路が座興に提唱したことだったが、言いだし兵衛が一番多く罰金を納めた。もっとも、与力同心らの融和のために、そのつもりで始めたのである。わざと失言して、新任の奉行は、おっちょこちょいだと思わせた。彼らは警戒心を解き、無用に肩肘《かたひじ》を張らなくなった。

「奈良の冬は厳しいそうですよ」さとが火鉢の灰を灰掻《か》きで均《なら》しながら言った。

「それじゃ今度は、寒いという言葉を禁句にするか」川路が答えた。

あどけない顔をした娘が、あたふたと部屋に入ってきた。十能（炭火を盛る道具）を手にしている。まっ赤に熾《お》きた炭火を、へっぴり腰で運んできたのである。

炭火が音を立ててはぜた。娘が、「あっ」と叫んで顔をそむけた。

「危ない」さとが、あわてて娘の手から十能を奪う。

「熱い」娘が顔をおさえた。「目に」

「大丈夫か」川路が急いで十能を受け取って、火鉢に炭をあけた。さとが、娘を介抱する。「眉が焦げている」と着物の袖で拭ってやった。「目には入らなかったかい?」と娘に訊く。娘が、黙ってうなずいている。しばらくして、「ああ、びっくりした」と田舎なまりの言葉を発した。

「見なれぬ子だな。新参《しんざん》かい？」川路が炭火のまわりに灰掻きで灰を寄せた。

「順作の出産手伝いに皆をやったものですから、人手が足りなくなり、臨時に頼んだのです。あの鋳掛《いかけ》屋の良七の世話です」

　蝮《まむし》捕《と》りの良七である。

「きの、旦那さまにご挨拶をなさい」

「きのというのかい。いくつだい？」

「十六」と答えて、照れたように首をすくめた。

「十六です、と言うのですよ」さとが、たしなめる。

「まあいい。なれれば自然にそう答えるさ」

「お前は炭火を扱うのは初めてかい？」

　さとが訊くと、小さくうなずいた。

「覚えておき。熾《お》きた炭火を運ぶ時は、塩をひとつまみ振りかけて運ぶのですよ」

「あれ？　何でだろ？」首をかしげる。

「そうすると、ぱちぱちとはぜないのです」

「本当だろうか？」

「昔の人の知恵です。それより、五徳《ごとく》と鉄瓶《てつびん》を持っておいで」

「五徳って何だろ？」

「火鉢で鉄瓶をのせる脚。鉄瓶はわかる？」

「お湯をわかすやつだ」

「水をいっぱい入れて持ってきておくれ」

「五徳ってのはどこにあるんだろ？」

「台所にいる者に聞いてごらん。わからないことは、教えてもらうんですよ」

「すぐに持ってくる」と走りだそうとする。

「家の中を走っちゃいけません」あわてて、さとが止める。

「いいですか。みっともないし、人騒がせな不作法ですよ。往来だって同じ。駆けるのは変事があった時だけです」

こくん、とうなずいて、下がった。

川路夫婦は顔を見合わせて苦笑する。

「手がかかる子だな」

「良七の言うには、饂飩《うどん》を打つのが巧《たく》みな子なんですって。今度、お手並みを見せていただくつもりです」

「養父上《ちちうえ》が喜びそうだな。饂飩には目の無い人だから」

「私もそのつもりで、きのを雇いました」

そのきのが、今度は馬鹿にゆっくりと、すり足で廊下を歩いてきた。座敷に入ってきたきのを見た夫婦は、目を丸くした。きのは五徳を冠のようにかぶっている。落さないように、それで忍び足で歩いてきたのだ。

「どうしたんです、その格好？」

「だって、こうして持っていけ、と台所で言われました」

からかわれたのである。さとが仕方なく笑った。

「火鉢に置いておくれ。その三本脚を灰に刺すのですよ。そして鉄瓶を五徳に載せておくれ。あっ、傾けちゃいけないよ」

遅かった。五徳の刺し方がいい加減だったので、載せた鉄瓶が傾き、泡を食ったきのが急いで取ろうとしたが、はずみで鉄瓶のふたが外れ、水が炭火にかかった。わあっ、と叫ぶような音が上がって、煙が立ちこめた。灰かぐらである。川路夫婦はとっさに体をかわしたが、きのは惘然《ぼうぜん》と立ったまま、まともに灰を浴びた。頭から、まっ白になった。「大丈夫か」川路が労《いたわ》ると、ごしごしと顔をこすって、いたずらっぽくニッと笑った。

「まあ、髪がまっ白」さとが気の毒がり、「早く洗っていらっしゃい」

「平気」きのが今度は手櫛《てぐし》で髪を梳《す》く。「あたい、いつもまっ白だもん」

「なんだ、女浦島太郎じゃないか」川路が笑った。「一瞬で老女に老けてしまったぞ」

「あらあら、本当に。かわいい娘が」さとがきのの汚れた髪を自分の櫛で清めてやる。「いつもまっ白って、どういう意味？」

「あたい、水車小屋の子だもん」

「ああ。それで饂飩打ちを？」

「きの」川路が思いついて訊《き》いた。「お前、饂飩を打ってくれるそうだな？　粉は持って来たか？」

きのが、こっくりをする。

「よしよし。その粉を旦那さまに少し頒《わ》けてくれんか？」

「旦那さまも饂飩を打つけ？」

「饂飩は食べるしか能はない。粉が入用だ。多くはいらぬ。ひとつまみでよい。さと、養父上《ちちうえ》に相談ができた。訪ねてくる」

川路は立ち上がった。きのでないが、廊下を走りたいほど、心が逸《はや》っている。

養父母は晩酌をしていた。

「内密のお話がございまして、お邪魔しました」

「承ろう。まず、のどを潤《うるお》してからの方が、しゃべりよかろう」

「肝腎な事を省きそうな気がしますので、いただかないでしゃべります」

「聞く方もお預けのままかね」

「いえ。遠慮なく運んで下さい。その方が良い知恵を授けていただけそうです」

「しらふの時はボンクラだからの」光房《みつふさ》が嬉しそうに笑い、傍の養母くらを見やった。くらも顔を赤く染め、いい機嫌である。

「いつぞや養父上は私に遠山左衛門尉《さえもんのじょう》を見習え、とおっしゃいました」

「うん。やつの下情《かじょう》に通じる身ごなしをな」

遠山左衛門尉景元《かげもと》は昨年から江戸町奉行を務《つと》めている。二度目の町奉行で、最初は天保十一年から十四年まで北町奉行をし、「遠山の金さん」として江戸っ子たちに絶大な人気を得た。若い頃、無頼の徒に交わり、庶民の哀歓を身を以て学んだ、といわれている。真偽は定かでないが、背に鮮やかな倶利伽羅紋々《くりからもんもん》（彫物）を施していた、という。

「やつの精神を真似よ、という意味だ。奈良町の人たちと親しく交際せよ、ということじゃない」光房が盃を干した。

「奉行の身で勝手に町を歩けません」川路がちろり（酒を温める容器）に手を伸ばすと、光房が制した。手酌でやる、と言う。

「遠山奉行も同様だろう、八《はっ》っさん熊公と飲んだくれていたのは若い時分だ。町人を装っていたらしいな。つまり、変装だ」

「私も変装の方法を見つけました。それで、養父上にひとつ助太刀を願いたいのです」

「わしが変装するのか？　面白い」膝を乗りだした。「で、何に扮《ふん》する？」

「いや、変装するのは私です。私が養父上に扮します」

「わしに？　どういうことだ？」

「私は川路奉行でなく、川路の養父上として奉行所を出て町に入ります。つまり、私の場合、奉行所を抜けだすのがむずかしい。奉行の動静は誰もが注目していますから」

「そりゃそうだ。で、どういう風にわしに扮する？」

「髪に饂飩粉を薄くまき櫛で梳《けず》ると、養父上に変貌します」

「ごま塩頭ね」くらが吹きだした。「確かにね」と夫の髪を見る。

「頭だけわしに似せても、背丈や声はごまかせまい」

「からす天狗のお面そっくりの、黒い口覆いがございましょう。あれをつけ、咳を発して風邪気味の養父上を装います。病人なら無言でよい」

「なるほど」

「門番だけをだませばよろしいのです。こうです。養父上が医者に行くと門番に告げて外出する。程なく戻ってくる。その際、門番に風邪が重いと伝える。しばらくして、町駕籠を呼び、それに乗って再び外出します」

「それはわしでなく、お前さんというわけか」

「駕籠の垂れを上げ、黙って上半身のみ門番に見せます。そして」

変装

問題の八月八日、である。

奈良奉行・川路聖謨の計画は、首尾よく行《い》ったかどうか。

とにもかくにも、朝方、川路は無事に奉行所を脱《ぬ》けだした。それから、どうしたか。

やきもきしているのは、養父母の光房《みつふさ》とくらである。何しろ光房は風邪の治療に町医者の所に出かけたことになっている。従って、人に見られてはまずいから、川路が帰宅するまで座敷に隠れていなくてはならぬ。一歩も部屋から出てはならぬ。これは簡単なようで、辛いことだった。光房はくらに、ぼやいている。

「一体、あいつは何の目的で、わしに変装して町に出たのだろう。わしにこんな不自由をさせるのだから、教えてくれてもよさそうなものを」

「おさとにも本当のことを、打ち明けてなさそうですよ」

「単なる下情《かじょう》視察ではないな」

「あなたが焚《た》きつけたのがいけないんですよ。遠山の金さんをダシにするものだから」

二人は内緒話をするように、声をひそめて語っている。

「役所には風邪熱のため勤めを休むと届ける。そう言っていたが、さとには何と嘘をついたのかね」

「内密の調べごとがあって一日、書斎にこもるから、誰にも居場所を教えるな。お前も立ち入り無用、と厳命したそうです。そして、お握りを十個こしらえさせたそうです」

「そのお握りをふところにして町に出た、というわけか。十個か。こりゃ、遠出だな」

「日暮れまでには戻ると言ったんでしょ？」

「戻ってくれなくちゃこまるよ。わしは全く身動きができんじゃないか」

シッ、とくらが右手で光房を制した。廊下を誰か歩いてくる。無遠慮な足音である。

光房は身の回りを見渡したあと、急いで押入れに身を隠した。襖《ふすま》を閉めたとたんに、「失礼いたします」と廊下の足音が止まった。

くらが返事をすると、娘が立ったまま座敷の襖を開けた。きのである。

「お前はこの間お目見えした娘《こ》だね？」くらが咎《とが》めた。「襖を開《あ》け閉《た》てする時は、膝をついてしなくちゃいけないよ。もう一回、言われたようにやってごらん」

「はい」ときのが立ったまま襖を閉めようとする。「ほら、座って」と叱る。きのが顔を赤らめ、素直に従った。

「そうそう。覚えときなさいよ。それで何の御用だえ？」

「饂飩《うどん》を召しあがるかどうか聞いてこい、と奥様がおっしゃいました」

「喜んでいただくと伝えておくれ」

「はい。ただいま持ってくる」

「なぜお前にわざわざお使いをさせたのかねえ」

「あたいが饂飩を打ったん」

「お前がかい？　そりゃ感心だ。さぞかし、おいしかろう」

「鼻が落ちる、と奥様にほめられました」

「そりゃ梅毒だ。顎《あご》が落ちるだろう。おなかに優しい饂飩はありがたい。味わわせておくれ」

「はい」ときのが下がる。

廊下の足音が遠ざかると、光房が出てきた。

「饂飩だって？　思いがけないご馳走だな」

光房は饂飩に目が無いのである。

「奈良はさすがに本場だけあって素麺はおいしい。だけど、饂飩をあまり食さぬお国柄らしいのが物足りない。冬は素麺を煮て食うし。わしは太くて腰が強くて噛み切れぬような饂飩を、心ゆくまで味わいたい。あっ？」

「どうしました」くらが、いぶかる。

「あいつは饂飩を食べたさに町に出ていったのではあるまいな？」

「思い過ごしもいいとこでしょう」

「抜け駆けは許さんよ」

「あの娘が運んできましたよ。早く隠れて下さい」

「隠れん坊は惨めだの」

光房は朝っぱらから大忙しだった。まず川路の言う通りに、門番に大声で、「体の調子がよくないから医者に診《み》てもらう」と告げて、奉行所を出た。適当に時間を潰して戻ってきた。「風邪だってさ」とわざわざ門番に断った。「寒けがして、咳が出て、いけねえ」

「このところ急に冷えましたからねえ」と門番が同情し、「お大事になされませ」と労《いたわ》った。しばらくして光房が頼んできた町駕籠《まちかご》が、光房様をお迎いに上がりました、とやってきた。高熱を出されたそうで医者に送るように命じられました、と言うので、門番は何が何だか面食らってしまった。

そして駕籠は隠居所に回され、そこで光房に扮《ふん》した川路が、顔の下半分を着物の襟《えり》に埋め込むようにして駕籠に乗った（白髪頭を強調するためである）。脚を抱えてしゃがんだ上に、掻巻《かいまき》をかぶせ、あたかも炬燵《こたつ》にしがみついているかのような恰好をし、門を出る際は苦しそうに咳《せ》き込んだ。門番が、お大事にお大事に、と繰り返した。川路は駕籠の垂れをただちに下ろした。風が入って寒いのだ、と思わせたのである。

そのようにして無事に川路は奉行所を脱出したわけであるが、さて、どこに行ったのやら。

本人以外、誰も知らない。

こちらは光房、きのの声がしたとたん、腹がぐうと鳴った。饂飩の汁のいい匂いが、襖の隙間から流れてきたのである。

「あら？　一つ？」くらが頓狂な声を上げた。

「何だべ？」きのが、いぶかしげに見る。

「いや、なに」くらが泡を食う。光房は医者に行っていることになっている。饂飩は一人前で間違いないのだ。

「あのね、私はこれが大好物でね」くらは芝居をする。「悪いけど、あと一つ、いえ、二つか三つ、運んできておくれ。饂飩には目が無いのさ」

「目が無くて、その代わり口が多いんでしょ？」きのが、屈託なく笑う。「いくつでも持ってくべえ。喜んでくれるなんて嬉しい」

「あと三杯でよろしい。ウワバミか何ぞのように思われると、いやだから」

「すぐに持ってくる」と出て行った。

「お前は機転がきくねえ」押入れから這《は》いだした光房が、目の色を変えて饂飩の丼を取り上げた。音を立てて、たちまちすすってしまった。「こりゃおいしい。五、六杯はいけそうだ」

「いい加減の数でやめて下さいよ。私が饂飩のぬしか何ぞのように勘繰られますから」

「あの娘は光栄に思うさ」

「ほら。来ましたよ。隠れん坊、隠れん坊」

「せわしないねえ」

きのが危なっかしい手つきで大鍋を抱えてきた。

「奥様がいっそ鍋ごと持ってけ、と。こちらの旦那さまは饂飩命のお人と承知だが、御方様《おかた》もそうだったとは、と驚いていました」

「そりゃ驚くだろうよ」仕方なくくらがうなずいた。


さて、光房になりすまして奉行所を出た川路の駕籠は、どこに向かったか。

元興寺《がんごうじ》である。南都七大寺の一つの門前で駕籠を下りると、そこに永原村の百姓直三《なおぞう》が待っていた。駕籠屋を帰すと、代わりの空き駕籠を二つ、隣に待機させていた。「あたしのあとをつけてきて下さい」と直三が小声で言い、川路を後ろの駕籠に乗せ、自分は先の方に乗った。二梃《ちょう》はゆっくりと走りだす。行先は直三があらかじめ命じてあるらしい。

塀の向うに五重塔観音堂がそびえている。川路はむろん知るよしもないが、十三年後の安政六年に元興寺は火災に遭い、この塔は焼失した。

しばらく走った駕籠は、とある小さな旅籠《はたご》の前で止まった。直三が柿色の暖簾《のれん》を分けると、中年の女が「お帰りなされませ」と挨拶し、川路の足元に足濯《あしすすぎ》を差し出した。川路が上がり框《かまち》に腰をかけると、女が雪駄《せった》を脱がせようと身をかがめた。「駕籠で参った。汚れておらぬ。濯は無用だ」と断る。ふところから畳《たた》んだ手巾《しゅきん》を出して、軽く夏足袋の塵《ちり》を払った。

「こちらです」

直三が番頭のように、川路を二階に案内する。大部屋でなく、手前の小部屋の一つの障子戸を開ける。

そこに二人の男が、かしこまっていた。一人は、まむし捕りの良七である。もう一方は髪結いの何々、と直三が川路に紹介した。その何がしが早速、髪結いの道具を並べる。そして川路の頭にかかった。

「手ぎわがよいな」川路が直三をねぎらった。

「万事、仰せの通りに準備いたしました」

「とにかく、夕刻には何んとしても帰らねばならぬ。あれこれ、やりたいことは多いが、とりあえず今日は一つだけにする」

「承知しました。そちらの手配はすませました。こうして何事もなくここまでおいでになられました。大成功です」

「駕籠屋は気づいていないようだな」

「奈良見物の田舎者と見ているようです。この旅籠は田舎客を相手の宿です」

「お前の常宿か」

「いくつかありまして、ここはその中の一軒です。気が置けない宿ですから、ご安心を」

川路の頭は武士の形から、町人のご隠居ていに変っていた。髷《まげ》を結い直したのである。

「それでは早速参りましょうか」直三がうながした。髪結いが道具を片づけ出ていった。

「脇差《わきざし》はどうしようか」

「私が風呂敷に包んで持ちましょう」直三が言った。「傘と一緒に背に負えば、刀とわかりません」

「いやよそう。折角、町人に化けたのだ」

「それではこちらの亭主に預けましょう」

三人は宿を出た。数軒先に古着屋があった。直三がそこに案内する。店に入ると土間が廊下のように、奥に続いている。古着屋の後ろが古道具屋で、その奥に衣類や布団を貸す損料屋がある。一軒を三つに使っている。損料屋で町人の身なりに着換えた。そのまま裏に抜けると、別の通りで、そこは色街である。女遊びをする客は、皆この店で変装して、揚屋に直行するのである。

ひいひいひい

奈良奉行・川路聖謨は、損料屋（衣類や布団を賃貸しする商売）で、町人に化けた。商家の大旦那、あるいはご隠居風である。

あらかじめ永原村の百姓直三が、店に掛け合って用意させておいたのである。損料屋は古着屋と古道具屋を同時に営んでいて、買った品物を貸したり売ったり、能率よく商っている。

座敷中に衣紋掛《えもんか》けや屏風《びようぶ》が置いてある。客はその囲いの中で着替えをする。初めての客は着物代金を丸々預けなくてはいけない。着物を返す際に、使用料（損料）を差し引かれて戻される仕組みだった。小道具も貸してくれる。それらは隣の古道具屋が間に合わせる。

「旦那、この風呂敷包みは何が入っているんです？」直三が川路の持ち物を示した。

「ああ、そいつは桃太郎の黍団子《きびだんご》だ」

「なるほど、鬼退治の兵糧《ひょうろう》ですか」

おにぎりが十個入っている。

「しかし、大店《おおだな》のご隠居には、ふさわしくない風呂敷の柄だなあ」直三が首をかしげた。

「私はご隠居さんかい？」

「そうしましょうよ」直三が提案した。「ここで決めた方がよろしいです。旦那は、さる大店のご隠居身分で、あたしは下男頭《がしら》。こちらが」と傍らのまむし捕り良七に目をやりながら、「下男ということで。名はそのままでよろしいでしょう」

着付けをしてくれた女が顔を出した。

「お履物《はきもの》を出しておきました」

「ねえさん、この大事な物を収める手提げ袋を見つくろってくれないか」直三が命じた。

「安っぽい品じゃいけないぜ」

「気張った手提げをお持ちしましょ」

引き下がったかと思うと、すぐに高級そうな柄の、洒落《しゃれ》た手提げ袋を持ってきた。隣の店とは筒抜けらしい。直三が風呂敷包みの中身を袋に入れ換えた。紫蘇《しそ》の香りがした。塩漬けの紫蘇の葉を巻いたおにぎりらしい。竹の皮で包み、竹皮を裂《さ》いた紐で十文字に結んである。四角の、それが二個。

「おいしそうですな」直三が顔をほころばせた。「お供のごほうびにいただけるんですな。こりゃ楽しみです」

「黍団子の袋とは思えぬ豪華さだな」

川路が、あきれた。

「いやはや、これはあたしどもが持っていると不自然ですワ」直三が恐縮した。「こいつはすみませんが旦那、ご自身で提げて下さいまし。下男には不似合いですワ」

「泥棒と間違われやす」良七がニヤリとした。

「では参るか」川路が、うながした。

「行ってらっしゃいまし」損料屋の女が、お愛想を言った。「よくお似合いでございます」

川路のような酔狂な客が多いのだろう。この店で変装をして色街に遊びに行くらしい。特に武家や寺の者が顧客のようだ。さきほど川路は着付けをしてくれた女から、それらのことどもを聞きだした。つまり、今日のお忍びの目的は、一つに奈良町の人たちの生活の裏側を見ることにあった。

奈良奉行の肩書では、表側しか確かめられない。たとえば奉行職の重要な仕事に、巡見というものがある。奈良町の様子を見回るのだが、供揃いをし肩輿《かたこし》でまわるため、迎える側が身構えてしまい、平常の姿をさらしてくれない。それに道すじも決っていて、大体が古社寺である。商家も由緒のある店が主で、損料屋のような小商いの中をのぞくことが無い。奉行が希望しても叶えられない。なぜなら奉行が訪れると、周囲が「何か良くない事があったのではないか」と妙に勘繰るからである。その店に迷惑がかかる。町奉行の身動きは何とも窮屈だった。

それだけに今日の川路は、嬉しくてならない。奈良町奉行の御偉方でなく、どう見ても一介のご隠居様なのである。この解放感。歩きながら、ひとりでに笑いがこみあげてくる。

「何です?」後ろをついてくる直三が、怪しんで川路に声をかけた。

「いやさ、見知りに出会ったら、どんな顔をしたものかと考えてさ」川路が声を出さないで笑った。

「旦那、だめですよ。知らんぷりをして下さいよ。でないと芝居は幕を下ろさなくちゃいけません」直三が釘を刺した。

「この着物は疲れるな」川路が苦情をもらした。「今に慣れますよ」直三が、なだめる。「それより、旦那はなるたけ口をきかないようにして下さい。万事はあたしが運びますから」

「費用の方は大丈夫か?」小声で聞いた。

「お預かりしている額で十分でさあ。後日、精算いたしやす」

色街はひっそりして、全く人通りが無い。無理もない、夜の街なのだ。朝っぱらから賑わっていたら、おかしい。直三が、とある揚屋《あげや》の前で停まった。遊女屋（置屋《おきや》）から遊女を呼んで客が遊ぶ家である。

「この路地から裏に回ってお待ち下さいまし」直三が小声で川路に伝えた。「あたしはここの主人と話してきます。主人が案内人を紹介してくれる手筈になっております」

「お前はどうする」

「その案内人と一緒に裏口から出ます。案内人はあたしを待っているはずです」

路地というのは揚屋と揚屋の間の狭い隙間の道で、人ひとりが体を斜めにしてようやく抜けられる。裏口前で二人が立っていると、静かに板戸が開いて、直三と四角な顔の男が出てきた。男が川路に頭を下げた。二十七、八の、いかにも遊び人という崩れた風体の野郎である。川路が大様にうなずくと、「少しばかり歩きやすが、ついてきて下せえ」とすぐに歩きだした。裏通りを行く。色街を外れると、半分荒れた寺があった。男が無造作に入っていく。「投げ込み寺です」直三が川路にささやいた。

身寄り頼りのない遊女が亡くなると葬《ほうむ》る寺で、江戸では南千住の浄閑寺や、新宿の成覚寺、浅草の西方寺が有名である。江戸のこれらの寺は檀家があるが、奈良のこの寺は、行き倒れの者や天涯孤独の遊女のみを引き受けているらしい。なるほど、それでは収入が無い。お上から出るわずかの供養料では寺が維持できまい。それで「ほまち」稼ぎをしているわけか、と川路は納得した。ほまちとは、内職のことだが、この寺は内職でなく本職だろう。今日の川路はその本職の何たるかを探りに来たのである。玄関に立つと、「常願寺」と記された扁額《へんがく》があった。

四角な顔の男は、堂々と玄関から入り、本堂の横の廊下を奥に歩いていく。本堂の裏手に座敷があり、障子を開けた。

十畳ばかりの部屋の中ほどに、十二、三人の男たちが、各自箱膳を前に車座になっている。川路たちをいっせいに見た。箱膳には、飯を山盛りに盛った茶碗が置かれ、ある者は黒の塗り箸を一本、ある者は二本、また別の者は三本立てている。

四角な男は川路を輪の中に割り込ませた。輪の男たちは黙ってお膝送りをして、一人分の席を空けたのである。彼らは何も言わないし、新参の川路たちを見ても驚きもしない。

恐らくこれは案内人がよほどの顔ききなのだろう、と川路は推測した。つまり、この四角な男はこの座の連中に信用されているのである。川路は輪の顔を一人一人、とっくりと見定めた。直三と良七は、川路を守るように、川路の背後に座った。

輪の男たちは、つごう十二人である。一人だけ御高祖頭巾《おこそずきん》を後ろ前に冠《かぶ》っている。全く顔をおおっているわけで、本人は何も見えないはずだ。男物の着物を着ているが、袖から出ている両手が異様に小さくて白い。どうやら、女らしい。そういえば背も小さく、撫で肩である。身じろぎもせず、正座している。この頭巾の男（？）の膝元には、寺の法事で使う、四角の大きな食器運び用の盆が据《す》えてある。盆には白い布が張られてあり、盆の横には壺が置かれていた。

頭巾の隣の男が、「地獄極楽、分かれの道でございます」と低い声で告げた。そして壺を頭巾の手元に押しやった。頭巾が右手を壺に入れる。かき回している。そして右手を抜きだした。小さな掌に黒の碁石をつかんでいる。つかんだ石を白い盆の上に、ざらりと置いた。空になった掌を一同に見せる。

さきほど妙な文句で宣言した男が、盆にかぶさるようにして、また妙な節をつけて、頭巾男がつかみだした碁石を数えだした。

「ひいひいひい」と言い、三つずつ、横の空間にはじき出すのである。「ふたつよ、ふたつよ、みつみつみつ、よしかよしか」とこれで十回数えたことになる。

残った石が、二個になった。

「はい、ふたつよ、蓋《ふた》は内、鍋は外でございます」

一座が、どよめいた。箱膳の盛り切り飯に、箸を二本立てた者が笑顔になった。妙な文句で座を湧かせた男が立ち上がって、二本箸の者に金を配り歩く。

「へい、ごめんなさいよ」

案内人の四角な顔が、川路の隣に割り込んだ。川路の膝の横に置かれた手提げ袋を、膝元にずらし、へへ、と意味ありげな笑い方をした。「これはつかみ丁半と申しまして、まあ、博打《ばくち》の初歩であります」と説明した。

「丁半はおわかりですか？　偶数をあたしどもの世界では丁といい、奇数を半と申します。壺振りがつかんだ碁石を、三つずつよけて、残った石が一つか二つか三つか。これに賭けます。賭けた数を箸で示します。壺振りは面をおおっていますが、客がいくつに賭けたかわからないようにするためです。知りあいがいれば不正をしますからね」

「壺振りは、なぜ女なんです？」直三が川路の代わりに案内人に訊《き》いた。

「女は掌が小さい。つかむ石の数が多くないので、勝負が早いからでさあ」

あれは女じゃないな。川路はそう思ったが、むろん口には出さなかった。

丁半二河

商家の大旦那（あるいはご隠居風）に変装した奈良奉行・川路聖謨は、遊女の投げ込み寺の座敷にいる。つかみ丁半《ちょうはん》なる博打《ばくち》を「見学」している。かれこれ五、六回見終った頃、四角い顔の案内人が、川路にささやいた。

「旦那、どうです？　試してごらんになりますか？」

川路はゆっくりと首を横に振った。四角い顔が、へへ、と心得顔でうなずいた。川路の膝元の手提げ袋に、横目を使った。

「ここはまあ、お子ども衆の遊び場ですからな。まもなく幕切りでさあ。河岸《かし》を変えますか」

「もう店仕舞いですか、ここは？」直三が川路の代わりに訊《き》いた。

「子どもの小遣い稼ぎの場ですからな」案内人が立ち上がった。「旦那、大事な物を忘れませんように」と手提げ袋を示し、「大人《おとな》のお楽しみ場所にお連れします」

今しもお高祖《こそ》頭巾を後ろ前に冠った者が壺から右手を抜きだしたところだったが、川路が手提げをつかんで座を去る気配に、聞き耳を立てるように、頭巾を斜めにした。川路は一座に軽く頭を下げた。下げながら、お高祖頭巾の視線を感じた。頭巾のどこかに、小さな穴があいているようだ、と思った。ずっと観察されていたようである。

「ひいひいひい」と数え役が唱えだした。ひイ、ひイ、ひイと、を早口で言っている。ひとつ、がひイとになり、ひイとが、ひいに略されたのだろう。

「ふたつよ、ふたつよ、みつみつみつ……」

四角な顔は座敷を出ると、廊下の奥に進む。川路、直三、良七の順で続いた。廊下は裏庭に向っており、直角に曲った。曲った所に、持仏《じぶつ》堂が建っている。廊下はその堂につながっていた。持仏堂の背後に、かなり高い築山がある。雑草の生えた、何の変哲もない山である。

案内人は持仏堂の観音扉を開き、川路にここです、という目つきをした。四人は堂に入った。案内人が扉を閉める。まん中に通路が作られ、通路の左右には壇が設けられ、そこにはたくさんの位牌が置かれていた。遊女の位牌である。生前の源氏名が記されている。俗名ではないのが哀れであった。

堂の突き当りに、厨子《ずし》が据えてある。四角な顔の男が、ごく当り前のように、厨子を横にずらした。片手で簡単に押しやったのである。そこに行李《こうり》ほどの大きさの黒い穴が開いた。梯子《はしご》が垂直に掛かっている。案内人が川路に下りるよう、うながした。川路は手提げ袋を懐にねじこみ、梯子に取りついた。八段ほどで、足が地についた。床が張ってある。

続いて直三が下り、良七が下りた。四角な顔の男は梯子段の四段目で身をかがめ、仰向いて厨子の底を滑らせて元の位置に戻した。穴の中がまっ暗になった。いや、そうではない。川路が振り返ると、穴は横にあいていて、奥の方に昼の光がそそいでいる。

横穴は今来た方、つまり、本堂に向って続いているようだ。洞穴は明らかに手掘りのもので、大人が身をかがめてやっと通れる高さと幅である。奥の方から差す光で、かろうじて足元が確かめられる。両側の壁に、くぼみが作られている。灯明台をのせるくぼみではあるまいか。してみると、この洞穴は、胎内めぐりのために掘られたのかも知れぬ、と川路は推測した。持仏堂の後ろの築山は、その時に掘り出された土を盛ったものだろう。

いくらも進まず、戸が立ち塞がっている。天上から淡い光が落ちている。見上げると、どうやら、ここは本堂の縁の下らしい。はるか高みに、畳半枚ほどの四角の穴があいていて、外気が入ってくる。床板の裏側が見える。

どうしたものか。川路がためらっていると、四角な顔が直三と良七を押しのけて、「ごめんなさい」そう断って、戸板を三つ叩いた。少し間《ま》を置いて二つ叩き、また二つ、今度は力を込めてぶった。合図らしい。内側から戸が開いた。かなり厚手の板戸である。

とたんに、わあっ、という喧騒が、男波《おなみ》のように川路たちにおおいかぶさってきた。それも一瞬である。バタッ、と倒れたように静まり返った。目つきの鋭い若者が、四角の顔に、入れ、と顎をしゃくった。川路たち四人が前に進むと、急いで若者が板戸を閉じた。閉じると同時に、再び、わあっ、というざわめきが起こった。川路の目に、まず百目蝋燭《ひゃくめろうそく》の炎が映《うつ》った。

戸の内側は、二十畳ほどの部屋である。窓ひとつ無い。そこに十六、七人の男が、白布を敷いた細長い御座畳《ござだたみ》を囲んでいる。畳の向う側に七人、こちら側に五人。七人のまん中の男が、いわゆる壺振りで、藤蔓で編んだ壺笊《つぼざる》に賽《さい》を二つ入れて振る。出た賽の目の合計が偶数なら丁、奇数なら半。当てた者が賭け金を取る。

丁半博打である。壺振りの横の男が「中盆《なかぼん》」といい、賭け金の世話役であり、博打の進行役である。

まず中盆は、丁半に賭ける客が揃わない限り、勝負を始めない。御座の向う側が丁で、こちら側が半の席である。丁に賭ける者が二人で、半に賭ける者が三人の場合、丁はないか、と丁の席をうながす。丁半対等でないと、壺を振れない。丁の賭け手が出て三対三になると、中盆が「揃いました」と宣言する。そして壺振りに、「入ります」と命じる。壺振りが賽を壺に入れる。振る。自分の膝元に壺を伏せる。中盆が客の手元に目を走らせる。賭け金に触れる者がいないか、監視するのである。異常なしと見ると、気合いを入れて、「勝負」と発する。同時に壺振りが壺を開ける。中盆は賭場においては、胴元《どうもと》（貸元・親分）の代理で、最大の権限を持つ。

以上の知識を、四角顔がすす早く川路に吹き込んだ。勝負の最中は静まっているから説明せず、終って次の勝負が始まる短い間に、早口で語るのである。勝負がつくと、客の緊張が一時《いちどき》にほぐれ、ああ、だめだったか、とか、そう来るんじゃないかと予感した、とか、口々にしゃべりだす。

この部屋は常願寺本堂の地下にあるようだ。胎内めぐりで掘った洞穴を、大きく掘り広げて博打場に仕立てたのだろう。寺と博打は縁がある。寺銭という言葉があるくらいで、貧しい寺は遊び人に博打の場所に貸して、手数料を稼いでいたのである。寺や神社は寺社奉行の管轄《かんかつ》で、町奉行は踏み込めない。

寺は法事などで、見知らぬ人が出入りする所だし、経を上げ木魚を叩くから多少の物音はごまかせる。空き座敷があるから、賭場には最適だった。さきほどの「つかみ丁半」でわかるように、いざ調べの手が入っても、そこにある物は箱膳に盛り切りの飯、配膳盆に碁石だから、何とでも言い抜けられる。法要の御斎《おとき》だ、と言えばいいのである。しかし、丁半博打となると、これはごまかせない。そこで地下室をこしらえたのだろう。人声や物音が、外に漏《も》れない。

「ほんのしばし一服《いっぷく》といたします」中盆が声を上げた。「ただし、皆様先刻ご承知のように、煙草はご遠慮願います。また、大声はお控え下さい。では、おくつろぎ下さい」

板戸の脇にいた若者が、中盆の挨拶が終ると、かがんで板戸の裾の方を操作した。小窓が開いた。換気用の小窓らしい。

四角な顔の男が中盆に近づいて耳打ちしている。中盆が川路を見る。値踏みをするように、頭から足の先までじっくりと見た。四角い顔が、川路たちを呼んだ。

「どうです？　そろそろ遊んでみませんか？」

「あの、一つお聞きしてよろしいですか？」

直三が進み出た。

「先ほどから見ていますと、丁の勝ちが多いようですが、これには理由があるのですか？」

「いいところにお気づきなさった」中盆が引き取って答えた。

「あたしどもの格言に、九半十二丁は神代《かみよ》から、といいましてね。おっしゃるように賽の目の出る割合のことでして、半が九回、丁が十二回で丁の方が半より三回多く出る。神代から決まっている真理でさあ」

それで、と中盆が続けた。「半が不利にならぬように、両方均等にするため、丁に負担条件をつけているんです。それは」

といくつかの例を挙げて説明した。そして三人が丁の側の席に案内された。半の方は初心者はとまどうだろうから、という中盆の親切心だった。川路は壺振りの左隣、直三と良七は背後に控える。「旦那」四角顔が川路の手提げ袋を、目で示しながら、「それだけ軍資金があれば、充分に楽しめまさあ」へ、へ、と笑った。

板戸を叩く音がした。皆、いっせいに出入り口に目をやる。三つ。二つ。二つ。若者が板戸を開いた。

背の低い、二十歳《はたち》そこそこの若者が入ってきた。ここの常連らしい。誰も何も言わない。若者は一座を見回した。川路に目をとめた。川路に用があるように、まっすぐ歩いてきて、川路の横に立った。隣の者が体をずらして、若者の座を作った。狭い中に割り込む。

川路は手提げを膝元に寄せながら、軽く目礼をした。それからごく当り前のように、「お役ご免ですかな」と若者にささやいた。

若者が、ギョッとした顔で川路を見た。川路は前方を見ながら、独りごとを言うようにつぶやいた。

「顔は隠せても、白い手先はごまかせない」

さあ、始めますぜ、と中盆が宣言した。丁方の一人が、半方に回った。これで丁半の賭け人数が六対六の「おあいこ」になった。中盆が声を張りあげた。「昼飯前のひと稼ぎ。新しい客人も加わったし、賭け金を景気よくはずみませんか？　勝《か》ちゃあ千金、負ければ借金。どうせこの世は丁半二河《にが》よ」

「旦那」新顔の若者が、低い声で川路に呼びかけた。「私も旦那の正体を知っていますよ」

ホウ、と川路が若者を見た。

「さあ、張った」中盆が声を改めた。「丁方《かた》張った。半方張った。張った張った……」

「旦那。佐渡で会いましたね」若者がささやいた。

ひとよ竹

勝負が始まると、奈良奉行・川路聖謨の隣の若者が、恐ろしい程の額を賭ける。ふところから現金をつかみ出し、目の前の白布に無造作に置く。つられて向かい側の半方《はんかた》が皆、同じ額の金を張る。丁方《ちょうかた》も若者の額に合わせる。

これで丁半が「揃った」ことになり、中盆が勝負を宣告する。壺振りが壺を開け、中盆が賽《さい》の目を読みあげる。賽は二個用いる。一個の目が2で、他方が3なら、合計5で奇数だから半方の勝ちである。偶数なら、丁方。

半方の若者が、率先して大胆に賭ける。丁方も熱気にあおられて、次第に賭け金の額が大きくなる。

若者が勝負が終ったとたん、よろめいて上体を川路にぶつけた。小声で川路に言った。

「旦那、失神して下さい」

川路は壺振りに寄りかかった。壺振りが賽を持つ右手をかばうように、す早く上に伸ばし、中盆の方に体をよせた。川路は目をつむったまま壺振りに上体を傾ける。壺振りが立ち上がる。川路は支えを失って、壺振りの座に倒れた。

「旦那。大丈夫ですか?」直三が驚いて、川路の顔をのぞきこむ。

「なあに。気分が悪くなっただけでしょう」

若者が事も無げに言った。

「初めての客は、興奮が過ぎて、よく倒れるんですよ」

一座の者たちが、失笑した。

中盆が直三と良七《りょうしち》に、川路をこちらに運ぶようにと横の壁ぎわを示した。直三が川路の頭部を、良七が脚を抱えて、その場所に移した。川路が直三に何かつぶやき、直三が懐紙《かいし》を細《ほそ》く裂《さ》いて渡した。川路は紙を軽くもんで、右の鼻穴に詰めた。そして仰向けに寝た。

「旦那、鼻血ですか」若者が川路のそばに来た。額に手を当てた。

「こいつは、いけない」すぐに手を引っ込めた。中盆に頼んだ。

「熱がある。あたしが付き添って休ませます」

中盆が舌打ちした。

「大事になるとこまる。頼むよ」

「旦那、歩けますか?」

川路はよろよろと起き上がった。白い顔をしている。直三と良七が両側から肩を貸した。

出入口に向う。若い衆が板戸を開ける。若者を先頭に川路たちが、一つの塊《かたまり》になって、部屋を出た。出るなり、川路は天井を仰いで深呼吸をした。板戸が閉まる。閉まる寸前、「ろくでもない客を連れてきやがって」と中盆が案内人を叱る声が聞こえた。若者がニヤリと笑い、川路たちを前方の通路にうながした。来た時の地下道を、腰をかがめて戻るのである。持仏《じぶつ》堂の厨《ず》子《し》の下から、地上に出る。若者が川路に手を差しのべ、引き上げようとしたが、川路は手真似で謝絶した。

持仏堂の観音扉を開けると、若者は辺りを見回し、懐から川路の手提げ袋を取りだした。川路に渡しながら、ここで待っていて下さい、と言った。

「いつの間にこれを。すばやいな」舌を巻いた。

「袋の中身が金でないと知られたら、今頃はあの場で」

「袋叩きか」川路が声に出さずに笑った。

「旦那のお芝居は、名題《なだい》役者も顔負けです」

「芝居じゃない。本当に気分が悪くなったのだ。空腹のせいでな」川路は鼻の詰め紙を取った。

若者が廊下を走って行った。程なく、庭の方から戻ってきた。川路たちの履《は》き物《もの》を、玄関から取ってきたのである。

「裏門から出ましょう」とさっさと歩きだす。

「座敷で休むのじゃなかったのかい？　咎められないか？」川路が雪駄《せった》をつっかけながら、小声で訊《き》いた。

「中盆は見切っていますよ」若者が薄笑いしながら振り返った。「博打場《ばくちば》で失神するような客は、小心者で、どうせ大した客じゃありませんもの」

「ご挨拶だな」川路が苦笑した。

「しかし、旦那も大胆すぎます。お金と見せかけて、お弁当を持ってくるのですから」

「お金と思った方が、おっちょこちょいなのさ。お前さんは違う。名を承《うけたまわ》ろうか？」

「鏡太郎《きょうたろう》と申します」

裏門を出がけに、川路が立ちどまり、鏡太郎に尋ねた。

「この隣は何の商売かね？」

塀を隔てて、店屋がある。

「駕籠《かご》屋ですよ」

「町駕籠かね？」

「それと、遊郭専門の駕籠もおります。駕籠かきは多いですよ」

「なるほどな。駕籠屋とは考えたな」

「何か？」

裏門を出ると、ひっそりとした通りで、小さな仕舞屋《しもたや》が並ぶ。

「いやさ。さいぜん鼻に詰めた紙切れの先が、かすかにふるえた。あの博打《ばくち》部屋の横には、秘密の通路があると見た。通路の風を感じたのさ」

「さすがです」鏡太郎が振り返って、うなずいた。「逃げ道ですよ」

「そりゃそうだろう。逃げ道の無い秘密部屋はあるまいからな。隣の駕籠屋に通じているのだな。駕籠でひそかに逃げられる仕組みか」

「どこに行くんです?」直三が鏡太郎に訊いた。

「飯を食いに。あたしの家にお連れしようと思って」

「近くかね?」

「ここですよ」と急に立ちどまって、一軒の洒落《しゃれ》た格子戸の家を指さした。

鏡太郎が、入る。格子戸の横に、盛り塩がある。老女が濡れた両手を前掛けで拭きながら、出てきた。炊事をしていたらしい。

「すぐにできるかい?」と鏡太郎が問い、「はい」と答えたが、明らかにとまどっている。不意の客が多いからだろう。

「いやさ」あわてて川路が弁解した。「弁当はこのように」と手提げを掲げて見せた。「白湯《さゆ》をいただければ充分」

「はい。ただ今」と引っ込んだ。

六畳間に通された。四人は車座になる。川路が手提げを直三に渡す。直三は心得て、竹の皮包みを取りだした。老女が四角の茶盆に、四個の湯呑みと四本のお絞りを載《の》せて入ってきた。

どうぞ、とまず川路にお絞りを勧めた。

「おお。何よりのご馳走」受け取って、まず顔を拭いた。直三も良七も、倣《なら》う。鏡太郎のみ、丹念に掌を拭っている。老女が下がる。

直三が竹の皮包みを広げた。ふた包みとも、においをかいで、四人の前に置いた。

「鏡太郎も、お相伴《しょうばん》しないか」川路が一個をつまんだ。丸いはずのお握りが、角《かく》ばっている。懐に押し込んでいるうちに、形が変ったのである。塩漬けの紫蘇《しそ》の葉でくるんである。

「遠慮なく、いただきます」鏡太郎が手をのばすや、口元に持っていった。「いい香りですね」としばし紫蘇の香りを楽しんでいる。直三も良七も頬ばった。

「しかし何だな」川路が湯呑みの模様に目をやりながら、言った。太い竹のひと節《ふし》に葉がついている図で、「一節竹《ひとよだけ》」紋と呼ばれる。その奇抜な名称から、粋人が好む絵柄といわれる。

「袋に収めていたとはいえ、博打場の誰一人、この匂いに気づかなかったとはね。内心ヒヤヒヤしていたのだが」

「連中、お金のにおいしか関心が無いんですよ」鏡太郎が笑った。

「銅臭というやつだな」川路が、二個目をつまんだ。えらく腹が減った。

「ところで、どうして私を助けた？」鏡太郎を見た。

「助けられたからですよ。恩返しです」

「恩返し？」

老女が今度は汁椀を運んできた。煮麺《にゅうめん》である。味噌仕立てで、秋茗荷《みょうが》の香りがする。

「ありがたい。のどが詰まるところだった」

川路が食べかけのお握りを竹の皮に置き、塗り箸と汁椀を手にした。老女が目礼をして出て行った。

「あたしは、佐渡一国一揆《いっこくいっき》に加わった一人です」

鏡太郎が言った。

「八年前の、百姓一揆だな？」

「あたしは百姓でなく、名主のせがれでした。ぐれていたんです。博徒の仲間に入って、丁半博打にうつつを抜かしていました。いっぱし遊び人のつもりで粋がっていましたが、物持ちの息子ですから、連中に遊ばれていたわけですよ。親の金をせっせと貢《みつ》いでいたんです」

「そんなお前がどうして百姓の味方をした？」

「あたしの所の小作人の娘に、惚れていたからです」

「なるほど。恋ゆえか」

天保九年、飢饉《ききん》に苦しんだ農民は、せっぱつまって佐渡奉行所に、税の免除を願い出た。

佐渡だけではない。この数年、全国的に大飢饉が続いた。大地震や風水害も起こった。特に天保七年の飢饉ははなはだしかった。奥羽地方では、十万人余の餓死者が出た。

各地で農民一揆が頻発した。天保八年二月、大塩の乱が起こった。大坂町奉行所の元与力、大塩平八郎が、門弟や農民たちと決起し、大坂船場《せんば》の豪商を襲撃したのである。反乱は失敗に終り、大塩は自殺した。しかし、この騒動はあちこちに飛び火した。兵庫、尼崎、尾道、備後《びんご》三原、肥前唐津、陸奥《みちのく》石巻、越後柏崎などで、打ちこわしや一揆が次々と繰り広げられた。

佐渡奉行所は、農民の哀願を頭からはねつけた。実は奉行所そのものが腐敗していたのである。農民の租税を食い物にしたばかりか、佐渡の豪商らと結託して米の買い占めをし、米の値段のつりあげを計り、莫大な賄賂《わいろ》を得ていた。

農民たちは、折から佐渡に訪れた幕府巡見使に、奉行所の不正を直訴《じきそ》した。面目を失った奉行は、直訴の首謀者を捕え、牢に入れた。

農民たちは、立ち上がった。三郡二百五十数カ村、全村に触れを回した。赤ん坊と病人をのぞいて、歩ける者は一人残らず、顔に鍋墨《なべずみ》を塗りたくり、竹槍、鋤《すき》、鍬《くわ》、鎌《かま》、心張り棒を持ち、気勢を上げて奉行所に押し寄せた。

女が入ってきた。ぞっとするほど婀娜《あだ》な三十女である。川路に目礼した。「一節竹《ひとよだけ》」の女だな、と川路は目礼を返した。

つぶて

「お食事がすみましたら、どうぞお二階に」と女がうながした。

「いや、ここで結構」

商家の大旦那、あるいはご隠居に扮した奈良奉行・川路聖謨が遠慮した。

「お騒がせした。すぐにおいとまする」

「まだ話が終りませんよ」鏡太郎《きょうたろう》が立ち上がった。「どうぞ。二階でくつろぎましょう」

さっさと部屋を出る。仕方なく川路も手にした汁椀を盆に置いた。直三が手早く竹皮包みを片づける。川路が鏡太郎に続く。二階への階段が部屋の横にある。お先にどうぞ、と女が直三と良七に道を譲った。

「二階で、改めてご挨拶申し上げます」とこれは、川路の背中に声をかけた。

二階座敷は八畳間と六畳間である。襖《ふすま》の向うにもうひと部屋あるらしい。その襖以外、皆、開け放ってある。風は無いが、下の座敷よりは涼しい。

鏡太郎が部屋のまん中でなく、出窓側に、藺草《いぐさ》で編んだ円座《えんざ》（夏の敷物）を一枚置いた。川路の席である。鏡太郎たちは川路に向かい合うように、畳にじかに座った。女が上がってきた。膝をつき、三つ指の、丁重な辞儀をした。

「ようこそ、お越し下さいました」と述べ、

「わたくしは鏡太郎の姉の、みちおと申します」と名乗った。

「こちらは」と直三が川路を紹介する。

「差《さ》し障《さわ》りがありまして名は申せませんが、さる商家の――」

「いえいえ」みちおが優雅に右手を横に振った。「何もおっしゃらなくて結構です」

ぞっとするほど、艶麗《えんれい》な笑顔をした。

「弟のお客様ですもの。名乗るのは、野暮というものです」

「いや、ここは風の通りがいい」川路がお愛想を言った。

窓の障子戸は隅に押しやられ、つい目の先に隣家の生垣《いけがき》が迫っている。椿《つばき》と、犬槙《いぬまき》が交互に植えられているが、手入れが悪く、枝を伸ばし放題、おまけに藪枯《やぶが》らしが垣をおおっている。この獰猛《どうもう》な蔓草《つるくさ》は、両木を痛めつけたうえ、隣家の壁にまといつき、軒に達している。実にう

っとうしい眺めである。風通しがいいわけはない。

「隣は無人かね」

人が住んでいるようには見えない。

「いいえ」みちおが首をゆっくりと振った。

「いることは確かなんですが、近所の者も姿を見たことがないんです。変り者という評判です」

ほほう、と川路はうなずいた。何か言いたそうだったが、それきり黙ったので、みちおが、あわてて執《と》り成《な》すように別のことを言った。

「あの生垣、雑草だらけで、虫が多いんです」

「佐渡の国のお生まれだそうですな」川路が思いだしたように切りだした。

「はい」みちおが、こっくりをした。

「こちらには、古くから？」

「いえいえ。今年の春からです。その前は京におりました」

「姉さん」鏡太郎が、みちおの方に向き直った。「このかたは――」

その時だった。

「危ない！」直三が叫んだ。

川路の背後から、丸い礫《つぶて》が、川路の頭をめがけて飛んできた。

一瞬、頭を下げてよけたかと思うと、礫を追うように川路の上体が伸び上がり、次の瞬間には右手が振り下ろされていた。バシッ、と熟柿《じゅくし》を叩きつけたような音がして、座敷のまん中辺に、丸い物が転がっている。

「金柑《きんかん》？」一番近くの鏡太郎が、素手でつまもうとした。

「刺されるぞ」川路が止めた。鏡太郎が伸ばしかけた右手を、そのままにした。

川路がいざりながら進み、右手に持った鉄扇《てっせん》で、改めて丸い物を打った。ぐしゃり、とつぶれた。黒い頭に、黄色の縞《しま》模様の熊蜂である。直三が無造作につかんで、竹の皮にくるむや、器用に折り畳んで四角包みにし、張り出し窓から隣家に向ってほうり捨てた。

「あそこが蜂の住処《すみか》ですよ」

包みが落ちた辺りを指で示した。

「ありゃあ、ヘクソ葛《かずら》の花だ。蜂が大好きな花」

川路が笑いだした。

「花らしくない名だな」

「だって、悪臭のする花ですぜ」

「そんないやな名の花なんですか」笑いながら、みちおが弁解した。「白い小花が可憐なので眺めていましたが、においまでは気がつきませんでした」

「花もそうだが、葉も蔓も鼻が曲るようですぜ。あんな蔓は、いっそ抜いじまいなさい」直三が、いまいましげに言った。「それからあの藪枯らしも。ありゃあ、貧乏葛といって、放っておくとはびこって始末におえない」

「お隣さんもご存じないのかしら」みちおが思案した。

「あんな葛は断りなく引っこ抜いても、感謝されこそすれ、怒る者はおりませんよ」

「でも、お隣さんとは、親しいおつきあいをしていないから」みちおが当惑する。

鏡太郎が簾《すだれ》障子を閉《た》てた。部屋が多少、薄暗くなった。

「こちら様は――」改めて鏡太郎が川路を姉に紹介する。みちおが微笑した。

「ただ今の見事な技《わざ》で納得しました。とても商家の大旦那とは思えませんもの」

「お恥ずかしい」

柄にもなく、照れた。照れくささを隠すように、急いで話題を変えた。

「さきほど弟さんから一揆の話を聞いていたのです。出だしだけだが」

「わたくしは佐渡一揆を知らないのです」みちおが答えた。「一揆の前年に、わたくし、越後の新潟に嫁いだものですから。半年のちには大坂に夫と共に参りました。夫は廻船問屋《かいせんどいや》の番頭でした。大坂分店の切り盛りを任されたのです」

「今も？」

「三年前」

言葉を、切った。ためらいがちに、

「行方不明になりました」

「ほう？」川路の目が光った。

「廻船問屋の大坂分店なら、西廻りの船だな。積荷は、米か？　物産？」

大坂には諸藩の蔵屋敷があり、年貢米や土地の物産を、ここに運んで金に換えた。船の航路は東と西とあり、西廻りは北陸の港から日本海を南下し、下関海峡から瀬戸内海に入り、大坂に至った。

一方、東廻りは日本海を北上し、津軽海峡を経由して太平洋岸を南下し、現在の千葉県銚子に至る。ここで積荷を川船に移し、江戸に運んだ。

「夫は梶之助《かじのすけ》と申し、おもに物産を扱っておりました」みちおが語った。

ところが佐渡一揆で、梶之助の勤めていた廻船問屋が米の暴利をむさぼっていた事実があからさまとなり、幕府のお咎めを受け、信用を失墜し身代限り《しんだいかぎ》り（破産）となった。

梶之助は、さいわい加賀藩の物産会所に知る人があって、その人の引きで大坂の会所で働くことができた。つまり、梶之助は有能な番頭であったのである。

それもつかのま、ある日、梶之助の姿が忽然《こつぜん》と、みちおの前から消えた。失踪の理由は、何も無い。先の勤め先がからんでいるのではないか、といろいろ調べられたが、金銭のいざこざは見当らず、取引の不審も一切無い。男女関係の形跡も無い。梶之助は「白鼠《しろねずみ》のお手本」とからかわれた程の、堅物《かたぶつ》であった。白鼠というのは、大黒天のお使い鼠で、忠実無比の番頭のことである。

物産会所は国産会所ともいい、藩の特産物を専売する機関である。加賀藩の場合、九谷焼《くたにやき》や友禅、蒔絵《まきえ》などの伝統工芸品を扱った。

「梶之助は、どのような物産を任されていたのだろう」川路が訊《き》いた。

「さあ」みちおが首をかしげた。そのしぐさが、妙に艶っぽい。

「仕事の中身は、語りませんでした。一度だけ、こういう品を売っている、と聞きました。わたくしもそれを一つほしい、とねだったのです。忘れた頃、いただきました。いえ、店からくすねたのではなく、夫が元値で譲ってもらったのです」

「何です？」

「櫛《くし》です」

「櫛？　それは今お持ちですか？」

みちおが苦笑した。弱々しく、かぶり（頭）を振った。

「お金にこまって、手離してしまいました」

「値打ち物だったんだ」

「象牙《ぞうげ》の櫛でした」

川路は、黙った。何だか知らないが、頭の隅で、ようやく尻尾《しっぽ》を見つけたぞ、という気がした。養父母が京の櫛屋を回っている光景が、目に浮かんだ。しかし、まさか、この目の前の女と、その映像が結びつくわけがない。そんな偶然は、ありえない。櫛という品が、たまたま気にかかっている京の櫛問屋「丹什《にじゅう》」の一件を、思いださせたに過ぎない。けれども……

みちおが、淋しげな苦笑をもらした。

「お察しの通り、ただいまのわたくしは、囲われ者の境遇です」

「いや、なに」川路は、目をそらした。

「隠すつもりもございません。夫がいなくなり、暮しにこまって、娘時代に習った踊りと琴を教えて身過ぎをしておりました。女一人では思うように所帯が張れなくて」

川路は話を逸《そ》らせた。

「鏡太郎はいつこちらに出て参った?」

「あたしは越前三国湊《みくにみなと》で堅気《かたぎ》になって働いていたのですが、まとまった金がほしくなり、足羽山《あすわやま》に入って笏谷石《しゃくだにいし》の石切りを志願したんです。この体でそんな無理をしたものですから肺をやられてしまい、長く患って」

「一揆の話を聞こうか」

牛王宝印《ごおうほういん》

「八年前になります」

鏡太郎《きょうたろう》が語り始めた。天保九年の、佐渡一国一揆《いっき》の話である。

この年、将軍が代替《だいがわ》りした。家慶《いえよし》が十二代将軍を襲職した。新将軍は常例として、各地に巡《じゅん》見使《けんし》を派遣して、国々の様子を視察する。「諸国巡見使」と、「国々御料所村々巡見使」の二組があり、後者は幕府領のみを回る。どちらも将軍代理の権限を持つ。

四月十九日に、御料巡見使が佐渡に来た。羽茂郡上山田村の善兵衛《ぜんべえ》という者が、佐渡一国総代（代表）として訴え出た。訴願そのものは違法ではない。巡見使は、いわばそれらを聞く役である。

善兵衛の訴状には、年貢と諸役の軽減を願うほか、奉行所役人の不正の数々と、奉行所の米の買い占め、それに酒造や油搾《あぶらしぼ》り、薬草栽培の鑑札制度廃止などが記されていた。

この数年は大飢饉で、米の値段は異常である。それをいいことに米問屋と結託し、奉行所が暴利をむさぼっていたのである。

善兵衛は五月十三日に渡島してきた諸国巡見使にも訴え出た。これが五月十七日である。巡見使は佐渡奉行に訴状の真偽を糺《ただ》した。

奉行は着任したばかりの鳥居《とりい》八右衛門という、七十一歳の実直な老人である。鳥居は奉行所の内情を、何ひとつ知らない。驚いて、善兵衛に出頭命令を発した。とにかくも訴人の正直な言いぶんを、じかに聞きたい。鳥居が先の御料巡見使の際には何の行動も起こさなかったのをみると、御料使が伝えなかったのか、訴えの内容を信じなかったのかも知れない。

米の暴利は、文政期に泉本という奉行が始めたもので、百姓から強制的にすべての米を買い上げ、奉行所を通して米問屋に売っていた。飢饉になってこの専売制度が、目立ちだしたわけである。

善兵衛は出頭に応じなかった。何をされるか、わからないからである。

この一揆が終熄《しゅうそく》し、善兵衛ら首謀者十八人が江戸に送られ投獄されたが、一人残らず獄死している。口封じのため毒を盛られた、といわれる。

善兵衛は五月二十二日、小木町の某所に隠れていたところを、何者かの密告によって役人に捕まった。

この知らせは、「天狗より」と記された回状で、佐渡の人たちに伝わった。

「あたしはその日、実家におりました」

鏡太郎が語った。

「いえ。四月の半ばからずっと、実家でおとなしく、親の手伝いをしておりました。巡見使が来ている間は、博打《ばくち》なんてとんでもない。渡世人は皆、息をひそめておりましたよ」

鏡太郎が照れたような表情をして、ま向いの奈良奉行・川路聖謨の顔を見た。川路は、それで？　とうながすように、小さくうなずいた。鏡太郎は続けた。

「御料巡見使が九日間滞在して去ったと思ったら、すぐに諸国巡見使が参りましたから、博打うちは食いはぐれて、もう悲鳴をあげていました。そんな仲間の一人が、あたしを訪ねてきて、小遣いねだりです」

たかりじゃねえよ。仲間が、強がって見せた。ただで金をくれ、と言うんじゃねえ。これを買わねえか。お前さんのために、わざわざ持ってきたんだ。

「なんです？　とあたしは用心のため先手を打って、家の者に知られるとまずい品は買えない、今動かせる金はせいぜい一分金《いちぶきん》だ、と申しました」

一両（現在の金で約十万円）の四分の一である。

「それでたくさんだ、とそいつが申しました。そしてニヤニヤしながら、ふところから取りだしたのは、厄除けの護符《ごふ》でした」

牛王宝印《ごおうほういん》と記してある。

こいつは京の八坂神社の護符だ。厄除けでなく、女にもてるおまじない札だ。お前さん、いつだったか、相手の女にふりかけると、簡単にこちらになびく粉薬は無いだろうか、と聞いたじゃないか。この札を肌身につけていると、自然にすり寄ってくるというぜ。試してみろ。一分じゃ安いや。

「実は酔ったはずみで、こいつに女の話をしたことがあったんです」

「小作人の娘だな」川路が言った。鏡太郎が、でろりと照れた。

「そいつは牛王宝印の護符を、一分金と引き換えに二枚くれました。京に行く手間と旅費を考えたら安いものだ、と恩に着せながら」

もちろん、護符の効き目を信じたわけではない。しかし鏡太郎は何となく、意中の女の家を訪れた。ひと目、会ってみたくなったのである。女の家はひっそりとして、誰もいなかった。

鏡太郎は知らなかったが、この日の夜、小木町の諸国巡見使の旅宿は、殺気立った人々に包囲されていた。善兵衛を返せ、の強訴《ごうそ》である。翌日未明、巡見使は隙を見て宿の裏口から脱出し、島を離れた。

ゆゆしき問題である。巡見使を追い払ったとなれば、ただではすまない。どの道、殺されるのなら、悪徳役人どもを道づれにしよう。

触れが、回った。佐渡三郡二百五十数カ村の隅々に至るまで、相川《あいかわ》で死ぬぞ、の動員令である。赤ん坊と病人をのぞいて、歩ける者は一人残らず参加すること。逃亡は許されぬ。各自、得物《えもの》（武器）を持つこと。一揆の者である証明に、死に化粧を施すこと。死に化粧とは、顔に鍋墨を塗りたくることである。

顔を塗るのは本来は、身元を隠すためだが、佐渡の場合、「死にに行く」のだから、その必要はない。だから、死に化粧と称した。ところが、ほとんどの家には鍋墨が無かった。煮炊きをしないから、煤《すす》が出ないのである。煮て食う物が無いのだ。

そこで人々は、まっ先に、三度の飯を食べている家を襲った。煤が目当てだが、むろん釜の飯もついでにいただいた。煤にありつけぬ者は、かまどの灰を盗んだ。頭から水を浴び、そこに他の者が灰をまく。たちまち、まっ白い人間ができあがる。

まっ黒の顔と、まっ白の顔のふた色の群衆が、口々に、「死ぬぞ」「死ぬぞ」と叫びながら、奉行所のある相川町に向った。おのおの手に竹槍、竹棒、鉈《なた》、鎌《かま》、斧《おの》、鋸、包丁、担い棒、鳶《とび》口《くち》、鋤《すき》、鍬《くわ》、あらゆる得物を持ち、若者か年寄りか、わからぬ。

鏡太郎の実家は庄屋だから、どこよりも早く一揆の情報を得た。父親は女たちに飯を炊かせ、お握りを握らせ、濡れ縁に並べさせた。家にある食べ物という食べ物を、残らず器に盛り、庭に据えた縁台に置いた。玄関横には、米の山をこしらえさせた。そして家中の戸を開けっ放しにして逃げた。

食い物で一揆勢をなだめる作戦である。すき腹がくちくなると、興奮がおさまる。打ちこわしを避けるための知恵である。

ある商家では、ご馳走だけでなく酒をふるまったが、これは火に油を注いだ結果になった。

酒で気勢があがり、かえって収拾がつかなくなった。むしろ一揆に加担したとみなされ、騒動が治まったあとで、当主は重い刑を科された。

鏡太郎は家族と離れ、一人、山中に逃げた。半日、藪《やぶ》にひそんでいた。のどが渇いたので水場を探して集落に近づいた時、相川町から戻ってきた一揆の連中と出くわした。

彼らは善兵衛の奪還に、成功したのである。

奉行所に押しかけた一揆勢の、死を賭けた強訴に、鳥居八右衛門は恐れをなし、善兵衛を釈放した。善兵衛は仲間に、密告によって捕まったむね報告した。

鏡太郎は怪しいやつだ、と捕えられた。顔が黒くも白くもなかったからである。庄屋のせがれと弁明しても、知る者がいない。ぐれて、堅気《かたぎ》の社会から逸脱した酬いである。

所持品を改められた。財布から牛王宝印が出てきた。一枚なら不思議がられず申し開きもできるが、二枚ある。

悪いことに、善兵衛を密告した者は、牛王宝印紙にこの通報に嘘いつわりはありませんと記して、奉行に届けたという。善兵衛の話で、その事実が判明した。牛王宝印の護符は、起請文の用紙として扱われていたのである。

たとえば、一揆の蜂起にも使われた。発起人は計画が固まると、この牛王宝印紙に、署名をし血判を押した。首謀者は大体五人から十人いる。署名は、傘状にする。つまり、輪を描くように記す。どこが頭で、どこが尾かわからないようにする。頭領が誰か特定できぬように考えた仕組みである。決起の際に、牛王宝印紙は焼かれ、その灰を水盃に浮かべ、署名人一同が回し飲みする。

普通には、遊女と客が誓紙として用いていた。鏡太郎もそのような用途で売りつけられたのである。

「なるほど。密告者の濡れ衣《ぎぬ》を着せられたわけか」川路が、うなずいた。

「ひどい目にあいました」鏡太郎が苦笑した。

「一揆の者に、水車小屋に押しこめられておりました。いずれは殺される身でした」

佐渡一国一揆は善兵衛が釈放されたことで、以前に倍して激しくなった。奉行所の弱腰を見てとり、付け上がったのである。すべての米屋が襲われ、あちこちで打ちこわしが行われた。奉行所は全く手が出せなかった。

佐渡奉行は、二人制である。現地と江戸に置かれている。幕府は在府の篠山十兵衛奉行に、佐渡派遣命令を下した。同時に越後高田藩に出兵を命じた。篠山は高田藩兵三百名と合流し、評定所役人と共に渡島し、たちまち総代の善兵衛を再逮捕した。頭分がおさえられ、一揆は鎮《ちん》定《てい》した。ほぼ五カ月にわたる騒動であった。佐渡の百姓のほとんど全員が、参加している。江戸より評定所留役が特派され、真相が糾明《きゅうめい》された。鏡太郎も一味として、牢に送られた。牢が足りず、急造された。事件の審理は、江戸城辰《たつ》の口《くち》の評定所で行われた。罪状が確定したのは翌々年で、刑の申し渡しは、鳥居の後任に任命された川路聖謨であった。

お奉行日和《びより》

佐渡奉行に任ず、の辞令を川路聖謨が受けたのは、天保十一年六月八日のことである。

佐渡奉行は遠国《おんごく》奉行の一つで、京都、大坂、駿府《すんぷ》の町奉行の下に位《くらい》する。とはいえ役高は一千石、これに職禄として千五百俵、百人扶持が加給され、高位の者が詰める江戸城芙蓉之《ふようの》間詰めとなった。川路にとって初めての奉行職である。

さとと結婚して二年目の四十歳、佐渡には単身赴任する。佐渡一国一揆が終熄《しゅうそく》したばかりで、島の治安はまだ悪く、一刻も早く現地入りせよ、との老中水野忠邦の命を奉じ、七月十一日には江戸を出立した。普通は二カ月余の準備期間がある。

見送りの人数が二百人を超えた。更に道中行列の規模が、五、六万石の大名並みである。弓矢や鉄砲の護衛、槍に囲まれて川路は肩輿《かたこし》に乗る。家来や従者ら、道具長持など、行列は一町（約百メートル）に及んだ。

川路は元来、このような仰々しい出立《いでた》ちを好まない。できる限り少人数で、ひっそりと行きたい。しかし、身勝手な略儀は許されない。幕府の威信を傷つけることになる。川路はいささか恥ずかしい面持ちで、佐渡をめざした。

板橋から熊谷《くまがい》、本庄宿を経て、中仙道を部分的に通り、渋川、須川、猿が京の関を過ぎ、三国《みくに》峠を越え、越後路に入った。湯沢、塩沢を通過し、六日町で船に乗り大野川（魚野川）を下る。馬は陸行するため一日遅れとなる。寺泊で合流することに決めた。やがて川幅が広くなり、川口という所で信濃川と落ち合う。小出で船を換えた。小千谷《おぢや》、長岡を経て、大河洲なる地で上陸し地蔵堂町に行く。ここから寺泊までは三里（約十二キロ）である。

寺泊の本陣に着いた。佐渡への御船手組《おふなてぐみ》も待機している。船手は幕府の用船を管理し、運航をつかさどる。御船手頭《がしら》から、海路のことどもの説明を受けた。川路は用人の間笠平八に命じて、船手組や本陣に「おひねり」を届けさせた。何がしかの金子《きんす》を紙に包み、感謝の意を伝える。道中でも気を使うが、ここでは思い切った額にするよう、間笠に耳打ちした。支配する国に近い。今後、新奉行の名が、うわさになるだろう。うわさの筆頭は、けちくさいか太っ腹か、である。人は金離れの良悪で、まず人物を推し量《おはか》る。度量の大小は、仕事ができる男か否《いな》かの判断の目安になる。間笠平八は心得て、うんとこさ金額をはずんだ。間笠は大人物ということになろう。

本陣は海ぎわにあった。川路は家来数人を従えて散歩に出た。磯辺を行く。大波が岸に当って砕ける。家来の一人の、膝頭まで潮にかかって、彼は化物に食いつかれたかのように、悲鳴を発して飛び上がった。

ここの北は朝鮮から韃靼《だったん》（モンゴル）で、魯西亜《ろしあ》や樺太《からふと》と続いている。内海とはいえ北海だから、興津《おきつ》や田子《たご》の浦あたりよりも波が荒い。もっとも川路は、東海道では岸波が打ち寄せる辺を歩いたことがない。

翌日は晴れたが、昼より風が巻くとのことで佐渡への船は出なかった。御船手の言う通り、悪風が吹いた。

本陣の先祖はその昔、日蓮上人を宿泊させたという。止宿の地には、題目堂と名づけた建物があった。寺ではないが、尼を置いて管理させている。

日蓮が用いたという硯《すずり》の水の井戸がある。眼を患《わずら》う者がこの水で洗うと治《なお》る、と言い伝えられている。しかし、みだりに汲ませない、とあるじが語った。眼でなく筆を洗いたい、数滴いただけまいか、と川路が頼んだら、数滴どころか土瓶一杯持ってきてくれた。家来どもにお福分けをしたあと、川路はこれで墨をすって、江戸の実母と妻のさとに手紙を書いた。むろん、日蓮ゆかりの水、うんぬんと説明した。

翌朝、南の風で快晴である。御船手頭から出帆の連絡がきた。家来一同に支度を命じた。船乗り場は本陣より少し離れている。供方《ともかた》は野袴《のばかま》（旅行袴）で急ぐ。はしけ船に乗り、親船に向う。

川路の乗る船は大小早丸《だいこばやまる》という。小早船《こばやぶね》という小形の廻船である。しかし内に四畳の仕切りがあり、便所もついている。葵《あおい》の御紋つきの帆が三巾《みはば》ずつ十反、同じく葵紋入りの大船印《おおふなじるし》、小船印（船の所有者を現わす旗）、狸々緋《しょうじょうひ》（黒みを帯びた深紅色の舶来の毛織物）の纏《まとい》、他に紅の吹流しを立てている。

川路は用人や給人、近習らと乗り組んだ。家来たちも分散して、四艘の大船に乗船した。大船は二十挺櫓で、四艘の曳《ひ》き船がつく。

船手頭は羽織を着用し、槍持ちを連れて川路の船に最後に乗り込んだ。合図の法螺貝《ほらがい》が吹き立てられた。船歌が始まった。水夫らによる合唱である。声明《しょうみょう》（僧の声楽）のようでもあり、謡《うたい》のようでもある、一種厳粛な合唱だった。歌の文句が聞きとれない。海上安全祈願の呪文でもあるのだろう。

本陣の者や、土地の者たちが小舟で見送っている。

御船手頭が御付《おつき》の者に、下知《げち》した。御付が手旗持ちに合図を送る。手旗持ちが紅色の旗を大きく掲げて振った。

「面舵《おもかじ》、いっぱい」という声が上がった。

「面舵、いっぱい」と遠くで復唱する。

面舵は船首を右へ向ける舵の使い方である。左へ向けるのを、取舵《とり》という。船が動きだした。見送りの小舟から歓声が上がった。

やがて、「ようそろ」という掛け声がした。これは、まっすぐ進め、という掛け声である。遠くで同じ文句を復唱する。

御船手頭が、川路のそばに来た。

「今日はよいお日和様《ひよりさま》で、結構でございました」と挨拶した。

「ご厄介《やっかい》をおかけします」川路が返した。

「このように」頭が言った。「海上が穏やかなことを、こちらではお奉行日和《びより》と申します」

「それはそれは」

「または、お殿様日和と申します」

「恐縮です」

川路はどう返答したらよいのか、ためらった。

もっとも御船手頭は、お愛想のつもりで言ったのだろう。それきり、天候や波のことなどに触れなかった。

「ごゆるりと、おくつろぎ下さいまし」と挨拶して、自分の持ち場に去った。

暑さは、はなはだしい。海上一里ばかり出たところで、早くも船に酔う者が次々と現れた。吐いては、ぐったりと横になる。横になると、よけい吐き気を催すようだ。上体を船端にもたせかけ、脚を投げ出してうつむいている。

川路はさいわい何事もなく、つれづれなるままに望遠鏡であちこちを眺めていた。三、四里ばかり進むと、暑さに耐えかねた。かねて船中は冷気ありと聞いていたので、川路はその恰好でいたのだが、どうも暑さでのぼせてきた。近習の一人が気づいて、「早く帷子《かたびら》に着替えなされまし」と裏地の無い夏の衣を差しだした。繻絆《じゅばん》も脱ぎ、素肌にじかに帷子を着けて、船室より出て海風に吹かれると、冷汗が引っ込んで普通の気分に戻った。船中は涼しくないので船酔いするのだ、とわかった。

佐渡の海は深さ百丈（約三百メートル）あまりある、という。水晶のように、清らかである。でも深度があるため藍色に見える。汲んでなめてみたら、ずいぶん塩っ辛い。

十里ほど進んだら、遠目鏡に船の姿が点々とうつった。佐渡から引き船が飛ぶように迎えに来たのである。一番先に来た船に、川路が真水の水筒を与えると、水夫たちが感謝の言葉と共に、次々と飲み回した。そして大きな息をつきながら、半纏《はんてん》の汗をしぼった。彼らは休まずに必死で漕いできたのである。

その前、順風穏やかに吹くため、越後の引き船はかえって大船に引かれる形になるので、船手頭がいとまをつかわしたのだった。

佐渡からの引き船はおいおい集まり、川路の船には十艘ばかり付き、二列になって漕ぎだした。みるみる速力が上がる。

乗船したのは五つ時（午前八時）前だったが、佐渡の赤泊に着いたのは七つ時（午後四時）頃である。海上十六里という。しかしこのたびは十三、四里の時間だった、と御船手の者が言った。船中では吐いたら見苦しいと弁当を使わなかったが、赤泊に着いたら、さすがに空腹を覚え、川路は湯漬けを三杯食った。供立てができたとの知らせで、肩輿行列で本陣に向った。本陣では更に焼き塩を振った粥を食べた。江戸を出て、十三日目である。

翌朝、六時に赤泊を出立した。八里余で、佐渡の中心町、相川《あいかわ》に着いた。相川の入口に大門があり、門番所を通して入る。大門の内が相川の町で後ろが山、前が海、人口一万人あまり、道は狭い。けわしい坂を登る。総構え（大門の内側）の中に、地役人の住まいがある。奉行屋敷は別に総門があり、門内に槍を従えて輿に乗ったまま入る。玄関のずっと手前で下乗した。

奉行・鳥居八右衛門が、川路を出迎えた。居間に通り、到着の挨拶だけで川路はおいとまするつもりだったが、八右衛門が涙を流して離さない。

妙な縁を持つ二人であった。天保九年に川路は西丸《にしのまる》再建御用を仰せつかったが、鳥居はそれまで西丸普請奉行で、川路と交代して佐渡奉行に赴任したのである。ところが在任中に佐渡一国一揆が起こり、鎮められず、その責任を問われ奉行交代を告げられ、後任が川路なのである。二人は同職の前後を務め、再度の引き継ぎをしている。

八右衛門は心労からすっかり老けて、面《おも》やつれしていた。中風の気味もあり、歩行がやや困難であった。翌日、二人は奉行所に詰め、夜遅くまで事務の話し合いをした。このたびの騒動で、同心の大半が罪に問われ、移動する。川路は未知の地で新規蒔《ま》き直しを図らねばならない。

捨て鐘

佐渡奉行として単身赴任した川路聖謨は、前奉行・鳥居《とりい》八右衛門との事務引き継ぎで、着任早々、多忙をきわめた。ろくろく休息も取れない。

しきたりの一つとして、大書院で奉行所の役人ら一人一人の挨拶を受けた。百人ほど、いる。述べる方も受ける方も、口上は決まっている。川路は、眠気を催してきた。しかし、みじんもその様子を相手に見せてはいけない。新奉行は隙《すき》の無い人、と思わせなくてはならぬ。最初が肝心である。川路は膝に置いた手を、何気なさそうに時々ずらしては、強く指圧した。つねりたいところだが、見破られそうな気がして、両手の親指に力を込めるだけにした。

「こちらこそ、お世話になる。よろしく頼みます」と挨拶を返すつど、ぎゅっと膝を圧するのである。何とか無事に終えた。

ひとつだけ、気になった。役人たちの挨拶は今後、毎月二十八日に大書院で、「月次礼日《つきなみれいび》」として受けることになるのだが、皆が、「ご着座」「お目見得《めみえ》」などという言葉を用いるのである。これは将軍に対するもので、自分のような身分の者に遣《つか》ってはいけない。僭越《せんえつ》この上ないことなので、組頭（三人いる）に注意した。

鳥居八右衛門が明日、江戸に出立する、といとま乞いに来た。医師に診《み》てもらったら、差し支えないとのことだった。

「道中のご無事を祈ります」川路は病体の鳥居を案じた。

「面目《めんぼく》の無い帰府ですからなあ」

佐渡一国一揆の責任を問われる鳥居は、めっきり気弱になっていた。川路は慰める言葉が無い。


時の鐘が、鳴った。

佐渡入りの当日、川路はこの鐘で恥をかいた。ちょうど鳥居に到着の挨拶をしている折だった。近くで響いたので、川路は話をしながら、無意識に頭の隅で鐘の数を勘定していた。

「捨て鐘」といって、最初の三つは、さあ、これから時間を知らせますよ、と注意をうながす合図の鐘である。三つ続いたら、次からが、本当の時間を告げる数である。

午前十時は四つどきなので、鐘は四つ撞《つ》く。てっきり三つを捨て鐘と思い込んでいた川路は、本鐘が一つで終ったので、

「おや？」と思わず声を発した。

「鐘役、どうかしたのかな?」首をかしげた。

鳥居が微笑した。

「いや失礼。私も同じでした。鐘の数」

「と申しますと?」

「佐渡では捨て鐘が無いのです」

鳥居が説明した。

「ご承知のように、この国にはご公儀の金銀山があり、縁起をかついで、金が詰まる、とか、金を捨てる、などという言葉は禁句なのです。私もそれを知らないで、川路殿と同様の疑義を発してしまいました」

「なるほど」

ちなみに捨て鐘は江戸では三つだが、京や大坂では一つと決まっている。

「ただいま金銀山のお話が出ましたが」川路が訊《き》いた。

「是非坑内を見たいのですが、私のような知識の無い者でも、入坑させてもらえるのでしょうか?」

「おやめになった方がよろしい」鳥居が眉をひそめた。

「体を損《そこ》ねます。何しろ、山大工の寿命は七年といわれるくらいでして、咳が止まらなくなり、煤《すす》のようなものを吐いて……」

「そうですか」あっさり、話題を変えた。

鳥居が実地に検分していない、と知ったからである。自分は何としても金《かね》掘りの逐一《ちくいち》を見てやろう、と心に決めた。

佐渡奉行役所は、玄関はさほど広くない。しかし十間（約十八メートル）ばかりの板廊下があり、次にいくつか部屋がある。大書院があり、葵の御紋入りの弓矢が飾ってある所から奥が、御用談所といわれる十畳間、ここで裁判関係の話し合いをする。隣が近習の若侍たちのいる部屋で、次が十畳の書院、その奥が川路の居間である。床の間と押入がついている。

居間の庭は、二百坪あまりある。桜や松の築山と、幅三間（約五メートル）長さ二十間（約三十六メートル）ばかりの蓮池がある。池には魚が多く見える。囲い塀の向うに相川の町と海が見下ろせる。

居間の隣に湯殿がある。囲いの外は、花畑と称し、そこには馬場や鉄砲矢場もある。役所の敷地の広さたるや、恐るべき、と川路は感に入った。

前奉行・鳥居が出立した。今日からは川路がすべてを取り締まることになる。給人《きゅうにん》（江戸から連れてきた家来）たちに、気を引き締めて勤めるよう、訓示を垂れた。

いわゆる奥と称する場所を見回った。いかにも古びてはいるが、近習や小姓《こしょう》らの部屋もあり、台所の板の間は広く、三尺（約一メートル）余の鍋がある。川路の三度の食を仕立てる所や、家来の食を作る所、それぞれある。

表、と称する所は、大書院の外になる。大書院までは家来たちの持ち分で、杉戸ひとつ向うは御役所となる。

八月朔日《ついたち》は、川路の初めての白洲《しらす》（法廷）である。白洲始め、といい、縁起をかついで公事《くじ》方《かた》（訴訟担当の役人）が罪人でなく、孝行者の表彰にしてくれた。ごほうびをあげるのである。孝行者は八人、これも八をめでたい末広がりと見立て、数を決めたのだろう。

家来の大門俊蔵《おおかどしゅんぞう》を銀山の検使に差し立てたら、帰ってすぐに大熱を発し寝込んでしまった。医師の診立ては、山の気に犯された瘧《おこり》という。山に入るには平安散《へいあんさん》という薬が効く。先だって長崎奉行にちょうだいし、確か荷物に収めさせたはずだが、探したけれど無い。おさとが忘れたらしい。早速、手紙で頼んだ。ついでに、爪切り鋏《ばさみ》も頼んだ。これも荷に無かった。

ここで川路の奉行職としての一日を追ってみる。

朝はめっぽう早起きである。夜明け前に起き、馬場に出て、馬を走らせる。終ると槍の素扱《すご》きをしてひと汗かき、湯殿で水を浴びる。髪を結い（髪結が調《とと》える）、朝食をとる（現代の時間でこれが午前八時。以下、同）。

川路は先に記した台所の隣の部屋でとる。まかないを引き受けているのは、町年寄の甲賀佐助という者である。とりたての、するめいかなどが出る。

川路は一同に、自分の御用中は質素を旨とする、と宣言した。朝は塩断ちし、昼は香々か、味噌の類一品とし、夜はおかずは何にしても一菜、汁がある時はおかずは無用、三度のうち二食は麦飯で、三度とも米を炊くことを禁じた。

奉行所のしきたりでは、奉行は白米一日に一升、近習の者は五合ということだが、川路はそれをやめさせた。残ったご飯は、ひそかに売っている事実を、用人の間笠平八から聞いていたからである。門より内の暮らしは二百俵で、お役についてのもろもろは三千石の心でやろう、と川路は間笠に申し渡した。

川路の食事の世話は、甲賀の十三歳のむすこだが、ふるまいといい、口のきき方といい、親のしつけが行き届いていて上品である。

朝食がすむと、川路は居間に引き上げ、好きな本を読む。十時の鐘を聞くと、行水をする。組頭が出勤する時間である。川路は継裃《つぎかみしも》に着替え、御用の書類を調べる。十一時頃、組頭が居間に来る。御用談を交わし、あれこれ指図する。正午、組頭が退座する。昼食をとる（これは膳が運ばれてくる）。組頭、再び顔を出し、御用談となる。

二時の鐘で組頭は居間を退出、川路は過去の裁判記録を読み、必要なところを写す。それが終ると、『資治通鑑《しじつがん》』を読んだ。この本は中国一千三百年間の史実を、編年体で編んだもので、本文二百九十四巻ある。

四時の鐘で、夜食をとる（食堂）。食後、剣か槍を使う。行水。読書。九時。用人や給人たちが挨拶に来る。少々語らったのち、お休みを言う。近習の者も同様である。それから川路は、寝《しん》に就く。十時ぐらいになる。寒暖昇降器を見ると、九十度（華氏。セ氏で三十二度）。暑くて、眠れぬ。

江戸から御用状が届いた。佐渡一国一揆の、判決状である。すさまじい量である。

川路をはじめ役人一同、手分けして書類を整理する。組頭と協議し、明後日を申し渡し日（白洲を開く）と決める。全員が四時の退庁を返上し、遅くまで居残って事務を執《と》った。

翌日、川路の名で触れを回した。

八月七日は晴、暑さははなはだしい。組頭は午前六時頃から、役所に出勤した。三人とも昨日までとは別人のような顔つきである。それも道理、今日は三人のうち二人は、役人であって罪人なのである。佐渡一揆の原因を作ったのは、奉行所の乱脈であり、一揆を鎮められなかったのも、彼らの怠慢と不手際からであった。このたびの騒動の審理は、従って江戸から評定所役人が佐渡に出張して行われた。

案件は江戸に持ち帰られ、評定所（最高裁判所）で裁決された。落着書類（判決書）は佐渡に送られ、新奉行の川路が申し渡しをするのである。

午前中は組頭以下の面々で、午後からは一揆に加わった百姓たちである。これが、何と六百名あまり、一、二名ずつ申し渡す。

二百名ずつ三組に分け、白洲に入れた。申し渡し書だけで、二百七十枚ある。全部終るまで、二時間余かかった。川路は、しまいに声が嗄れた。同心たちも、がっくりしている。

組頭の一人が、恐る恐る川路に伺いを立てた。審決未了の件がいくつかあり、それは川路の裁量に任せるとの、評定所の付箋があった。どうでもいいような、軽い罪のものである。その中の一つに、庄屋のせがれ鏡太郎の「密告」一件が入っていた。

叱《しかり》

自分がかかわった佐渡一国一揆《いっき》の様子を、鏡太郎《きょうたろう》は話している。聞いているのは奈良奉行の川路聖謨と、永原村の百姓直三、まむし捕《と》りの良七、それに鏡太郎の姉のみちおである。

聞いている場所は、奈良の色街《いろまち》の外れ、遊女の投げ込み寺「常願寺《じょうがんじ》」近くの、洒落《しゃれ》た格子戸《こうしど》の仕舞屋《しもたや》(民家)である。囲《かこ》われ者みちおの、隠宅《いんたく》だった。その二階座敷に、川路を主客に車座になっている。

佐渡一国一揆にかかわったと言ったが、実際のところ鏡太郎は自分から参加したわけではない。いや、加わってはいない。

山中を逃げ回っていて、一揆の連中に見つかり、怪しいやつと捕まったのである。鏡太郎が逃げていたのは、庄屋のせがれだからだった。庄屋は一揆の打ちこわし対象である。

鏡太郎は身体を改められた。食いはぐれた博打仲間に買わされた厄除《やくよけ》の護符《ごふ》が、財布から出てきた。悪いことにこの護符が、奉行所「密告」の書き付けに使われたという。鏡太郎は、密告者と見なされ、水車小屋に閉じ込められた。

いずれ、一揆の首謀者の前に連れていかれ、厳しい詮議《せんぎ》を受けるはずだった。ところが一揆は鎮圧《ちんあつ》され、鏡太郎は一味の一人として牢に送られた。

「あたしは急ごしらえの牢に入れられました。役人に捕まった時、顔に灰か煤《すす》を塗った者は旧牢に、素顔の者は新牢と分けられました。新牢は取り調べも簡単で、じきに帰宅を許されました。ただし、佐渡から出ることはならず、後日の呼び出し待ちでした」

鏡太郎は言葉を切って、小さく息をついた。

川路が、うなずいた。

「いや、わかった。そのあとは、お前の手紙で委細を知った」

佐渡奉行として赴任した川路が、最初に行った大仕事が、佐渡一国一揆の判決申し渡しであった。江戸城辰《たつ》の口《くち》の評定所《ひょうじょうしょ》（最高裁判所）で審議され、確定した罪と罰文を、被告に告げる。

一揆のそもそもは、佐渡奉行所の不正と不規律から起こった。そのため奉行を始め、組頭、広間役《ひろまやく》（行政官。七、八人いる）、与力、同心など、奉行所の関係者だけで七十余人がお咎《とが》めを食った。新奉行が旧部下に判決を言い渡すという、異例の事態である。

罪の重い者は、身柄を江戸に送られた。その他の役人は、従来の職務を果たし、判決を得て、刑に服した。佐渡奉行所には三百人近い役人が勤めているが、その三分の二に当る者が罪人となり、職場を離れるのである。これは新任の奉行にとっては、職務遂行《すいこう》に混乱を来《きた》すわけで、大変なことだった。

むろん、一日とて政務を中断できない。そのため組頭や広間役は、川路の着任より一日早く、江戸から佐渡に赴任してきている。たとえば組頭の一人・山本新十郎は、一揆平定後、一揆の実情調査に佐渡に派遣された評定所留役《とめやく》（取調べ役）であった。

広間役の一人・水野正太夫は、普請方《ふしんかた》（土木関係の役人）より抜擢《ばってき》され、山本新十郎ともども赴任した。

組頭は正式には支配組頭といい、奉行を補佐し、下僚を指揮する。三人、いる。山本以外の二人は三、四年前に就任したが、このたびの騒動での判決は、比較的軽い刑の自宅謹慎で、これは政務に支障が無いよう考慮されたもの、役所に出仕はできないが、内々の指示は可能なのである。

現地の実状に疎い新組頭が慣れるまでの、政治的処置であった。ちなみに前奉行の鳥居《とりい》八右衛門の懲罰は、奉行免職の上に五十日逼塞《ひっそく》(門を閉ざして自邸に籠《こも》る。昼間の外出はできない)、役職左降《さこう》（降等）である。もう一人の江戸在府の奉行・篠山十兵衛は、一揆を鎮圧した功を認められ、三十日の逼塞刑のみだった。鳥居・篠山らの前任だった奉行も処罰されている。地元役人らは押込《おしこめ》（一室に押込める刑）である。

一揆側は、はるかに重い。首謀者の善兵衛《ぜんべえ》は獄門、他に死罪や遠島、佐渡国追放などである。しかし主だった者は、ことごとく判決前に牢死している（奉行所の内情が知られるのを恐れて殺された、といわれる）。善兵衛は享年三十五と若い。

一揆に参加した百姓たちは、ほとんどが過料（罰金）である。

過料に科せられない者たちの、最も軽い刑が「叱《しかり》」で、文字通り本人を白洲に呼び出し、奉行が罪を叱る。そのあと本人から承諾書を取り、付き添いの者（差添人《さしぞいにん》という）と一緒に署名させ、親指の先に墨を塗り押させた。実印代わりの、いわゆる爪印《つめいん》である。叱のやや重いものを、屹度叱《きっとしかり》という。

この叱、あるいは屹度叱に相当する者が、数百人いる。一揆に加われ、と言われたため、あとさきを考えず参加した者で、女子ども年寄りが多い。あるいは巻き込まれた者だ。

鏡太郎もその一人といってよい。

奉行所内の大混乱と役人不足で、「叱」刑の者の審理が手つかずになっていた。新奉行の川路に託されたのである。いくら軽罪とはいえ、順序にのっとって吟味し、書類を作り、一人ずつ判決を下さなくてはならない。数百人をまとめて一括処理、というわけにはいかないのである。組頭から審決未了の話を聞いた川路は、思うところがあったので、自分が手をつけてみよう、と言った。

「口書《くちがき》は揃っているのだな？」

供述書のことである。

「ありますが、大変な数です」

新組頭の山本新十郎が、川路の負担を心配した。

「なに、口書を走り読みするだけだ。この国の百姓や町人らの考えが知りたい。平時では聞けぬ本音がうかがえるのではないか」

「なるほど。人は乱の際に、本心をさらけだしますからな」

「今後の対策のためにも、いい参考になるのではなかろうか、そう思いついた」

「私も読みましょう」

「二人で手を分ければ時間もかかるまい」

「読んで別段の不審も見つからなければ、判決書を作らせましょう」

山本新十郎は前任が評定所留役だから、審理はお手のものである。奉行と組頭が、じきじきに着手とあらば、下役たちものんびりとしてはいられぬ。目の色を変えて、仕事をこなした。

かくて、たちまちのうちに、未了の案件は片づいた。川路は連日、数十人ずつ白洲に呼び出し、名前を読み上げ、事件名を告げ、「叱りおく」と判決した。そしてすべて終了した。面倒な案件は、一件もなかった。

奉行様あてで手紙が来た。「直披《じきひ》」と脇付《わきづけ》があるが、川路の手元に届くまでに、何人もの役人が目を通している。一般人の奉行あて直披は、あり得ない。

これが鏡太郎の手紙であった。

「そうなんです。判決の不満というより、あたしの訴えをまともに取り上げて下さらなかったことの苦情を書いたんです」

鏡太郎が現在は奈良奉行の川路に言った。

「それと申しますのも、村中はおろか佐渡の国一円で、あたしは密告者と見なされていたからです。あたしが躍起となって違う、誤解だと抗弁しても、言い触らす者は、密告者の証拠は、叱などという最も軽い刑ですんだことでわかる、とほざくんです。くやしくて、この上は理由をつづって、お奉行に再度吟味をお願いするほかない、とあたしは必死でした」

鏡太郎は牛王宝印《ごおうほういん》の件をつづった。どうしてこの厄除けの護符に奉行が触れていないのか、疑問であった。鏡太郎の罪科は、付和雷同の軽薄な行動であった。

川路は組頭の山本に問うた。

「善兵衛の隠れ家を密告した者がいるようだが、密告は確か特別書類に仕立てられているはずだね？」

「さようです」山本が、うなずいた。「密告は秘密書類扱いの決まりです」

密告者は、当事者から復讐される恐れがあるため、身元は明かされない。ほうびも出ないが、それも秘密を保つゆえである。

「この者が牛王宝印紙を所持していたため、密告者と目された、と申し立てているが、証拠品は当然、評定所に送られてしまったろうね？」

「と思います。しかし、どのような護符に、いかような文言の密告書であったかは、書類に作られたはずです。調べてみましょう」

ずいぶんかかって山本が返事した。

「密告一件は、どうやら奉行所内でもみ消されたようです。つまり、密告で首謀者を捕まえたとあっては恥だからでしょう。無かったことにされたようです」

「特別書類も無い？」

「影も形も。全く」

「見事なものだな」

「それほど腐敗しきっていたのでしょう」

山本が、ニヤリと笑った。

「しかしお奉行、一件落着のあとが、くせものですよ。真相はこうだ、と言いだす者が、必ず出てきます」

「それは内部から出てくるはずだ」

数日後、山本が報告した。

「出てきました」ニヤリ、と笑った。

「牛王宝印紙の密告状があったのは事実のようです。しかしその護符が熊野牛王神符でなく、熊野那智大社護符だったので、偽りでないか、ともめたそうです」

「牛王宝印符は、カラス文字で書かれているはずだが、社寺によって違うのかね？」

「違うそうです。私は牛王符は熊野本宮だけかと思っていましたが、金峯山寺や清水寺、東大寺、薬師寺など方々で発行しているのです」

「京の八坂社も出している？」

「はい。牛玉宝印と記している社寺もあります。牛王でなく、牛玉です」

川路は鏡太郎を白洲に呼び出した。

紅白の餅

「親父ともども、お白洲《しらす》に出よ、とのお指図《さしず》でしたから、びっくりいたしました」

鏡太郎が川路聖謨に語った。

「これはきっとご勘気《かんき》を蒙《こうむ》るのかも知れない、とびくびくしながら親父と出頭いたしました」

「うんうん」と川路が嬉しそうな顔をした。

鏡太郎親子を法廷に呼び出したのは、六年前、佐渡奉行に就任したばかりの川路である。

「お白洲に出て、更にどぎもを抜かれました」

鏡太郎が続けた。

「うんうん」と川路がうなずく。

「お白洲いっぱいに、佐渡国中の名主《なぬし》が出頭していたからです」

「これにはさぞかし驚いたことであろう」

川路が他人事《ひとごと》のように言い、声を出さないで笑った。

「驚きました」鏡太郎が鸚鵡《おうむ》返しに答えた。

佐渡国にはおよそ二百五十もの村がある。村にはそこを治める名主（関西では庄屋という）がいる。約二百五十人の名主が集められていた。彼らがいっせいに入廷する鏡太郎親子を注視した。鏡太郎が肝をつぶしたのも無理はない。

「お奉行様がご出座なさいました」

鏡太郎の口調も敬語が多くなる。

「うんうん」と川路がうなずく。

「あたしらは平伏いたしました」

白い玉砂利が、ひとしきりきしんだ。たちまち静まった。

「あたしの名が呼ばれました。あたしは、はいと返事をしました。面《おもて》を上げよ、と命じられ、おずおずと顔を上げました」

「この貧相な面《つら》を、しかと見たか」

六年後の現在は奈良奉行の川路がおどけた口調で言った。鏡太郎の隣の百姓直三、まむし捕《と》りの良七、それに鏡太郎の姉のみちおが吹き出した。

「見えませんでした。遠かったものですから」鏡太郎がまじめに答え、直三たちが声を立てて笑った。

「いや、私にもお前の顔がよくわからなかった。色白なのはわかったが、少年《こども》っぽい様子なので、人違いではないか、と何度も白洲役人に確かめさせたのを覚えている」

「こんなに体がきゃしゃで小柄なもので」鏡太郎が恥じらった。

「そのあとの申し渡しについては、私から話そう」

川路が軽く咳払いをして、かいつまんで語った。

要するに鏡太郎は密告者ではない。しかし、村人をはじめ佐渡一円で密告者と思われている。そういううわさに鏡太郎は耐えられない。もともと鏡太郎があらぬぬれ衣《ぎぬ》を着せられたのは、前の奉行所が密告一件を無かったことにしたからだ。とはいえ、今更、真実を明らかにするとなれば、方々に迷惑をかけることになる。収拾がつかなくなる恐れもある。

さて、どうするか。奉行所が鏡太郎は無関係と告示するのは大げさだ。根拠も示さなくてはならない。

口頭で本人に申し渡したのでは、効果が無い。名主たちの前で言い渡せば、どうか。その場合、名主たちを召集する名目が必要だ。鏡太郎の汚名を雪《すす》ぐ判決を傍聴せよ、では、いかに何でも露骨過ぎるし、かえって疑われてしまう。

何かいい方法はあるまいか、と鏡太郎の口書《くちがき》（供述書）をめくっているうちに、鏡太郎の年齢に気がついた。来月、満で二十五歳になる。

先日、御目付役《おめつけ》の一人が、当国には二十五歳になる男は賀の祝いをする風習がある、と話した。御目付役は奉行を補佐する監察官で、ここには九人いる。

「二十五歳という年齢には、何かいわれがあるのかね？」川路が問うと、

「この風習は金掘《かねほり》大工の間で始まったものなのです。金掘大工はまっ暗な坑内での、過酷な仕事ですから病気で倒れる者が多く、寿命せいぜい三十歳といわれております。それで、私どもが還暦の祝いをするようなつもりで、二十五が六十に当るというわけです」

「それが一般の者の間に伝わったわけは？」

「さあ、理由はわかりません。とにかく今ではどこの家でも行っているようです」

「数え年の二十五歳で祝うのかね？」

生まれた年を一歳とし、来る正月に一歳を加えて数えるのを、数え年という。

「いえ。この祝いに限っては、満年齢を用いるようです」

誕生日ごとに一歳ふえる年齢の数え方、である。

「どんな形で祝うのかね？」

「決まりはないようです。金持ちは金持ちらしく派手にやるようですし、家格に応じてというところでしょうか」

「普通の者の祝い方は？」

「お赤飯を炊く、あるいは紅白の餅をつく、または白米を炊く、左党なら酒を汲む、甘党なら菓子を買うなど、まあ正月を祝うような形でしょうか」

「貧しい者も祝う？」

「はい。正月様がどこにでも訪れるように、形ばかりの祝いをするようです」

「形ばかりの、その形を知りたいが」

「餅代わりの干し芋を食べるとか、山芋のおかゆをするとか、まあ、そういうところでしょうか」

御目付役は奉行の手前、言葉をつくろったのかどうか（どうせ雑談であるし）、のちに佐渡巡見を行った川路は、この国の貧しい者の貧しさが並大抵でないことを、身を以て知る。干し芋や山芋がゆ、どころではない。御目付役にとっては、それが貧者の馳走なのだろうが、実際の貧者たちには見たこともない夢の食べ物だろう。佐渡巡見については、このあと述べる。

「お祝い事であるから、家によっては贅《ぜい》を尽くすだろう」

「年々華美になっているようです。金持ちに対する不満が積もり積もって、一揆に至ったともいえそうです」

質素を旨《むね》とする川路には、聞き捨てならぬ風習であった。

鏡太郎が二十五の賀を迎える。これを利用してやろう、と思い立った。

鏡太郎を白洲に呼び出す当日に、二百五十数名の名主全員も呼び出した。

名主たちが居並ぶ中で、川路は鏡太郎に、「お前は密告者ではない。そのような評判が国中に立っているが、調べた結果、その事実はない」と申し渡した。

調べた内容は、何も言わない。密告者ではないことを奉行が名主たちの前で宣言すれば、それでよいのである。名主らはおのおの村に戻って、判決を吹聴《ふいちょう》するだろう。根も葉も無いうわさを流す者を、名主が咎めて訂正してくれるだろう。川路の狙いは、そこにあった。

次に川路は名主たちに、今日ここに集まってもらった理由を告げた。

「ただいまの鏡太郎一件を以て、佐渡一国一揆のお裁きを、すべて終了する。長い間、いろいろやきもきさせたが、これでめでたく落着である。そのことを一同に報告すると共に、これよりは一揆の事を忘れ、新しい気持ちで、お互い佐渡の平安と隆昌のために勤《いそ》しみたい、と思う。自分も一所懸命、任務を遂行する所存である。皆も、かく願いたい」

ハハー、と一同が平伏した。玉砂利が、きしんだ。

「面《おもて》を上げよ」川路が命じた。

「一つ、お願いがある。他でもない」

二十五の賀の風習を持ちだした。

「祝うことはよろしい。しかし、一揆などという公儀に楯をつく申しわけない所業のあとだ、目立つような真似はしてほしくない。金をかければめでたい、というものでもない。ではどうすればよいか。私から頼む事柄ではない。皆がそれぞれ考えて、分《ぶん》に合う祝い方をすればよい」

そこでいったん言葉を切った。

「こういう方法もある、という一つの例を示す。これは例であって、これに倣《なら》えということではない。先ほどの鏡太郎が来月四日に、二十五の賀を迎える。間違いないな?」

「おっしゃる通りです」白洲の鏡太郎が答えた。

「それで私からお祝いを贈る」

白洲が、どよめいた。

「早合点するな。これは例だ。私が鏡太郎をひいきにして贈るのではない。決して誤解をしないように」

再び、今度は笑い声も混って、どよめいた。

「これが贈り物だ」

川路が用意の半紙を懐から取り出し、広げて頭上に掲げた。墨で丸が一つ、その横に朱墨で同じ大きさの丸が一つ、合計二個の丸が描《か》かれてある。他に何も、記されていない。

「後ろの者に見えるか」川路が訊《たず》ねた。

「丸が二つ見えます。黒と赤の丸が」

一番後方の者が、返事した。

「その通り。丸が二つだ」川路がうなずいた。

「この丸は餅だ」

白洲が爆発したように笑う。

「紅白の、めでたい餅だ」

笑声は高まり、続いた。

「これを鏡太郎に贈る」川路が白洲役人に半紙を渡した。役人が鏡太郎の元に届ける。鏡太郎が恭々《うやうや》しく拝礼しつつ受け取った。神妙な表情で、半紙の二つの丸を見つめる。

「気は心だ。収めておけ」川路が言った。

「ありがとうございます」鏡太郎が半紙を高々と掲げたまま平伏した。

「祝いは、する方も受け取る方も心だ。物はいらない」

ちょっと言葉を切って、思いだしたようにつけ加えた。

「絵に描いた餅を贈りて舌鼓《したづつみ》打てとはとんだ食わせ者なり」

狂歌である。

どっ、と白洲が沸《わ》いた。

めかす飯

「お奉行よりちょうだいしました紅白の餅は、この通り大切にしております」

鏡太郎が懐から印伝革《いんでんがわ》の財布を取り出した。巻きつけた長い紐をほどくと、財布から十六に折った半紙をつまみだし、ていねいに広げ、川路聖謨に掲げて見せた。黒い円と、朱墨の円が描かれてある。

「これは、あたしの御守り札でございます」

「ご利益はあるまい」川路が苦笑した。

「大ありでございます」鏡太郎が自慢した。

「御守りのおかげで、付きに付きまして」

「博打《ばくち》の付きか。いずれにせよ誇るほどの効能ではないな」川路は皮肉を言ったのである。

「鏡太郎」声を改めた。

「あんな痴《し》れ者どもの仲間になるのは、よせ。お前の無実を晴らした私を辱しめる気か」

「恐れ入ります」鏡太郎が平伏した。

「肺をわずらいましてから、自棄《やけ》になって、つい、安直な考えを起こしまして、昔取った杵柄《きねづか》を、その」

「年甲斐もない、おろかな弟でして、申しわけないことでございます」

姉のみちおが謝った。

「私の命を助けてくれた恩誼《おんぎ》に、このたびは見逃すが、私は近く常願寺に捕方《とりかた》を向けるつもりだ。お前はその前に姿をくらますがよい」

「もはや二度とあそこには戻れません」鏡太郎が頭を下げた。「殺されます」

「それもそうだ」川路がうなずいた。

「どこに隠れようと、やくざなあいつらのことだ。どこまでもお前を追うだろう。そこで私が一番安全な場所にお前を匿《かくま》ってやろう」

「はい。どこでしょうか?」

「牢屋敷さ」

「牢、ですか?」

「その通り。大牢だと仲間に密殺される恐れがあるから、お前だけ特別の牢に送り込んでやる」

「はあ」

「いやか?」

「いえいえ」あわてて手を横に振る。「旦那のお情けですから、ぜいたくな御託は申しません。お言いつけに従います」

「その代わり、頼まれてほしいことがある」

「何でも」

「いずれ詳しく説明するが、菊蔵と名乗る猫泥棒が牢入りしている」

「猫泥棒、ですか？」

「そうだ、こいつただの猫ではない。菊蔵は猫に釣られて人を傷つけたのだが、この者からひそかに聞きだしてほしい用がある。どうだ、引き受けてくれるか？」

「喜んでお受けします」

「首尾よく運んだら、お前の身の振りを考えてやる」

「ありがとうございます」

「話は変わるが」川路は話題を、絵に描いた「紅白の餅」に戻した。

「知らないということは罪作りなもので、佐渡の二十五歳を祝う風習を聞き、それぞれどのような祝い方をするものか、よく調べればよいものを、祝いといえば紅白の餅しか思い当らぬ、それで鏡太郎にその絵を進呈したわけだが、餅を搗《つ》ける家は裕福な限られた家とは気づかなかった。あの時、白洲に集まった佐渡国中の名主《なぬし》の中には、江戸育ちの奉行はいい気なものよ、世間知らずの見本のようなもの、と腹の中でせせら笑っていた者も多かったろう、と思う」

「どういうことでしょうか？」みちおが、首をかしげた。

「いやさ、佐渡奉行はお役目で、年に一度、国内巡見というものを行う。必ず行わねばならぬ仕事だ。巡見で、村人たちの生活の実相を初めて知った」

いったん言葉を切って、間《ま》を置いたあと続けた。

「ひどい食事だ。餅どころではない」

「どのような食事ですか？」みちおが訊《き》いた。

「うん。まあ、お前さんがたの想像外の食べ物だ」

川路は言葉を濁した。巡見は公務であるから、世間話にはできない。

「本来、食べ物でないような物を、仕方なく、食べていると言えば、貧しさの察しがつこう」

鏡太郎とみちおが黙ってうなずいた。

「絵に描いた紅白の餅を、洒落《しゃれ》のつもりで得々と披露した私は、思い上がった、どうしようもない馬鹿奉行というわけさ」

川路が自嘲した。

川路聖謨は任期一年の約束で、佐渡奉行に命ぜられ現地に赴任した。任命されたのが天保十一年六月八日であるから、翌年の五月が新任奉行と交代の月である。その前に大仕事の一つである佐渡国巡見を、つつがなくすませなくてはならぬ。

川路は任期ぎりぎりの三月六日に、巡見を挙行する旨《むね》の触書《ふれがき》を出した。これが二月二十九日である。同時に、三郡二百六十四カ村の名主に、注意書を発した。巡見は一村残らず回らねばならぬ決まりである。

注意は次の三項目であった。

一、奉行宿所の畳替え、雪隠《せっちん》の新造は無用。

一、休憩時の接待は粗茶か白湯《さゆ》のみ。酒は厳禁。

一、奉行及び随従の食事は一汁一菜に限る。昼は焼飯の弁当のみ。

奉行によっては、村の特産品調べと称し、土地の珍味を強要する者もいた。中には、地方の物は口に合わないと、料理人を連れて行く奉行もいた。公務を物見遊山《ものみゆさん》のように心得ている。川路は歴代奉行の記録を読み、最も簡素な方法を取った。

特に酒に対して厳しく戒《いまし》めた。酒は出す方も受ける方も、魂胆がある。更に飲めば正常心を失う。人によっては、何をしでかすかわからない。

名主あての注意は、随従者へのそれでもあった。

三月一日は家来たちが庭の蓬《よもぎ》を摘んで、餅を搗いた。すこぶる香りが高い。江戸の蓬は、こんなに強烈に香らない。佐渡は海に囲まれており、潮風のせいだろう、と家来の一人が言い、いや、土壌ではないか、と一人が異を唱えた。金銀を産出する土壌の偉力だ、と自信満々に言い放つ。

「すると、仇やおろそかに口にできない。この草餅は、小判の価値ぞ」

川路が冗談を言うと、家来たちがドッと笑った。小判に等しい（？）貴重な草餅を、川路は数えたら二十個食べた。

餅は川路の大好物なのである。牡丹餅など十三や十五は平気で食べる。佐渡日記の天保十一年十月十九日には、「ひる飯四椀給《たま》へ其《その》膳へのせしまま牡丹もち十一をものしぬ」とある。昼飯四杯食べた上に、餅を十一も食ったというから驚く。まさか豌豆《えんどう》まめ程の大きさの餅ではあるまい。

そんな川路だから、紅白餅が頭に浮かんだわけである。

巡見は前日が雨で風もあり、翌日出発の予定を延ばさせた。何しろ船で島の岸沿いを廻るので、天気次第であった。結局、晴れて風も穏やかな三月九日に決まった。

奉行巡見は一大行事であるから、留守役の者全員の見送りを受け、相川の役宅を出た。供揃えは槍が二本、徒《かち》（徒歩で行列の先導をする侍）三人、武士が四人、用人（家老の次の位で会計や事務を扱う）一人、給人（川路の家来）一人、近習《きんじゅ》（川路の側に仕える者）や中小姓《ちゅうごしょう》（川路の食事の世話係）は四人、中間《ちゅうげん》（雑役）一人、川路を入れて合計十七人である。他に川路の乗る駕籠がつく。肩代わりを入れて総勢八人。用人や給人の駕籠は今回は、やめた。長刀持ちも、やめた。小じんまりとした行列にした。

二日目に泊まった名主宅で、川路は村の者の朝夕の食事を見本に出させた。上、中、下の三段階に分けて出させた。

上等の食事は、海草の荒布《あらめ》と草の根を二分に、米一分ほどを加えた炊き込み飯である。中等は、名前のわからぬ藻草《もぐさ》に、米を少々混ぜて炊いたもので、下等というものは、蕎麦殻《そばがら》と稗《ひえ》の粉の中に、数えるほどの米を混ぜたものである。

村では上等を、「あらめ飯」といい、中等を「いご飯」、下等を「めかす飯」と称する。むろん、方言である。

川路は試しに、三種を食べてみた。「あらめ飯」「いご飯」は何とかのどを通ったが、「めかす飯」は舌にのせたまま、ついに飲み込めなかった。

川路は日記に記した。日記は『島根のすさみ』と題する。島根は佐渡、すさみは、気のおもむくままにつづった、の意である。

以下、原文。

「これをみても憐《あわれ》とおもはざるは、人間とはいふべからざる也《なり》。御家人等、着《き》もし給《たべ》もするものは、みなかかるもののより集めたる膏《あぶら》絞りて御年貢となせし也。しかるを一文《いちもん》たりとも無駄に遣《つか》ひ、良き衣類、良き食物に心ひかれて、何くれと夫《それ》のみにかかり居るは、上の御恩も知らず、百姓の嘆《なげき》をも知らぬと申《もうす》もの也」

『島根のすさみ』は、奈良奉行時代の日記『寧府紀事《ねいふきじ》』同様、江戸在住の実母あてに送ったものので、老母に、自分は日々このように過ごしております、と近況だより代わりの日記である。

母は川路の長男に、日記を回覧させたらしい。

右の食事の感想文に、以下の一行が足してある。「鍬《くわ》五郎など若き者ゆえ、よくご了簡候《そうら》へ」

鍬五郎は長男、弥吉彰常《やきちあきつね》の幼名である。この年、十六歳だった。お前は若いのだから、よく考えよ。

それにしても川路の言辞は、きびしい。母と息子以外に他見を許さなかった日記とはいえ、こういう粗末な物を食べている百姓たちから集めているのが年貢なのだ、と堂々と述べているのは、当時は勇気のあることだった。

布団《ふとん》蒸《む》し

物語の運びが、もたついている。足を速める。

肝心の話を、しなくてはならない。

奈良奉行・川路聖謨の、「空白の一日」である。川路の日記『寧府紀事』の、弘化三年八月八日の記述が、なぜ抜けているか、の謎である。

この日、川路はお忍びで、奈良の町なかに出た。百姓の直三と、蝮捕りの良七を供に、秘密の賭博場に潜入した。損料屋（衣類や布団などを賃貸しする商売）で、大店《おおだな》のご隠居に変装したまでは上出来だったが、見破られそうになり、色白の若者・鏡太郎《きょうたろう》の手引で危く脱出する。避難したのは鏡太郎の姉のみちお宅である。みちおは、風流人の囲い者（妾）だった。昼食をとりながら、川路は鏡太郎の身の上を聞く。奇《く》しくも鏡太郎は、川路が佐渡奉行時代に一身を助けた庄屋のせがれだった。恩返しに、川路の危機を救ったわけである。

ひょんなきっかけで、川路は六年前に佐渡に赴任した奉行時代を思いだした。

と、ここまで語った。しかし川路が日記に、八月八日の出来事を一言も記さなかったのは、お忍びの行動を明かしたくなかったからではない。実は、これ以降の、突発事にある。

川路は自分の日記を、月に一、二度、江戸在住の実母あてに送り届けている。あなたの息子は、奈良でこのように元気に日を送っていますよ、ご安心下さい、と母を安心させる便りと、ほとんど家にこもりきりの老母のつれづれを慰めるための、奈良見聞録を兼ねていた。

従って、母を心配させるようなことは書けないのである。

八月八日に、不安がらせてしまう事件があった、というわけだ。それは、何か。

川路たちは、みちお宅で、ずいぶんゆっくりした。博奕打《ばくちうち》たちの追咎《ついきゅう》をかわすためだったが、みちおの雇い女に辺りの様子をうかがわせると、剣呑《けんのん》な動きは全く見られなかった。

「どうやら、酔狂なご隠居の冷やかしだろう、くらいに思われたらしい」

川路が苦笑した。

「笑い話で、すみそうだ。しかし、鏡太郎はすぐに戻らなかったから怪しまれるぞ。このまま、私と一緒に行動を共にした方が無難だ」

「お供いたします」鏡太郎が答えた。

「といって私と奉行所に帰るわけにはいかぬ。私の指示があるまで、直三、鏡太郎を預かってくれぬか」

「承知しました」直三が、うなずいた。

「では、おいとましよう」川路が立ち上がった。「みちおさん、お邪魔をした。いろいろ訊《き》きたいことがある。いや、咎めはせぬ。ご亭主の行方不明など、私の手で探ってやろう。近いうちに連絡する」

「ありがとうございます」みちおが深々とお辞儀をし、「でも」と口ごもった。

「主人が見つかるのは、もとより嬉しいのですが、今のわたくしのなりわいが……」

「わかってる。私は見た目より野暮な男ではないつもりだ。湯呑みの模様の隠れた意味も、承知している」

太い竹のひと節《ふし》に葉がついている図案は、「一節竹《ひとよだけ》」紋と呼ばれている。ひとよだけ。一夜だけの契《ちぎ》り、一夜だけのご縁ですよ、の洒落《しゃれ》である。二世を誓う夫婦とは異なる、男女の遊びの世界である。

「お恥ずかしい」みちおが恥じ入った。

「卑屈になることはない。大体、お奉行という者は口が固い。秘密を守るから奉行ができる。安心なさい」

「ありがとうございます」みちおが涙ぐんだ。

川路たちは、みちお宅を辞した。往来に出たが、格別変ったこともない。まず着物を損料屋に返さねばならぬ。鏡太郎は手拭いで頰かぶりした。

「あたしはひと足先に宿屋に行っております」直三が川路に告げた。

「髪結の手配をせねばなりません。損料屋には前金で払いをすませておりますから、旦那は着替えをすませ次第、鏡太郎さん良七さんと宿にいらっしゃって下せえ」

「わかった」川路が、うなずいた。「やれやれ、また堅苦しい侍姿に戻るか。もう少し、大店のご隠居を続けたいところだ」

「旦那、潮時というものですよ。芝居も長丁場になると、化けの皮が剝げやす。適当な場面で切り上げるのが、狂言作者の腕の見せどころってもんです」

「自分では名題《なだい》役者のつもりだがな」

「うぬぼれ鏡は、命取りですぜ」

「お前も結構きついね」

「百姓は自然が相手ですからね。下手な駆《かけ》引きは禁物でさあ」

「あたしは直三さんと連れ立ちます。損料屋には見知りがいるので、まずいです」鏡太郎が川路に告げた。

「おや。見知りはかわいい姉さんじゃないのかい?」直三が、からかった。「手提げ袋をみつくろってくれた娘さんは、大した美人でしたぜ」

「いじめないで下さいよ」鏡太郎が満更でもない顔をした。二人は路地に折れた。宿屋に近道をするのである。

川路と良七は、損料屋の裏口のれんをくぐった。

朝方入った時と違って、店の座敷には布団の山がいくつもできている。古着がかけられた衣《い》桁《こう》や衝立《ついたて》は、どこかに片づけられていた。若い男が出てきた。

「お帰りなさいませ」

「凄い量の布団だねえ。どうしたね?」川路が訊く。

「へい。お寺さんで法事に使うということで、これから納めます」

「常願寺《じょうがんじ》かね?」

それには答えず、「見苦しく散らかっていますが、こちらでお着替え願います」と布団の山で三方塞がれた二畳ばかりの空間に二人を通した。座敷には黒布の紐が何十本も、無造作に放りだされてある。畳んだ布団を縛ってあった紐らしい。布団の虫除《むしょ》けらしい樟《くすのき》の香りがする。

「あわただしく、ほどいたものだな」川路がひとりごちながら、首をひねった。

「ただいま、お客さまの着類《きるい》をお持ちします」男が去った。

川路が耳をそばだてるしぐさをした。布団の山の下部に目をやった。紐が何本か潜り込んでいる。川路がその一本を手元に引き寄せた。

そのとたんだった。畳に這っていた何十本の黒紐が、蛇のようにいっせいに動いた。

「良七、跳び上がれ！」川路が叫んだ。

遅かった。良七の足首に紐がからんだと思うと、紐の両端が引っぱられ、ぴんと張った。良七が横倒しになった。三方の布団の山が、いっせいに崩れてきた。川路は紐の難は逃れたが、布団は防ぎきれなかった。下敷になった。そこへ三人の男どもが現われ、崩れた布団の上からおおいかぶさった。川路はもがくが、布団に圧せられて身動きできない。

「よおし。それくらいにしておけ」

聞き慣れた声がした。

「死なせちゃいけない。一枚ずつ布団を剥《は》いで、とりおさえろ」

川路たちを常願寺に案内した、四角な顔の男である。

一枚ずつ、布団がのけられた。

「大事な金蔓《かねずる》だ。傷をつけるな」

最後の一枚が外された。川路は息をつき、上半身を起こした。良七も起きあがった。

男たちが駆け寄って、二人の両手首を黒紐で縛った。更に別々に腰に紐を打った。

「旦那、道楽が過ぎますぜ」四角顔が、ニヤリと笑った。

「人をからかうと高くつきますよ」

「いくら、ほしい？」川路が、むせた。

「さすが旦那だ。察しが早い」四角顔が、うそぶく。

「あっしァ、大恥をかきやした。ネギを背負《しょ》った鴨《かも》、と自慢していたら、ネギ一本持たないやつでしたものね。でも鴨には違いない。旦那、博奕で遊ぶより、もっと大金を賭けていただきやすぜ」

「どうすればいい？」

「旦那は頭がいい。話も早い。商売上手とにらみやした。相当の大店《おおだな》を張っておりやすね。こりゃ、ゆすりがいもあるというもんです」

「手紙を書けというのか」

「お店の番頭さんにね。まず、十両を小僧に届けさせろ、とこう書いていただきたい」

「十両とは、また、はした銭《ぜに》だな」

「さすが大店の旦那だ。その通り、はした銭でさあ」四角顔が、ほくそ笑《え》む。

「これは瀬踏みでさあ。同時に、旦那のお店を確かめるんです。もう騙《だま》されませんからね。果して小僧が要求通りの金を持ってくるかどうか。約束を守ったなら、次こそが本番でさあ」

「百両かね」

「冗談言っちゃいけねえよ。旦那の身代《しんだい》全部でさあ」

「ずいぶん買いかぶられたもんだな。百両こっきりの身代だったら、どうする?」

「だから、あらかじめ様子を見るんでさあ。十両を持参する小僧の身なりと器量で、大店か小《こ》商《あきな》いか、一目瞭然《いちもくりょうぜん》さ」

「早速、丁か半か、サイコロを振ってみるかね」

「旦那も結構お好きなようですな。でも、ここじゃいけねえ。場所を移ってもらいやす」

「ほう。どこかね?」

それには答えず、四角顔が男の一人に、駕籠《かご》を二丁呼んでこい、と命じた。そして一人を川路たちの見張りに残し、もう一人の男と何やら小声で話し合いながら、店を出ていった。良七が川路の方ににじり寄り、小声で大丈夫でしょうか、と心配した。

「殺されないようだから安心しろ。任せておけ」川路が大様にうなずいた。

駕籠が来たようである。二人は引き立てられた。

お手玉

損料屋（布団や着物を貸す商売）を出がけに、四角い顔の男が立ちどまった。

「待ちな」

川路聖謨と良七の腰縄を引いた。

「どうも妙な気がしていたが、一人、足りねえんだ。お供がもう一人いたはずだ。どこへ行った？」

「用足しにすぐそこまで行ったのさ。まもなく戻るだろう」川路が答えた。

「いけねえ。騒がれると面倒だ。おい」四角顔が手下の一人に命じた。

「おめえはここで網を張っていろ。こいつらを捕まえた要領で布団蒸しにしちまえ。おれが連絡するまで、猿ぐつわをかませて土蔵に入れておけ」

「へい。布団蒸し。猿ぐつわ」と復誦した。

「殺しちゃいけねえよ。厄介なことになるからな」

「へい。殺さぬこと。厄介なこと」

「おめえはここで見張っていろ」

「へい。見張る。見張る。あの？」

「何だ？」

「網を張るのは、いつなんで？」

「見張るのはあとで、網が最初だ。何を言わす気だ、よく考えろ。まぬけめ」

「へい。まぬけ。まぬけ」

川路と良七は口中に丸めた手拭いを押し込まれ、更にその上から細紐で二重にきつく縛られた。往来に人通りが無いのを見澄ますと、二人を急いで駕籠《かご》に押し込んだ。一丁に一人乗せると、四角顔の子分二人が、これまた手早く目隠しを施した。そして四角顔が合図して、駕籠が走りだした。四角顔たち三人は、そばについて走る。

(ということは、連れて行く先は、近くだな)と川路は、三人と駕籠昇《か》きの足音を数えだした。

数えるまでもない。大通りから横の通りに曲り、裏通りに出たらしい。その裏通りをしばらく走って停《と》まった所は、時間から推測して常願寺《じょうがんじ》のちょい先の距離である。

（そうか、寺の隣の駕籠屋だな）

駕籠舁きの足音が、土間を踏む音に変った。どうやら店の中に、入ったらしい。駕籠が下ろされた。川路は二人の男に抱き上げられ、板の間に寝かされた。履物《はきもの》と足袋を脱がされ、素足にされた。再び二人の男に両肩を押され、廊下らしき板の間を歩かされた。

やがて横手の、むっ、と土臭い部屋に押し入れられた。土間である。初めて目隠しが外され、猿ぐつわが除かれた。良七が、むせた。

八畳ほどの部屋で、隅に大石が三つ転がっている。太い丸太棒が四、五本、立てかけてある。板壁には、畚《もっこ》（網状の運搬具）が掛かっている。他には、何も無い。窓のない部屋である。

どうやら駕籠舁きの稽古部屋らしい。出入り用の戸を閉めると、掛け声が外に洩《も》れない。

「なるほど。拷問《ごうもん》にも最適のひと間《ま》というわけか」川路が苦笑した。

「旦那は察しがいい」四角顔が、せせら笑う。

「それだけに油断はできねえ」

川路を連れてきた男たちとは違う顔が、硯箱《すずりばこ》を運んできた。四角顔の仲間とすると、駕籠屋そのものが一味なのかも知れない。そうだろう、常願寺の秘密の地下室とここは、抜け穴で通じているわけだから。博打《ばくち》の親分は、駕籠屋のあるじなのかも知れない。

「さあ、手紙を書いてもらおうか」四角顔が硯箱を差し出した。一人が川路の両手の紐をほどいた。

「書くが、この手紙を誰が届けるのかね？」

川路が筆を手にした。巻紙が渡される。

「駄賃さえはずめば、喜んで使いをする者は、その辺にいくらでもいるわさ」四角顔が、うそぶく。

「そりゃそうだろうが、私の店の者が素直に受け取るかね？　得体の知れぬ手紙を」

「旦那の手紙と言えば、文句はあるまいさ」

「お前さん、大店《おおだな》というものは、そんな簡単なものじゃないよ。手続きがある。第一、文字を見て私の手と判断できる者は、一番番頭だけだ。他の者は私の文字など見たことがない。さあ、どうする？」

「こちらを使いに仕立てるさ」四角顔がせせら笑って、良七を見た。

「おれの仲間と一緒に店に行ってもらう。変な動きをしたら、たちまち、これだ」と物を握った手つきをし、鋭く突き出して見せた。

「この者は私の店の者じゃない」川路が笑った。「博打に誘ってくれた友だちだよ。博打をするのに店の者を連れていく馬鹿は、いないだろう」

「もう一人は？　あいつはお前を旦那と呼んでいた」

「同じく友だちだよ。金を持っている者は皆、旦那と呼ぶのさ。半分、蔑《さげす》んでね」

「騙《だま》されてたまるか。本人を呼んで、とくと訊《き》いてみるさ」

四角顔が硯箱を運んできた男に、損料屋への使いを命じた。「駕籠で行け」と言った。

「お前さんは偉いんだね」川路が感心した。

「おれはここの息子さ」四角顔が白状した。

「道理で威張るわけだ」

「もう一人のお供が来るまでに、手紙を書いておけ」息子が命令した。「十両を小僧に持たせろ、と書け」

「ここは何という家だ。宛名がわからなくては、小僧がとまどう」

「ここは秘密さ。十両は使いについていった者が、途中で受け取る。こちらはお前さんの店の名と場所が、わかればよいのだ。十両は、子分たちの小遣いさ」

「小遣いなら多い方が嬉しかろう。百両と書いてやろう」川路が筆を墨につけた。

「ちょいと待ちな。十両でいい。百両持参させろ、なんて書いてあったら、旦那の身に何事か変事があったに違いない、と誰もが怪しむ。その手には乗らねえぞ」

「これでいいかね」

立ったまま書き上げた文面を、息子に示した。息子が目を通し、「よし」と言った。巻紙を、程よい所で小柄《こづか》で丁寧《ていねい》に切り、内側に折り畳んだ。

「どこか座る所はないかね。疲れた」

「立って用をしたことのない旦那の泣きどころだね」四角顔が皮肉った。

「あいにく、ここは座る暇もない商いの家だ。それこそ、おあいにく様だ」

「お前さんは、いいとこの坊っちゃんらしいな」切り返した。

しばらくして、損料屋の使いが帰ってきた。猿ぐつわをかまされた直三が、引き立てられてきた。男の一人が四角顔に命じられ、それと腰紐を外す。

「ようこそお越しを」四角顔が出迎える。

「旦那がさきほどからお待ちでさあ。番頭さん」

「あたしは下男頭《げなんがしら》です」直三が答えた。

「そら、旦那よりよっほど正直者だ」四角顔が手を打った。

「下男頭さん。早速だが、お店にひとっ走り頼みます。番頭さんにこの手紙を渡してもらいたい」

「お店？」直三が川路を見る。

「私のお店の身代がほしいそうだ。すまないが聞いてやってくれないか」川路が苦笑した。

「旦那。もう芝居はやめましょう」直三が、きっぱりと言った。「でないと、こいつらは、ますます図に乗ります」

「まあまあ、早まるな。もう少し続けようではないか」川路が、引きとめる。

「命にかかわります」直三が四角顔をにらんだ。

「お前ら、この方《かた》をどなただと思っているんだ。見たところは商家の旦那だが」

「よしな」川路が止めながら、つと、しゃがんで硯箱から小柄《こづか》を取りあげた。

「おっと、妙な真似をするなよ」四角顔がすばやく短刀を、川路ののど元に擬《ぎ》した。

「何もせん。これをね」と懐からお手玉を一個取りだし、四角顔に見せた。「こうするのさ」小柄でお手玉を切り裂くや、四角顔の股間を思いきり左膝で蹴りあげ、あっ、と体を崩したところを、首筋に手刀《しゅとう》を加えた。四角顔が土間につっぷした。

男二人が短刀を抜いた。川路は彼らに向かってお手玉をぶつけた。一人の顔面に命中した。ぱっ、と大鋸屑《おがくず》が飛び散った。男は目をこすり、「わあ」と絶叫した。

樟《くす》の香りが、きつく、部屋にただよう。布団の虫除け用のお手玉である。

もう一人の男が、短刀を腰だめに構えて、がむしゃらに川路に突っかかってきた。ひょいとよけて、もう一つお手玉を取りだし、小柄で布袋を裂き、相手の顔面に投げつける。見事に決まって、はじける。

損料屋に使いをした男が、逃げだした。

「われわれも退散しよう」川路が直三と良七をうながした。

「表から出るわけにいくまい」裏口に向かった。

なるほど店の方で数名の男どもが騒いでいる。異変に気づいたらしい。こちらに走ってくる足音がする。

裏口の方でも、口々にわめいている。

「ひとまず、この座敷に隠れよう」川路が襖《ふすま》を開け、無人の八畳間に踏み込んだ。直三と良七が続く。

「押入れから、天井に脱けよう」川路が小声で良七に指図した。良七がうなずき、押入れの上段に飛び乗った。着物を脱いで丸めて頭にのせ、腰紐で顎にしばりつける。天井板に頭突きを食らわせた。二、三度突くと、板が外れた。身軽に天井に移ると、天井板を三、四枚、乱暴にひっぺがした。「旦那。早う」と首をさかさまに出して、うながした。

廊下を大勢の足音が、表から裏の方に駆けていく。通り過ぎるのを待って、川路が直三に先に行け、と言った。直三が、いや旦那こそ先に、と譲りあう。川路がうなずき、「危うく正体が現われるところだった。助かったよ」と小声で言った時、襖の向うから、「お奉行」と声がかかった。

木箱

川路聖謨《かわじとしあきら》は、鏡太郎《きょうたろう》だと思った。声が、そっくりだったからである。

違った。

「下條《しもじょう》、ではないか?」

意外であった。奉行所の、番方若同心《ばんがたわかどうしん》の下條有之助《ありのすけ》である。近々、用部屋手付《ようべやてつけ》同心に取り立てるつもりでいる、二十二歳の若者であった。川路家の用人、間笠平八の配下にし、主として犯罪捜査を担当させる。

奈良奉行は特権で、江戸から連れてきた家来の中から、十人までを奉行所に勤めさせられる。

内与力《うち》といい、身分は与力並《よりきなみ》で、奉行直属の役人である。川路はとりあえず間笠平八を、内与力にするつもりであった。

内与力を家来から多く出すのは、世襲の与力たちから警戒される恐れがある。対立されてはこまる。えこひいきがある、と疑われたら、仕事がやりづらい。内与力は、一人でいい。間笠には十人分の器量がある。

間笠の手足には下條がいい、と目をつけていた。同心三年目の下條には、大抜擢《ばってき》である。いきなり登用すると、仲間のねたみを買うかも知れない。川路は様子を見ていた。小さな手柄を立てたなら、それを口実に栄転させる。

その下條有之助が、町人姿で部屋に入ってきた。押入の天井から良七が、「旦那。お早く」と急《せ》かした。

「訳はあとで聞く。お前も天井裏に隠れろ」

川路が下條に短く告げ、押入の上段に身軽に飛び乗るや、あっというまに姿を隠した。続いて直三が、最後に下條が押入に入ると抜け目なく襖を閉め、それから天井裏に上がった。良七が手を伸べて、上がる助けをしたのである。下條が天井板を元通りにした。

その時、裏口の方から表口の方に、何人かが廊下を走りすぎた。「逃げた」「外には出ていない」「もしかすると？」「あるいは？」「常願寺《じょうがんじ》？」「抜け穴？」「行け」

口々に叫んでいる。

天井裏は、まっ暗闇ではない。所々に小さな明かり取りの窓が切ってある。そこから白い光が線条に入ってくる。皆の顔が見える。川路が良七と直三に、小声で簡単に下條を紹介した。

「今のうちに、あの辺から隣家の屋根に出よう」川路が指図した。

「それにしても、馬鹿に太い梁《はり》だな」

四人は一本の梁に乗っている。天井板は薄いから踏み抜く恐れがある。

「これは二階を造るつもりで組んだ梁だな」

川路が推量した。

「向うに見えるのが二階じゃありませんか？」下條が手で示した。

なるほど、突き当りが板壁になっている。

「行ってみよう」川路が良七をうながした。

良七、川路、直三、下條と、天井裏に上がった順に移動する。川路が振り返った。下條に話しかけた。むろん、低い声である。

「奉行所には知らせていまいな？」

「私の一存で動きました」下條が答えた。

「よし。私は養父上《ちちうえ》ということになっている」

「承知しております」

「誰に聞いた？」

「誰にも聞いてはおりません。すべて私の一存でして」

「どうしてわかった？」

「お奉行が風邪を召されてお役所を休まれた、と承ったのに、ご養父の光房様が駕籠で医者に行かれたと門番に聞きまして、変だなと思いました」

「なぜ変だと？」

「風邪なら医者を呼ぶはずだからです。奉行所ご用達《ようたし》の医者なら、お二人を同時に診察し治療するはずです。一方が出て行くのは、何か理由があると感じました」

「それで如何《いかが》いたした？」

「奈良中の駕籠屋《かご》に当りました」

「ほう。大変だったな」

「元興寺《がんごうじ》に参った駕籠を突きとめ、更に旅籠《はたご》までお奉行を送られた駕籠も」

「大したものだ」

「旅籠にお呼びになられた髪結《かみゆい》を探すのに、手間どりまして。その間にお奉行を見失いました。そこでお奉行の行動は駕籠に違いない、と目星をつけ、改めてまだ当っていない市内の駕籠屋を一軒一軒」

「なるほど」

「そうしましたら、ここの店が何だか騒がしいので、急いで飛び込んだ次第です」

「たまたま、いい時に来てくれたわけか」

「駕籠屋は旅籠の近辺だろう、と当てずっぽうで」

「でかした」川路はお世辞でなく、ほめた。

一人で先の様子を見てきた良七が、「どうやら、二階部屋でなく、屋根裏の物置です」と報告した。

「何が納めてある?」

「木箱が、二、三十個積んであります」

「駕籠屋に木箱はふさわしくないな」

「私が調べてまいりましょう」

言うより早く下條が横に渡された梁に移り、川路たちの隣の梁を伝って奥に進んでいった。

「隠し物置だな」川路が、つぶやいた。

「ところで直三、鏡太郎はどこへ行った？」

「旦那が牢屋敷に送る、という話をしましたから、身の回りの物を揃えてくる、と姉さんの家にいったん戻りました」

「奴らに捕まるかもわからないぞ」

「そう言って止めたのですが、着のみ着のままではまずい、と申しまして」

「若い癖に妙に気を遣う男だ。一切、私が面倒を見てやるつもりなのに」

「旦那に迷惑をかけたくない、と遠慮したのでしょう」

下條が戻ってきた。

「物置は、こじあけられた？」

「壁と申しましても、素人が羽目板を並べただけの安直な造りですから、これで」と小柄《こづか》（小刀）を見せた。「外して中に」と続けた。

「まさか天井裏から忍び込まれるとは考えなかったようで、囲いを施しただけです」

「箱の中身は、何だった？」

「味噌《みそ》壺です」

「味噌壺？」

「はい。何の変哲もない」

「味噌が入っていたのではないな？」

「木箱を持ち上げた時、持ち重りがしました」

「ずっしりとした重みがすると？」

「一つの壺には絹の砂金包が、幾包か詰められていました」

砂金包は一つで金十両に当る。一両が現代の金額に換算すると七、八万円とすれば、その十倍である。

「別の壺には、象牙《ぞうげ》の断片が、ぎっしりと」

「密輸の品だな？」

正規の輸入品は、一本丸ごとの形をしている。

「他の壺には、黒や紫の水晶が詰まってました」

下條が懐から巾着を取りだした。巾着から象牙のひとかけら、水晶をいくつか出し、川路に差しだした。砂金包も一つ、川路に渡した。川路が受け取り、薄明かりの中で眺めたのち、三品とも下條に返した。

「大事な証拠品だ。お前さんが守ってくれ。鑑定に出そう」

川路が声を改めた。三人の顔を見つつ言った。

「さあ、長居は無用だ。追っ手はどの道、この天井裏を調べに来る。明かり取り窓から、こっそり外に出よう。隣の屋根を伝って逃げる。四人が連れ立つと目に止まりやすい。別々になろう」

「私はお奉行の供をいたします」下條が主張した。

「いや、しかし」川路が断ろうとすると、

「そのお姿で奉行所には戻れません。光房様の衣類やお腰の物は、髪結の家に預けてあります」

「そうだった。養父上の恰好に戻らねばならなかった。門番に咎められる」

「では、こうしましょう」直三が提案した。

「あたしと良七さんは一緒に逃げます。髪結宅で落ち合いませんか？　今後のお指図を伺わねばいけません」

「そうするか」川路が、うなずいた。

下條が常願寺と反対側の、明かり取り窓の格子を外し始めた。まるで大工の如く、手慣れたものである。小柄の刀でなく、柄頭を用いて、釘を抜いてしまう。柄頭が釘抜きのように作られている。

「重宝な小柄だな」川路が感心した。

「鍵の役目もします」下條が自慢した。

「大抵の錠は、これで開けられます。他にもいろんな使い道があります」

「万能小柄か」川路が微笑した。「一本、ほしいな。どこで求めた?」

「いえ。あの……」

下條が窓枠を外した。おとなが楽に這い出られる空間ができた。川路が良七と直三に、目でうながした。良七が外の様子をうかがったあと、「お先に失礼します」と後ろ向きになり、脚の方から脱出した。隣家の屋根が少し低い位置にある。つまり、こちらの天井裏が普通の家より高さがある。隠し物置を設ける意図で建てられたのだろう。

良七に続いて、直三が出た。

「では旦那、髪結宅でお待ちしております」

「気をつけて行け」

「旦那こそ」

二人は屋根から屋根を走ったかと思うと、やがて姿を隠した。路地に下りたのである。

下條が小柄を川路に差し出し、申しわけなさそうに言った。

「実はこれ、むすめ小僧から取り上げた物なんです」

土蔵破りである。盗人の隠語で、土蔵を娘という。白い漆喰《しっくい》塗りの建物だからである。むすめ小僧と称された男は、今、牢に入っている。

「大目に見るが、人には隠しておけ」軽くたしなめて、川路は下條より先に戸外に出た。

御陵

あれから、ひと月《つき》過ぎた。

九月の中《なか》（現在の暦で十一月の初め）に、差しかかった。袷《あわせ》では少しうそ寒い晩である。

奈良奉行・川路聖謨は、妻のおさとと、養父母の離れ部屋で食事をしている。いや、ご飯を食べているのはおさとだけで、あとの三人は一杯きこしめしている。近頃の川路は、ようやく「一合上戸《いちごうじょうご》」になった。養父・光房《みつふさ》の、たくみな仕込みによる。

膳には鯉の洗膾《あらい》と、濃漿《こくしょう》が並んでいる。鮮やかな紅色の洗膾を、酢味噌で味わう。おさとは松茸飯《まつたけめし》を口に運んでいる。養母のくらが鯉料理を勧めるも、箸《はし》をつけない。

「松茸の香りを味わいたいのです」と笑って遠慮した。

「大和の鯉は、少しも泥くさくないぞ。いい風味だ」と川路が養母を気づかって、妻を促《うなが》した。

「あとでいただきます。残しておいて下さいまし」そう言って、「ごはんが、すばらしくおいしいんですもの」

「どれ、わしも松茸飯を肴《さかな》にしよう」光房が、くらに給仕《きゅうじ》を頼んだ。「おさとを見ていると、鯉よりうまそうで気になる。なに、ひと口でよい。酒のつまみにするのだ」

「大和の松茸は大きくて肉厚で、食べ応えがありますよ」おさとが松茸を援護した。

「奈良で江戸にまさる物は、大仏様と松茸、それに豆腐かな」光房が箸で茸《きのこ》のひと切れだけを挟み、香りを楽しんでいる。

「柿もありますね」川路が言った。「大和柿」

「鰻もある」光房が応じた。「鯉も、鮒《ふな》もそうだな。いやあ、今日は楽しかった」

光房が、ご飯を口に入れた。首をかしげている。「もう少しくれ」とくらにお代わりした。受け取ると、急いで掻《か》きこんだ。

「やっぱり違うな」再び首をひねる。

「何が違うんです？」川路が鯉濃の漆椀《うるしわん》を手にしながら訊《き》く。

「いやさ。京からの帰り、大和盆地に入ったら、あちこちの池で村の衆が掻い掘りをしているんだ」

「用水池ですね」

大和盆地には多い。大きい池だと、上野の不忍池《しのばずのいけ》ほどある。この時期になると水を抜く。春先、池に放った鯉や鮒や鰻の稚魚《ちぎょ》が育っている。これらは池を共同管理している村人が、お金を出しあって仕入れたものである。獲った魚を分けあう。掻い掘りは、村の衆には楽しい行事である。

「畦《あぜ》道にムシロを敷き、カマドを築いて、女たちは煮炊きをしている。松茸ご飯だ。近くの山から採ってきたやつ。男どもは鍋で雑魚《ざこ》を煮ている。雑魚をこの辺では、モロナというらしい。泥つきの葱《ねぎ》を用水で洗って、手で折りながら、鍋にぶち込む。いい匂いがしてねえ。つい、ふらふらと誘われてしまった。悪いことに京みやげの濁り酒を持っていた」

光房はこの両日、市三郎と京に行っていたのである。

「酒をご馳走するから飯を呼ばれたい、と持ちかけたのさ。大歓迎でね」

「酒とご飯の取りかえっこでは、そりゃ当り前でしょう」くらが笑った。

「いやあ、あの折の松茸飯は、この上なく美味であった」光房が思い出し笑いをした。

「野天だからでしょう」川路が光房にお酌した。「そうかも知れん」ぐい、と呑《の》む。

「残った酒を皆で片づけてくれ、と言って立ち上がったら、百姓たちが、これをお持ちなさい、と見事な鯉を一匹くれた。どうやって持ち帰ろうか、と考えていたら、一人が藁《わら》をひと束運んできてくれた。長い縄で藁束の端をきつく縛ると、そこに鯉の口を突っ込ませ、藁で包んで、縄をぐるぐると巻いた。もう一方の束の端を縛って、たちまち鯉の藁づとができた。用水をつとに振りかけて、ぬらし、はい、どうぞと市三郎に手渡してくれた。これが、この鯉さ」と濃漿と洗膾を目で示した。

「なるほど、濁り酒が化けたわけですね」川路が洗膾のひとひらを口に運んだ。

「酒の効き目は大きい。市三郎は松茸飯を、丼で三杯食いおった」

「食べ盛りですもの、無理はない」くらが、かばった。

「ところで」光房が話題を変えた。

「どうして急に京の御陵を調べる気になった？　今回は嵯峨や鳴滝《なるたき》を回ったが、畑の中の陵《みささぎ》ばかりで面白くもない。そうそう、鳴滝の了徳寺で大根炊《だいこた》きをしておった。熱々の大根は、うまかったよ」

「御陵には以前から興味があったのです」川路が説明した。

六年前の佐渡奉行時代に、順徳天皇御火葬塚を参拝したことがあった。天皇が仮のお住まいとされた国分寺と、末寺の真輪寺の住職が、奉行を通じて幕府に願い出て、荒廃した塚を修復し、土手で囲んだということだが、これが天皇の仮の御陵かと思うほど粗末で、川路は痛ましさに落涙した。

天皇の御遺骨は、半年後に藤原康光によって京に帰り、大原勝林院陵に納められたが、この時の衝撃がきっかけで、川路は歴代天皇墓の実態に関心を持つようになった。御陵関係の書物は関心があって昔から、読んではいたのだが、奈良奉行に赴任して、興味が一層増した。何しろ大和国は至るところに御陵が在《おわ》す。巡見の際、できる限り足を運んでぬかずいた。嘆かわしいことに、どこも荒れ果てていた。

御陵であるとの言い伝えがあるから、むやみに人が踏み込まないけれど、とうてい墓とは思えない。一度も手入れされず、ほったらかされた小高い藪山である。せめて奈良に在任中に、大和の御陵を整備したい、と川路は発心《ほっしん》した。

国人《くにびと》を安らぎさせるには、まず先祖の墓所を清《きよ》めることだ。清浄な塋域《えいいき》なればこそ、遠祖を崇敬するのだ。ご先祖に申しわけが立たぬと恥じるから、人は身を慎むのである。

川路は公務のため、行動に制約がある。そこで息子の市三郎に、現地調査を命じた。歴代天皇の事蹟を知ることは、国の歴史を学ぶことである。そう教えて、まずは第一代、神武天皇から、とりあえず第百代の後小松天皇までの一覧を作らせた。そして各天皇の御名と異称、御父君・崩御された年月日・御陵の名と所在地を書き込ませた。在世中の出来事なども、歴史書から抜き書きさせた。参考書は川路が選んで渡した。

一覧表が完成すると、御陵の現況を確かめさせた。市三郎は乗り気でなかったが、一つ一つ現場に当るようになると、誰も見向きもしないこの仕事に、大切な意義を感じるようになったらしく、近頃は御陵の形や付近の地理などを、絵図に記録している。川路が一目瞭然だとほめたので、より詳細に描くようになった。市三郎には絵心がある。自分の隠れた才能を発見した喜びで、山陵探訪に拍車がかかったのである。

しかし、このたびの光房と京都山陵二人旅は、川路に命じられたもう一つの目的があった。

桜である。

桜のある山陵探しである。

「時期が悪いよ」光房が言った。「桜はやはり春だ。花が咲けば、ひと目で知れる」

「確かに」川路が、うなずいた。「早まりました。あせっていたようです」

「菊蔵の話だって果して本当に桜かどうか、わからんよ。闇の中で見たんだろう？　白い花なら桜に見えるかも知れん」

猫盗っ人の菊蔵である。牢内で鏡太郎に、秘密を打ち明けたのだ。

いや、話が進みすぎた。八月八日に、戻す。

髪結宅に集まった川路たちは、今後の行動について話しあった。川路は商家の大旦那から、養父・光房の姿に戻っている。町人から、番方若同心《ばんかたわかどうしん》に戻った下条有之助に、すぐさま奉行所に走って、支配与力の羽田栄三郎に訴えよ、と命じた。捕物の出動である。

「駕籠宿《かごやど》、常願寺の二カ所。一人も逃すな。手続きは踏まずともよい。当番与力でなく、羽田にこれを渡せ」と書き付けを与えた。

今しがた川路が記した奉行命令書である。

「委細は追って奉行が説明するそうだ、と伝えよ。さきほどの砂金包と象牙《ぞうげ》を羽田に見せろ」

「お奉行はどうされます？」下条が心配した。

「そうさな」川路が思案した。

「もはやお奉行のお姿に戻られた方が、安全ではありませんか。ご養父様を続けられる意味もなくなりましたし」

「いや」川路が微笑した。

「まだ化けの皮を脱ぐのは早い。貴重なお忍びの術だ。も少し手の内をあかさないでおこう」

「どのように奉行所に帰られます？」下條が気にかける。

「ではお前さんに力を貸していただこうか。お前さんは召し捕りに出役せず残っていてくれ。門番所に待機していてもらおうか。適当に門番と雑談しておれ。そこに駕籠で私が帰る。お前さんは門番に、光房様が戻られたようだ、と教え、どれ、ご挨拶してこよう、と何食わぬ顔で駕籠に寄ってくればよい。私は門番にこの白い頭だけ見せて、すぐに垂れを下ろす。光房様は、風邪がひどいようだった、とか何とか門番に言いつくろってくれ」

「私が芝居をします。お奉行は一切お姿を見せない方がよろしいです」

「そうはいかぬ」川路が遮った。「門番の面目をつぶすことになる。落度を非難されたら、かわいそうではないか。さ、早く行け」

「御意《ぎょい》」

下條有之助が辞した。

「今日は面白かったな」川路が残った良七と直三と鏡太郎の顔を次々に見た。

「私どものお手伝いすることは何です?」直三が訊いた。

「差し当って無い。いったん解散しよう。鏡太郎には気の毒だが、牢に入ってもらう。菊蔵という猫盗っ人から聞きだしてもらいたいことがある」

落葉浴

用人の間笠平八が下條有之助を連れ、お役屋敷の裏庭に回ると、若党の成木が一人ポツネンと立っている。成木の足元には、五右衛門風呂の四、五倍ほどの、丸い大きな穴が掘られている。

「御前《ごぜん》はどこに行かれた?」間笠が問うと、「ここにおられます」と成木が答えた。

公《おおやけ》の場ではお奉行と呼ぶが、私宅では殿さまだから御前である。間笠は十日程前に、川路家の用人の身分で、奈良奉行所の内与力《うちよりき》を務めることに正式に決まった。同時に、番方若同心《ばんかたわかどうしん》の下條は、用部屋手付《ようべやてつけ》同心に昇格した。二人は奉行直属の犯罪捜査役である。

下條の出世は、例の常願寺と町駕籠《まちかご》屋への手入れによる、賭博常習者ら捕縛の殊勲にあった。

奈良奉行・川路聖謨は、支配与力の羽田栄三郎に、とりあえず賭博取り締まりの名目で、ここに集《つど》っていた連中を捕まえさせたのである。

常願寺は場所の提供で、駕籠屋は客を紹介した廉《かど》で、また客を逃がす抜け穴を設けた不埒《ふらち》を咎めた。駕籠屋の天井裏の隠し部屋については、あえて表沙汰にしなかった。連中を油断させるためである。

その代わり、直三と良七に駕籠屋（屋号を斗升《とます》という）を見張らせた。出入する人間を見逃さないように言いつけた。彼らの身元を調べるのは、下條の役割である。

常願寺も同様に、下條の手先に監視させた。

川路のねらいは、むろん、象牙《ぞうげ》などの密輸である。密輸と賭博は関係がある、とにらんだ。きわめて大きな組織が、寺と斗升を舞台に動いている、と見た。支配与力にだけ、そのことを耳打ちした。そして、大事件の糸口をつかんだ下條の手柄は報奨に価《あたい》する、と吹き込んだ。

かくて下條有之助の昇格は、少なくとも表立っての同輩らの羨望《せんぼう》もなく、あたたかい拍手で認められた。川路の思う通りに運んだのである。

「ここにって、どこにいる」間笠は成木にからかわれている、と思ったのである。

向うの方で下働きの老人が、熊手《くまで》で落葉をかき寄せている。他に人影は無い。

「間笠、ここだ」

成木の足元の穴から声が上がった。間笠がのぞきこむと、穴の中は枯れ葉の山で、その枯れ葉の中から川路の顔だけがのぞいている。

「御前、どうしました？」

「風呂に入っているのさ」

「風呂？」

「お前も洒落《しゃれ》がわからん男だな。落葉浴だよ」

「御前、そんな不用心な。こまります」

「大丈夫、成木がついておる。間笠も下條も入らんか。あたたかくて、気持ちよいぞ」

「入ります」と言うや否や、下條が実に身軽に飛び込んだ。「あ、これ」間笠が泡を食う。

川路の近くに、すっぽりと落ちた。

「こりゃいい」下條が歓声を上げた。「まるで綿の上にのっているようですね」

「間笠も続け」川路が、けしかける。「臆《おく》したか」

「なんの」そう言って、足先から飛び下りた。

「どうだ？」川路が感想を訊《き》く。

「いやあ」顔に貼《は》りついた葉を払いながら、間笠が照れ笑いをした。「ちょうどいい湯加減です」

「少しは洒落がわかるようだの。見直したぞ」

間笠と下條が顔を見合わせて笑った。

「子どもの時分、よくこうして遊びました」

下條が思い出しながら、うっとりと目をつむった。川路のように首まで枯れ葉に埋まった。

「お尻のあたりが、ムズムズするのです。手をやったら何やら生き物が。つかんで、ほうりなげたら蟇《ひき》がえるでした」

「蝮《まむし》でなくってよかった」川路が笑った。

「蝮といえば」言葉を変えた。

「先だって良七に蝮が多く生息する場所を聞いた。御陵だった」

「それは意外ですね」間笠が川路を見た。

「いや、少しも意外ではない。御陵には堀などの水場があり、人が立ち入らぬ。手入れもしない。蝮の別天地だ」

「良七の稼ぎ場ですね」

「市三郎には内緒だよ。恐がって御陵調べをやめてしまうからな。もっとも夏場にはやらせぬ」

「ところで菊蔵の調べですが」

下條がここで話してよいものかどうか、迷っている。

「構わぬ。ここなら耳をすませる者はいない」川路がうながす。「成木、しばらく誰も近づけるな」と命じた。

「はい」と穴の向うで答えた。

「鏡太郎は使える男です」と下條がまず持ち上げた。「役者ですし、頭もいい」

「役者の素質があることは間違いない。鉄火場（賭場）で女に化けている」川路がうなずいた。

「それで、女役になって菊蔵にとりいったというのだね？」

下條が驚いて、川路を見た。

「お奉行、どうしておわかりになられました？」

「いやさ。気の弱そうな菊蔵に会った時、何となく女っぽさを感じたもので、花の話を振って気を引いてみた。すると目を輝かせて乗ってきた。鏡太郎と意気が合うのではないか、とにらんで合牢《あいろう》にしたのさ」

「初めのうちは鏡太郎を警戒していたようですが、鏡太郎が常願寺地下の賭場の話をしたとたん、急に胸襟《きょうきん》を開いたそうです」

「ほう」川路の目が光った。

「鏡太郎が自分はほとんど地下室で暮らしてきた、もぐらのようなものだ、と話したら、共感したというのです」

「やはり菊蔵は御陵荒らしだったか」

「その通りです。盗掘屋です。奴は一匹狼らしいのです」

「さ、それだ」川路が下條を見た。「大体、御陵荒らしというのは、何人かで組んでやるのが普通だ。下見がいて掘り屋がいて、盗品を買う者がいる。一匹狼でこの世界を生きてきたというのは、聞かない。まさか、一人で盗んで、盗品を自分で捌《さば》いたわけではあるまい」

「結構、大きな仕事をしたと自慢したそうです」

「窩主買《けいずかい》は漏らさなかった？」

盗品と知って買い取る者である。故買《こばい》ともいう。

「菊蔵の言うには、この世界で買い取り屋を教えるのは命と引き換えだそうです」

「それはそうだろう。自分の首を絞めることだからな」

「鏡太郎には引き続き探らせますが、次の一手はいかがいたしましょう？」

「桜はどうやら何かの象徴らしい。その何かを突きとめること。それと鏡太郎の身の上だ。自分はある者に追われている身だと菊蔵に打ち明けるようにせよ。菊蔵が動揺して、鏡太郎に秘密を教えるかも知れない」

「といいますと？」

「菊蔵は自ら牢入りを志願したのではないか、と見ている。鏡太郎と同じさ。身を守るには牢屋が一番安全だ。牢役人が厳重に見張っていて、何者も近寄れない」

「すると菊蔵は何者かに殺されると？」

「猫の飼いぬしを傷つけたことと、やつの本職とは全く結びつかない。本職の方で何か大変なことをやらかしたのに違いない」

「斗升の方は、その後変化はありません」間笠が口を挟んだ。「出入りの者で怪しいやつは、今のところありません」

「そのうち尻尾《しっぽ》を出すさ」川路が空を見上げた。雲ひとつない青空である。

「狐どもは息をひそめて、なりゆきを見守っているのだ。ほとぼりがさめたら、きっと動きだす。今は斗升は店を閉め、無人だが、近いうち斗升が売りに出されるはずだ。その買い手が誰かだ」

「買い手が天井裏の品を運びだすわけですね」と間笠が言った。

「そう。そいつを捕まえれば、一味を引き出せるだろう。一味は私らが天井裏の秘密を握っているとは、ご存じない。あくまで賭博開帳の件で調べていると思っている。家探しもしなかったしね。あくまで常願寺の住持を張本人とみなしているところが味噌さ」

「世間ではもっぱら奉行がバクチ嫌いで、まずは見せしめに、常願寺を槍玉に挙げたというわさが流れています」下條が言った。

「思う壺さ」川路がほくそ笑んだ。

「御前、洒落ですか」間笠がすかさず受けた。

「おや？　洒落がわかる男になったね。上等上等」

「どこが洒落なのでしょうか？」下條がおずおずと尋ねる。

「洒落の説明か」川路が苦笑した。「壺というのは、バクチの道具で、サイコロを入れて振るもの。壺には肝心要という意味もある。思う壺は恐らくバクチから来た言葉だろうね」

「勉強になりました」下條がうなずいた。

「下條は賭博には関心がないか」

「不案内です」

「好きでなくとも一応は知っておくがよい。同心は人の世のすべてを、把握していなくてはならない。それでこそ人情がわかるというものだ。下條の得意とする域《いき》は、土蔵破りか？」

「は、はい」

「確か入牢《じゅろう》中の者だったな。むすめ小僧といったか。丁度いい。鏡太郎に会う時、ついでにそいつにひそかに会い、土蔵破りの自慢話を聞いておけ。ところで、そいつはいくつぐらいの男だ？」

「七十五、だったと覚えております」

「ずいぶん水増しした異名を名乗ったものだな」そう言って、「ややや」と頓狂《とんきょう》な声を発した。

「どうしました御前」間笠と下條が、腰を浮かせた。

「蛇がいる。蝮かも知れん」

わあっと二人が踊り上がった。川路が笑いだした。

落　鳥

いわゆる恩赦《おんしゃ》をいつ行うか、初夏の頃から、奈良奉行・川路聖謨は、支配与力から問われていた。

ここでは奉行の顔が交替すると、軽い罪に限って特赦を行う慣例という。新しい奉行が着任して、大体半年以内に実行するらしい。

川路が奉行所入りしたのは三月十九日だが、実際に御用を始めたのは（初めて白洲《しらす》を開いた日）四月十八日で、先例ではこの初白洲をもって着任とみなすそうで、この日から六カ月と勘定すると、今年は五月が閏月《うるうづき》で二度あるから、九月の末が限度らしい。それでは覚えやすく九月晦日《みそか》に執行しよう、と川路は提言した。

ところが九月に入って、もろもろの事務をこなしているうち、どうも晦日は月締めの決裁が何かと多く忙しいことに気がついた。日程を変更できるかどうか、支配与力に尋ねると、差支《さしつか》えないと言う。それでは行事の無い二十五日にしようと決めた。

この時、川路はふと自分が御陵荒らしの菊蔵を問いただしてみよう、と思いついた。どのみち、恩赦の件で囚獄《しゅうごく》(牢屋奉行の正式名)に挨拶せねばならぬ。川路は御赦帳掛《おんしゃがかり》の同心と下條有之助を連れ、牢屋敷に赴いた。

囚獄との打ち合わせがすむと、わけを話して菊蔵を牢屋同心の控え部屋に呼びだしてもらった。川路は菊蔵を見ると、ずばり、こう切りだした。

「喜べ。お前はまもなく娑婆《しゃば》世界に出られるぞ」

下條が特赦令の説明をする。みるみる菊蔵の顔が、米の研《と》ぎ汁のように白くなった。

「お奉行様」悲痛な声を発した。

「お願いでございます。私の特赦をお取り消し下さいまし」

「どうした? 嬉しくないのか」

「私は嘘をついておりました」

床に平伏して泣きだした。

「私の罪は恩赦に値《あたい》しません。たくさんの罪を犯しております。それをひた隠しに隠しておりました。申しわけないことをしました」

「話してみよ」

菊蔵が白状した。成務《せいむ》御陵・称徳《しょうとく》御陵・垂仁《すいにん》御陵、他いくつかの御陵に忍び入り、埋納品を盗み出したこと。それらを売り払ったこと。よい金になったこと。盗掘の方法、盗品の処分法、等々、菊蔵は詳しく語った。ひと通り述べ終ると、「どのような罰でもお受けします。お許し下さい」と額を床に着けた。

「菊蔵」川路の声が変った。

「人をみくびるまいぞ」

ハァ？　と顔を上げる。

「たわけめ」一喝した。「おれの目が節穴だと思ったか」

いいえ、そんな、とまっ赤な顔になる。

「死罪に当らぬ罪だけ選んだな。一生をこの牢屋敷で過ごす魂胆だろう。そうは、お前の筋書き通りにいかぬ。どこで、見た？」

菊蔵がギョッとした。

「こちらの調べはついている。日本中の御陵を、一つ一つ丹念に探査した。お前が見た御陵はどこだ。言え。正直に、明かせ」

「あの」口ごもった。

「恐いか」

「私は……」

「お前の身を守ってやる。その代わり、何もかも打ち明けるがよい。いやか？　いやなら、特赦で娑婆の風に当ってもらう。もっともその風で、お前は灯火《ともしび》のように消えるかも知れん」

菊蔵が身ぶるいした。ふるえが止まらない。

「お前はもう一度桜が見たい、といつぞや申したな。どこの御陵の桜だ？」

「あれは、桜のように見えたのでして……」

「そうだろう。桜かと見間違えたのは、どこだ？」

「武蔵国の……」

「武蔵国？　京か奈良ではないのか？」

「洞窟に忍び入ったら、奥の闇に緑がかった金色がひと固まり光っていて……」

「お納戸《なんど》色ではないのか？」

鼠がかった藍《あい》色である。

「いえ。緑がかった金色です」

川路は佐渡奉行時代に、金山に入っている。金や銀や銅の石を、まの当りにしている。歴代奉行の中で危険とされた金銀山の敷内《しきうち》（坑内）を、実際に巡見したのは川路ただ一人である。

「武州のどこだ？」

「確か、吉見《よしみ》とかいう村の……」

「お前は日本中を股に掛けた墓荒らしだな」

牢屋敷を辞した川路は、下條に耳打ちした。

「あとひと押しすれば菊蔵は、何もかも吐く。特赦を散らつかせて、強引におどしてみろ」

「どのようにいたします？」

「菊蔵は牢から出されるのをいやがっている。鏡太郎にお前とおれは、二十五日に出牢らしい、と言わせるがよい。菊蔵はおじけづいて、鏡太郎に秘密を打ち明けるに相違ない。何としても牢に残りたいために」

「承知しました。菊蔵の見た桜は、あれは何ですか？」

「それだ。ご苦労だが、そこの北川端町の代官所手前に、東郷養堂《とうごうかいどう》という学者がいる。山の養堂と聞けば、わかる。金銀山や山稜など、いわゆる山に関する知識者だ。武州吉見の山稜について教えを乞うてきてくれ」

「東郷養堂ですね」

佐保川支流に架かる橋の手前で、二人は驚いて立ち止まった。頭上を、何千という大きな算《そろ》盤《ばん》をいっせいに鳴らしたような、すさまじい声を上げて、野鳥の群れが黒雲の如く、大仏殿の方角に飛んで行くのである。鵯《ひよどり》である。

その時、川路の背後で、ぬれ雑巾を叩きつけたような音がした。二人は横に飛び、刀に手をやった。居合腰になり、同時に振り返った。

目の前に一羽の鳥が転がっていた。下條が、つまみあげた。動かない。羽が抜けた。「気絶か？」川路がのぞきこんだ。下條が首を横に振った。落ち鳥である。

「養堂さんの手みやげにしましょうか？」

「病倒《やまいだお》れかも知れん。中《あた》ったら事だ。埋《う》めてやれ」

下條が川端の草地に穴を掘って埋《い》けた。二人は黙禱《もくとう》を捧げた。

「しかし、驚いたな」

橋の所で左右に分かれる際、川路が言った。

「鳥の死ぬ場は、およそ見たことがない。これは吉兆だろうか、凶兆だろうか」

「珍事は吉兆といいます」下條が答えた。

「珍事には違いないが、縁起《えんぎ》のいいことではない」川路は眉をひそめた。

十月に入った。

下條が用事をすませて川路に報告に上がると、川路は若党の成木と庭の築山《つきやま》で、紅葉した楓《かえで》を眺めていた。

「下條、覚えているか、この木」

「前奉行のお手植えの楓です」

「お前たちが新任のお祝いに贈った記念樹だったな。私がお前に案内されてこの庭に初めて足を踏み込んだ時、この楓は枯れかけていた。肥やしをせっせと施したら、この通りだ」

「お見事でございます」

あの時と同じように、下條が手を揉《も》んだ。

「で、どうであった？　養堂先生の見解は？」

例の光る物の返事があったのである。

「武州吉見、の地名で古書を調べられたそうです。そして正体を確かめられました。洞窟は吉見百穴《ひゃっけつ》と申すそうです。暗闇で光っておりました物は、金や銀の石でなく、苔《こけ》だそうです」

「苔？　これのことか」と足元の緑色を示した。

「はい。光苔《ひかりごけ》という、洞窟や岩蔭など、暗くじめついた所に生えるそうです。暗闇に光っているので、誰もが驚くそうです」

「京や奈良では見られない苔か？」

「記録には無いそうです。信濃や蝦夷地《えぞち》（北海道の古称）に多く、吉見百穴は古来から有名な棲息場所だそうです」

「もしかすると」川路が下條を見た。

「菊蔵は奈良か京の御陵で、その光苔とやらを発見したのかも知れん」

「でも養堂先生はこの辺には無いと」

「いや。本物の光苔ではない。光苔と見違えた物。つまり、金や銀などの宝だ」

「と申しますと？」

「菊蔵がおびえているのは、仲間だ。墓荒らしの仲間」

「しかし、菊蔵は一匹狼なのではありませんか？」

「仕事は一人だろう。だが菊蔵の手合いは、大勢いるだろう。仲間に狙われるということは？」

「なるほど、わかりました。仲間の獲物を横奪《よこど》りしたのですね」

「いや、奪うまではいくまい。隠し場所を偶然に発見した。発見したことを知られ、口封じのために追われている、というところか」

「菊蔵が捕まって牢に送られた段階で、そいつらは獲物をどこかに移していますね。これ以上、問い詰めても、むだですね」

菊蔵は特赦から外したのである。

「もぬけの殻だろうが、問い詰める必要はあるね」川路が指示した。

「菊蔵は『丹什《にじゅう》』の猫探しの掲示を、どこで見たか、訊いてくれ。それと……」

池の向うに、間笠平八の姿が見えた。早足でこちらに来る。

「ここだ」川路が教えた。間笠が立ちどまり、手にした書状のようなものをかざした。

「宅状《たくじょう》か」

江戸の家族の手紙である。

間笠が築山に現れた。

「久しぶりの便りじゃないか。川留めが長引いたのだな」川路が迎えた。

「御用状でございます」間笠が深刻な声と共に差し出した。「御前《ごぜん》……」そう言って、うつむいた。間笠がお奉行でなく御前と川路を呼ぶのは、手紙が公用でなく私用を意味していた。凶報であった。

訃報

川路聖謨が手紙を受け取ったとたん、間笠平八がうつむいた。川路は一瞬にして、覚《さと》った。封を切らずに、懐中にした。

「戻ろう」

平八と下條有之助を、うながした。平八は何も言わぬ。若党の成木が先に立った。

「今日はこれで上がってよい」川路が下條に言った。「はい」と返事し、池を回った所で、「失礼します」と一拶《いっさつ》し、木戸の方へ歩いていった。下條の姿が見えなくなると、間笠が、「御前《ごぜん》」と涙声で話しかけた。

「何も言うな」制した。「一人になりたい。呼ぶまで控えておれ」

「痛み入ります」間笠が歩武《ほぶ》をゆるめた。立ち止まって、川路が濡れ縁から座敷に入るのを見送った。そのあと成木と用人部屋に向った。

川路は妻のさとを呼んだ。

「急便が参った。江戸からだ」

「まあ」さとが、川路に相対して座った。

「間笠にも来たようだ」

さとが、かしこまった。緊張している。

川路はゆっくりと書状の上包《うわづつ》みを開いた。開きながら、「吉報だったら、間笠はそのように告げるはずだ。何も言わずに書状を持参した」とさとに言った。心の準備をうながすために、わざと当り前の口調で話したのである。さとが、うなずいた。

剥《は》いだ上包みを膝の前に置きながら、「母上には申しわけないことをした」とつぶやいた。

さとが、川路を見た。

「母上にお送りしている日記だ」

「はい」とさとが答えた。

「八月八日の項を書き写さないでお届けした。内偵中の事件にかかわった一日なもので、秘密にした」

実際は襲撃された日で、罷《まか》り間違えば命を落していた。母に心配をかけたくなく、川路は無難な「作り事」を書いてごまかすつもりでいた。ところが駕籠宿《かごやど》「斗升《とます》」や、常願寺一件に忙殺されているうちに、江戸への飛脚便出立日が来てしまった。間に合わない。ええい、ままよ、と川路は八月八日を抜かしたまま、日記を託した。母から指摘されたら、ついうっかり写し落しました、と弁解し、毒にも薬にもならぬ「作り事」を再送する。そういう手筈《てはず》であった。

「母上が八月八日のつけ落ちに気づかぬわけがない。それなのに、何も言ってこなかった。あるいは、本当に気がつかなかったのか。どうも妙だ、と思っていたところだ」

川路は巻紙を広げた。一行目に目をやった。思わず書状に顔を寄せた。瞠目《どうもく》した。

「母じゃ人《ひと》では、ない」

えっ、とさとが身をのりだした。川路がさとに巻紙を預けた。さとが目を通す。

「……彰常様《あきつね》ご急逝《せい》……」

長男、弥吉である。

あ、あ、あ、とさとが叫んだ。

手紙は、たった四行。九月二十五日の夜食後、悪寒《おかん》と吐き気を訴えた。激しい腹痛に転々し、医師を呼んだが間に合わず、逝《い》った。家中《かちゅう》、惘然《ぼうぜん》としている。委細後便《こうびん》。

手紙は留守宅を守る用人の俊蔵によって、認められている。九月二十六日の朝、急便で送られた。それでも八日かかっている。

弥吉以外は家族には変わりがないところをみると、食に中《あた》ったのではない。弥吉は少年時代から癪《しゃく》に悩まされていた。突然、差し込みがくる。医師の診立《みた》てでは、腹中に石ができる奇病らしい。たとえば、天ぷらをたくさん食べたあとで、発作が起こる。腹の石が胡麻油で動くのだという。そのため油物は摂《と》らないようにしていた。二十五日の晩は何を口にしたか不明だが、油物ではないだろう。

さとが嗚咽《おえつ》した。川路は三度、文面に目を通すと、ゆっくりと書状を畳《たた》み、軽く一礼した。立ち上がり、濡れ縁に出た。

池の向うの築山に、目を投げた。楓《かえで》が紅葉している。そこだけ霧がかかっているように、霞んで見えた。川路の目に涙が湧いてきたのだった。あわてて、空を見上げる。

二十二年の生涯だった。

（あまりに短すぎたな）声に出さずに、弥吉に語りかけた。

川路が二十五歳の時の子である。二番目の妻やすが産んだ。川路は評定所留役《ひょうじょうしょとめやく》の身分で、小石川船河原橋《ふながわらばし》の角に、初めてお屋敷を持った。やすとは理由《わけ》あって、弥吉が十歳の年に離縁した。その年に三番目の妻かねを迎えた。二年後かねとも離縁、翌年迎えたのが現在の妻さとである。さとには弥吉は腹違いの総領息子になる。しかし、実子のようにかわいがっていた。

川路が佐渡奉行に任ぜられた前年に、弥吉は元服《げんぷく》（成人式）し、名を彰常と付けた。佐渡奉行は任期一年で、帰府して小普請《こぶしん》奉行（小規模の修築工事を指揮する）に命じられた年に、弥吉は結婚した。嫁は、勘定吟味役の娘で、しげという。三年後の暮れ、長男が誕生、川路にとって初孫《ういまご》である。川路が太郎と名づけた。この時、川路は普請奉行（こちらは土木関係を担当する）である。

太郎が三つの年に、奈良奉行を拝命し、弥吉一家と母を江戸に残し、さとと養父母、それに次男の市三郎（妾の子）を連れて奈良に赴任した。なお川路には三、四男がおり、いずれも内縁の妻の子である。

唐紙《からかみ》の向うで、間笠の咳払いがした。

「失礼いたします」

さとが急いで顔を拭い、入口に背を向けた。

「入れ」川路が振り返った。

「お国からでございます」間笠が新しい書状を差し出した。第二便である。これも早便《はやびん》仕立てであった。

川路は急いで読んだ。弥吉絶命の状況を、詳細に述べていた。母上は少しも取り乱さず、沈着に一同をお指図された、とある。川路が何より気がかりなことだった。

「御隠居様にお話する」川路は二便をさとに渡した。さとがかしこまって受け取った。

「間笠、いいか」と命じた。

間笠にも俊蔵から別途に知らせが届いているはずだ。

「家来どもに、うろたえるな、と伝えよ。いつもの通りに仕事を進めよ、と命じろ」

母上は動じていない。しかし心中はいかばかり悲しかろう。自分がここで大嘆きに嘆いたなら、不孝者になる。

母の、誰にも訴えられぬ悲哀をおもんぱかって、自分は少なくとも表向きは、平常の心、普通の姿でいなければならない。

「白洲にもいつものように出る」と間笠に申し渡した。

「はい」と間笠が平伏した。

その夜、川路は長いことかかって、母や弥吉の妻、俊蔵、その他の者に、慰労の手紙を書いた。母には、くれぐれも体を労るように、と言葉を費《ついや》し、弥吉の死は天命とあきらめている、とひと言にとどめた。

翌日、京都所司代から、京・大坂・伏見・堺の各奉行に、弥吉死去の報が発せられた。触れは大和国中の大名にも回った。

奈良町の者からお悔みが届いた。五日より十五日まで、遊芸などの鳴物《なりもの》は控えるようにとの触れが、町年寄から出された。これは少々仰山すぎるので、川路は先例を伺った。

すると天明五年（六十一年も昔である）、松田相模守が奈良奉行の節、両御番《りょうごばん》（書院番と小姓組番の二つ。両番ともいう）を勤めていた嫡子《ちゃくし》が病死した時に、かくの処置が取られた、と書面で申してきた。川路は自分の場合はお断りしたい、と返事するつもりだったが、先例にのっとることは公儀を敬《うやま》うことである、と気づいてそのままにした。

その時思ったことは、松田奉行より六十一年目に同じ例の不思議だった。還暦である。六十年で生まれた年の干支《えと》に還《かえ》る。数え年で六十一の称で、本卦還《ほんけ》りという。

江戸からは、その後の様子を早便で知らせてきた。滞《とどこお》りなく葬儀をすませた、とあり、母上はいつもに変らぬ、とあった。弥吉の妻は気丈にふるまい、嫡孫《ちゃくそん》の太郎も健康である、家来一同、それぞれの持場《もちば》を大切に勤めている、弔問客には疎漏《そろう》なきよう応対している、とあった。公儀への届けが手落ちなくすんだことは、五日の所司代の通達でわかる。

川路は思いつくごとに手紙を送ったが、こんなことも記した。

弥吉が人から借りた書物もあるだろう、また貸した物もあろう、落ちついた頃に俊蔵が調べて、処理してほしい。蔵書帳と引き合わせた上で、土蔵に収めてくれ。『資治通鑑《しじつがん》』は一帙《ちつ》、佐藤の子に貸したと、先だってこちらに言ってきた。

弥吉が常々、骨を折って写したり、読んで書き入れのある本は、よく改めて、太郎が本を読む時のために、大切にしまいおき下さい。

そう記しながら、川路はふと曲亭馬琴《ばきん》の小説『八犬伝』のあとがきを思いだした。馬琴のむすこが亡くなったあと、息子がせっせと買い集めた書物を、惜しみもなく売り払ったとあった。その方が息子が喜ぶだろう、と考えたらしい。書物というものは、誰かに読まれてこそ、存在価値があるということだった。弥吉も死蔵を望むまい。川路は急いでつけ加えた。

弥吉自筆の写本、書き入れ本以外の書物は、譲ってほしいと願う者あらば、こころよく譲って構わない。

所司代から指図が下った。奈良町引き廻しのうえ磔《はりつけ》の刑、また斬罪に処し獄屋の門に首をさらすなど、重罪の者十人ほどの処刑を本日中に行うべし、との命令である。

おおやけの事であり、かつ罪人なれば厭《いと》うべきではないのだが、よりによってこんな時に、という思いはある。武士のつとめの、悲哀を味わった。

（弥吉、わかってくれよ）

川路は牢屋奉行あての書類を揃え、あわただしく署名捺印《なついん》した。

極刑

罪人の処刑は、川路聖謨が奈良奉行を拝命してから、初めての経験である。京都所司代よりの命令は、躊躇《ちゅうちょ》を許さぬ。情報がもれると、処刑該当者が自棄《やけ》になって、暴動を起こさぬとは限らないからである。

町に触れが回った。本日、これこれの刻限に、河原の御仕置場において、次の者を仕置する。名前と罪状。年齢。性別。

磔《はりつけ》が二人。この者たちは贋金を造った。獄門が十人。殺人。押込み(強盗)。その他。獄門は斬首の上、首を刑場にさらすのである。梟首《きょうしゅ》ともいう。十人の中には女も一人いた。

磔刑《たっけい》は奈良ではここ数年無かったそうで、珍しいと刑場には押すな押すなの人である。

川路は行かない。家来に検分させた。罪人たちは牢屋敷で刑を申し渡されると、町を引き回される。引き回しの直前に、酒を一杯ふるまわれる。飲む者もあるし、ふるえて酒どころでない者もいる。

川路が受けた報告では、磔の二人は無言で仕置場へ引かれていき、与力たちに礼を述べたあと、見物の人々に向かい、自分たちは心得違いをして天の誅罰を受けた。悪いことをせんとすれば、我らが手本である、と大声で言った。そして落ち着き払って、十字形の磔柱に上がったという。横柱の釘に両手を掛けながら、湿瘡（疥癬）が痛がゆいとつぶやいた。これが最後の言葉であった。柱が立てられ、罪人の胸の前で、二本の槍先を交叉したあと、二本同時に左右の心臓を突く。

川路の長男、弥吉彰常《あきつね》の二七日《ふたなぬか》である。

さとが寺から僧を迎えて、法事を営みましょう、と提言した。いや、待て、と川路は止めた。弥吉は温良な男だったが、仏の道をひどく憎んでいた。しかも僧嫌い、奴のいやなことをするより、真実の施餓鬼《せがき》をしよう、ここの獄屋につながれて遠からず重い罰を受ける者たち、およそ七、八十人に、茶飯をふるまおうではないか、と諮《はか》った。

川路には磔刑獄門を遂行《すいこう》した、という事実が頭から抜けない。お役目とはいえ、よりによって弥吉の喪中に殺生をした。しかも多数である。しかもいずれも極刑で、残酷きわまる公開処刑である。弥吉が目をそむける異常事だった。（許してくれ）川路はわが子に詫びた。

茶飯に添える物の味つけは、魚物は何ですから油でいたしましょうか、とさとが言う。生魚を使うならともかく、干した鰹なら憚《はばか》りあるまい、今日の一椀が世の名残となる囚人もいるのだから、心して料《りょう》るがよい、世にいう精進物にはせぬように、と助言した。

翌々日、下條有之助が、牢屋奉行の礼言を川路に伝えた。

「茶飯がおいしかったと、囚人どもが喜んでいたそうです。汁は鰤《ぶり》のおから汁で、これも好評でした。鰤は出汁《だし》に使ったそうです。笊《ざる》で漉《こ》して汁のみを配ったそうです。汁の実のあった無かったで喧嘩になるといけませんから」

「囚獄（牢屋奉行の正式名）も気を遣うの」

「それから例の菊蔵が、お奉行に直々《じき》お目にかかり、お話申したいとのことです」

「ようやく語る気になったか」

「磔と獄門の実行が応《こた》えたようです。いっきょに十二人ですからね」

翌日、川路は下條を連れて、牢屋敷を訪れた。囚獄に挨拶し、処刑時の労をねぎらい、施餓鬼の礼を述べた。ついでに菊蔵を呼び出してもらった。牢同心の空き部屋を借りた。

菊蔵はおどおどした様子で、川路の前にかしこまった。下條が臨時の書き役を務めた。

「先日はご馳走さまでございました」

菊蔵がまず茶飯ふるまいの礼を言った。

「知らぬことと申せ、お労《いたわ》しいことでした」

当然、囚獄が茶飯のいわれを、入牢者に語ったのである。

「ご愁傷さまでした。心よりお悔やみ申し上げます」

深々と拝礼した。

「お前が私を哀れと思うなら、お前の懺悔《ざんげ》が何よりの供養《くよう》じゃ。心して聞こう」

「申し上げます」

菊蔵が声を改めた。

「京の洛外の」とある御陵の名を告げた。

差し障りがあるので、実地の名は伏せる。仮に朝日御陵と名づけて、話を進める。

墓荒らしの菊蔵は、ある日、朝日御陵に忍び入った。何かあるだろう、と見込みをつけて石室に侵入したのだが、実際にあったので小躍《こおど》りした。ところが、そこにあった物は、菊蔵がいつも扱う古代の装身具や祭祀《さいし》用の品々ではない。

「象牙や、金塊、砂金、翡翠《ひすい》や瑪瑙《めのう》の玉《ぎょく》だったのです。古代の品でなく、現代《いま》の宝です」

菊蔵は瞬時に覚った。これはきっと自分の仲間が隠した物だ。持ちだせない。くすねて売ろうとすれば、すぐに足が付く。盗掘品は、それを専門に引き取る者がいる。その者を通さないと、金にならない。仲間の獲物を横奪りすれば、どんな目に遭うか、わからない菊蔵ではない。知らぬ振りをした。

盗掘は、続けた。菊蔵はこの世界の一匹狼である。

やはり、京都近郊の、ある御陵を襲った。朝日御陵もそうだが、わりあい大きい御陵で、濠に囲まれた、鬱蒼とした森の、おまけに藪枯らしが網のように這っていて、容易に踏み込めない。こういう人の手の入らぬ御陵が、墓荒らしの狙い目なのである。

月夜の晩、というのが菊蔵の御用日であった。仕事柄、夜目がきく。下調査は、十分すぎるほど重ねた。今夜は土を掘って、石室に忍び込む。菊蔵は黒い長袖の襦袢《じゅばん》に黒手袋、黒の股引に黒足袋、黒布の頭巾をかぶっている。全身黒づくめで、土を掘る竹製の先の尖った匙《さじ》も、火で焼いて黒くしてある（もっとも、これは強度をつけるためでもある）。

昼間、見当をつけておいた場所に、まっすぐ向かった。と、人声がした。菊蔵はあわてて、しゃがんだ。息を、ひそめた。目と鼻の先に先客が、いた。二人、いた。月明かりで顔が見えた。一人は、菊蔵の仲間だった。もう一方は、見たことのない男である。

二人のひそひそ声の会話から、どうやら菊蔵と同業の男が、もう一人の男をここに連れてきたようである。しかも同業者は、すでに御陵を発掘しているようだった。石室がどうの、と内部の説明をしている。隠し場所としては、ここは最適地だ、と力説している。

隠し場所、という言葉で、菊蔵はいつぞや見つけた象牙類を思いだした。さてはあの朝日御陵も、この両人の秘密の隠匿地だったのだ。

やがて彼らは横穴を掘り始めた。いや、掘ってあった穴に土をかぶせておいたらしい。掘るのでなく、その土をどけている。

「しかし、猫探しの暗号とは傑作ですな」

そう言ったのは、菊蔵の同業者だ。

「なるほど、あれは抜け荷を行う日取りを、皆さんに通知しているわけですな。金目銀目で、黒爪、そして三毛の牡猫というのは、品物が何であるかを示しているんですね。するとごほうびの十両は、あれは日当の額ですか」

シッ、と相棒が制止した。

ぽっかりと彼らの前に穴があいた。

「入ってみますか?」同業が聞いている。

「中は意外に広いですよ。相当の量の品物を収納できます」

相棒が急に振り返った。菊蔵は頭を下げ、息を殺した。大丈夫、感づかれてはいない。

同業の男が先に仰向けになり、足の方から穴に入った。相棒がもう一度、凄い目つきで周《まわ》りを見回したあと、這いつくばって、ずるずると足から後ずさりした。たちまち姿が消えた。穴の大きさは、水桶をひと回り大きくした程である。

何の声もしない。菊蔵は身動きせず、穴をにらんでいた。そのうち、二本の足が現れた。ずるずると体が出てきた。相棒の方である。立ち上がると、凄い目つきで辺りの様子をうかがった。そして、突然、彼のそばに築かれた土の山を崩して、穴を塞《ふさ》ぎ始めた。

菊蔵は危うく声を発するところだった。

仲間が、生き埋めにされる。しかし穴の中からは、何の物音も、声もしない。

あっという間に、穴は塞がった。菊蔵は、戦慄した。

……

川路は下條を連れて京に上った。

弥吉の忌《いみ》が明けたのである。その報告と、何かとわずらわせたことの礼を兼ねて、京都所司代に目通りを願った。所司代は若狭小浜藩主の、酒井若狭守忠義である。川路が佐渡奉行時代、無人漂流船の件で手紙のやりとりがあった。面会するのは初めてである。

酒井は川路に極刑の執行を命じたことを、気にかけていた。

「お気に召さなかっただろうが、かかる時にこそ、町の者に、お奉行はきちんと公務を行っている、と見せつけた方が、御身の為ではなかろうか、と、よけいなお世話かも知れないが、年寄りの出しゃばりというやつでの」

川路は、はっ、とした。

常々、母に、「上に立つ者は、公私の区別を厳格にすることだよ」と言われていたのである。

弥吉の死は、私ごとであった。息子の不幸を理由に、公務を怠ってはならぬことだった。

所司代から下がると、川路はいったん宿に入り、京町奉行に面談を申し入れた。断られるだろう、と思っていたが、会う、と返事がきた。しかもただちに会おう、と時間を割《さ》いてくれた。

川路は下條と京町奉行所を訪ねた。奉行同士、膝詰めで話し合った。

菊蔵が白状した、京の朝日御陵が、抜け荷の一味の、物品の隠匿場所であることを告げ、更にもう一つの御陵の、あるいは殺人現場かも知れぬいきさつを語り、捜査の協力を願った。

「御陵は恐れ多くて人が寄りつかぬ。賊らはそこに目をつけたわけか」京町奉行が、目をむいた。

無礼講

川路聖謨《かわじとしあきら》が奈良に帰り着いたのとほぼ同時に、京町奉行の早馬《はやうま》（急便の馬）が来た。

京の三条通り河原町の櫛問屋「丹什《にじゅう》」のあるじを、抜け荷（密貿易）の容疑で捕縛したこと、朝日御陵に隠された抜け荷の数々を押収したこと、御陵荒らしの一味の何人かを捕《とら》えたこと、京郊外の御陵の死体を収容したこと、等々が、密書に認められていた。実に、す早い。

うかうかしてはいられぬ。川路は支配与力を呼び、耳打ちした。京町奉行の捕物は、まもなく奈良町中に風聞として伝わるだろう。その道の者には、もっと早く届く。取り逃がしたら川路の恥だし、奈良町奉行の名折れである。川路は万端怠りなく手配した。

京で大風が吹いたので、奈良の木々がやはり揺さぶられた。夜になって、常願寺の隣の町駕籠屋「斗升《とます》」に盗人が数人忍び入った。網を張っていた捕方《とりかた》が、残らず召し捕った。盗人は命じられて、天井裏の抜け荷を運びだそうとしたのである。彼らを指図していた者が、明らかになった。

鏡太郎の姉、みちおの「旦那」であった。みちおは月に一度か二度、旦那は京から通ってくる、と話していたが、そうに違いなかったが、時にはこっそり奈良に滞在して、子分どもに密命を与えていたのである。

すなわち、抜け荷の当座の隠し場所として、奈良近辺の御陵を利用していたのだ。荷を運ぶのは、「斗升」の駕籠舁《か》きである。駕籠にのせて垂《た》れを下ろせば、抜け荷とわからぬ。しかも彼らは重い物を運び慣れている。

「旦那」はどこに住んでいたか。何と、みちおの隣家である。あの壁に藪枯《やぶか》らしが這っている、陰気くさい仕舞屋《しもたや》。熊蜂の巣のある、ヘクソ葛《かずら》の生垣《いけがき》の家。

「旦那」は京都から通ってきた振りをして、隣家からみちお宅を訪れていたわけだ。みちおとの交渉がすむと、京に帰る風を装い、藪枯らしの家にこっそり戻り、ひそ、とみちおの動静を窺《うかが》っていた。そう、節穴から覗いていたのである。

「旦那」は、これが趣味であったのだ。節穴はまあ比喩だが、遠眼鏡でみちおの行動を逐一眺めていた。「一節竹《ひとよだけ》」の粋人らしからぬふるまいだが、恐らくそのような己の不気味な性癖を知られたくなくて、粋人ぶっていたのだろう。真の風雅者は、「一節竹」を描いた湯呑みなどを、これ見よがしに用いはしない。俗人のやることだ。

そしてみちおを囲っていたということは、みちおの夫の消息を先刻承知なのでないか。みちい、おの亭主は廻船問屋の番頭から、見込まれて物産会所に勤めていた。物産会所に引き抜かれる位だから、品物の鑑定は確かだろう。抜け荷を見破ったために疎《うと》まれたのかも知れぬ。あるいは廻船問屋の時分から、目を付けられていたかもわからぬ。それらのことは、今後の調べを待たねばならない。少なくとも「旦那」は、抜け荷一味の大物には違いなかった。

朝から太鼓が鳴らされている。奉行所の正門をくぐって左手にまっすぐ進むと馬場に突き当る。その角に稲荷《いなり》社が祀《まつ》られている。

十一月二十一日は、ここの稲荷祭である。川路は稲荷祭は二月の初午《はつうま》の日に行われるもの、と思っていた。今年は如何《いかが》いたしましょうか、と支配与力の羽田栄三郎に問われ、祭の態様を聞いてみた。町の子どもたちが集まり、一日中、太鼓を打ち、騒ぐという。大人も集まる。それではやかましくて公務に差し支えるな、と言うと、苦笑しながら、午後からは奉納のお囃子《はやし》や狂言がございます、と答える。町の者が奉納するのか、と確かめると、いえ、私どもが致します、と言う。これは先例か、と尋ねると、さようです、と答え、弱ったような顔をした。川路は、先例に倣《なら》うべし、と言った。羽田が目を輝かせ、ありがとうございます、と辞儀をした。

要するに与力や同心たち奉行所勤めの者たちの、息抜きの一日なのである。土地のしきたりに従うのが賢明だろう。川路は当日を惣《そう》休み（公休日）にすると告げた。与力たちはひそかに小《こ》躍《おど》りをしたらしい。雀躍日《じゃくやくび》の別称があると、のちに知った。

馬場のあちこちに仮小屋が建てられ、役所の建物側には目隠しの幔幕が張られた。もう一方の側は松の並木で堀がある（奉行所は城と同じくお堀で囲まれている）。仮小屋に同心たちが詰め、参詣人に赤飯と煮しめを配る。子どもらには蜜柑を配る。美しい娘には弁当が集中し、顔を赤らめて、もう結構です、と断っている。

馬場のまん中辺に、八畳ばかりの舞台が作られている。ここで狂言や能が演じられる。夜には篝《かがり》が焚《た》かれ、薪《たきぎ》能が奉納される。演じる与力らが浅葱無垢《あさぎむく》に麻裃《あさがみしも》の姿で、舞台の横の楽屋（仮小屋）に待機している。皆、嬉しそうだ。

昼を過ぎると、馬場は人波であふれんばかりになった。まもなく狂言が始まるのである。

川路は下條有之助と稲荷社近くの高床小屋にいる。小屋の下半分は簾《すだれ》が垂《た》らされ、表からは内が見えないようになっている。この小屋は御役屋敷から幔幕の裏側を通り、見物人に知られないよう、後ろから階段を伝って小屋に上がる仕組みで、つまり、奉行家族のために特別に造られたものである。

「おっ、来ているな」川路が簾の上から、声の方を見下ろした。稲荷の前で直三が子どもらを集めて歌っている。

「きれいな着物を着てさえ居ねば、ほこり仕事も気が楽な」

「金は天下の融通ものと、溜《た》めておかねば気が楽な」

「細い道でも我からよけて、人を通せば気が楽な」

「敵は子どもやがんぜがないと負けていてやりゃ気が楽な」

子どもたちが、どっと笑う。大人たちが集まってきた。

「遅くなりまして」鏡太郎とみちおが、間笠平八に案内されて小屋に上がってきた。

「よく来た」川路が振り返って歓迎した。

「そこで良七さんと会いました」鏡太郎が言った。「飴を買ってから参るそうです」

飴売りの屋台が出ているのである。

「蝮《まむし》が童心に返ったか」川路が笑った。

「それじゃ直三もそろそろ呼ぼう。間笠、頼まれてくりゃれ」

「只今」間笠が下りて行った。

羽田に稲荷祭の可否を問われた時、これは願ってもない機会だ、と思った。御役屋敷には川路の身内や家来以外の者は、無断で入れない。ところが祭の日は、誰でも天下御免で踏み込めるのである。普段はひっそりと静まり返り、咳《しわぶき》をするのもはばかれるほどだが、今日一日は、大声で笑おうがしゃべろうが、咎《とが》めだてする者はいない。第一、いつも苦虫を噛みつぶしたような表情の与力や同心たちが、全く別人かと驚くばかり、子どもの如くはしゃぎまわっている。今日ばかりは、自分の得意の芸を、心ゆくまで披露できる。稲荷祭をどんなにか待ち望んでいただろう。

それなのにここにきて奉行の不幸である。それも大事な総領息子の、突然の死である。当然、祭は中止だろう。そう思っていたら、例年通り挙行との返事である。期待していなかっただけ、喜びも倍大きい。

川路は川路で、これぞ所司代・酒井若狭守《わかさのかみ》の忠言を実行する絶好の機会、と思った。町の者に喜んでもらえ、しかも久しぶりに直三たち、このたびの事件に骨を折ってくれた者たちと心置きなく談笑できる。おさとの手料理をご馳走してやろう。事件の話をするわけではない。公事《おおやけごと》の話題は、いかに何でもまずい。

間笠平八が戻ってきた。連れてきたのは直三ではない。養父母と市三郎である。

「丁度そこで会ったんだ」養父の光房が言った。「いや、ずいぶん客がいるんだね。追加注文しないと、まずいかな」

「何です?」川路が、けげんな顔をした。

「いやさ、お前に味見をしてもらおうと思ってね、出前を頼んだのさ」

「何の味見です？」

若党の成木が岡持《おかもち》を提げて現れた。後ろから直三と良七が顔を出した。成木が岡持の扉を開き、収められていた皿小鉢をいくつか取りだして、川路の膝元に並べた。塩辛や酢の物、煮豆や金平《きんぴら》牛蒡《ごぼう》などの酒の肴《さかな》である。光房が、「私の行きつけの店の料理だよ」と明かした。

「田主の店ですか？」川路が訊《き》いた。

「その通り。お前は立場上おいそれと、のれんをくぐれぬ。町の飲んべえが、どんな肴で酒を楽しんでいるか、舌に覚えさせておくのもお役目というものさ。ところで肴があって酒が無いのも落ち着かないから、ぬからず用意させた」

おさとと養母のくらが、酒道具を運んできた女中と共に現れた。直三たちが、居住まいを正し、丁重に挨拶した。

光房があわてて制した。

「いやさ、今日は無礼講の日というじゃないか。この場では皆、平等の身分ということにしようではないか。そうでないと、酒の味がぎくしゃくして、うまくない」

直三に、「先だっては世話になったな」と気軽に話しかけた。直三は固くなって、「先だってと申しますと」とうろたえている。

「ほれ、ここにおるお奉行が、私に化けて町に出た日さ」

くらが声を上げて笑った。

「あの日、この人は一日中、押入で過ごしましたよ」

川路が客たちに、養父母を巻き込んだ、当日の趣向を説明した。直三たちが、大笑いした。

「皆様にはご迷惑をおかけしましたね」おさとが礼を述べた。

「いえ、いえ」と直三が代表して謙遜《けんそん》した。

「お待遠《まちどお》さま」大笊《おおざる》を抱えたきのが現れた。

「奥様に頼まれて、あたしが打った饂飩《うどん》です」

おお、と光房が目を輝かせた。

「すぐいただく。汁はどうした?」

「あ、忘れた」ちょろりと舌を出し、退出した。客たちが笑った。

柝《き》が入った。狂言の幕が開くらしい。

見物人の拍手が鳴りやむと、口上が始まった。

川路は耳を傾けた。誰かな、と思ったのである。

「東西《とざい》、東西《とうざい》、いずれも様もご機嫌うるわしく……」

川路は、ニヤリ、とした。

「かくもにぎにぎしくご来臨《らいりん》たまわりまして、心より厚く、厚く……」

真面目《まじめ》の頭にクの字のついた支配与力・羽田栄三郎であった。


（了）

さばけた奉行 ―あとがきに代えて―

幕臣の川路聖謨《かわじとしあきら》は、明治元年三月十五日、世にいう「江戸城総攻撃の日」に、切腹のうえピストルを用いて自殺した。わが国最初のピストル自殺といわれる。

江戸城総攻撃は、実際は前日の、勝海舟・西郷隆盛の会談により回避された。川路は知らずに逝ったのである。六十八歳だった。幕府に殉じた、と評される。半身不随の身で、古式に則《のっと》って腹を切り、傷口をさらしで巻いたあと、引き金を引いたというから、武士道に殉じたといってよい。

川路の末期の眼に映ったものは、何であったろうか。季節柄、私は桜ではなかったかと思う。

川路は四十六歳の三月、奈良奉行を命じられて、妻子ともども江戸から奈良に赴任した。十九日に奉行所に着いた。「官邸の桜を見て」歌を詠んでいる。「駿河路《するがじ》に散るを見てしが桜花ならの都は今さかりなり」――満開の桜が川路を迎えてくれたのである。

そして足かけ六年、川路は奈良奉行を勤めた。順調に出世を重ねていた川路にとって、奈良への転任は「左遷」といわれる。しかし、別に腐った様子はない。むしろはりきって役目に励んだようである。

川路の治績は、たくさんある。犯罪を厳しく取り締まり、特にバクチを重点的に弾圧した。拷問を禁じた。貧民救済に力を注いだ。学問を奨励した。山陵保護に尽した。

奈良では鹿は神の御使いである。従って殺すと罪に問われた。川路は法に照らさず、常識的に審決した。——鹿の角切りは、奈良の年中行事である。人にケガさせないために、角を切る。鹿を傷つけるわけではない。角切りが合法である以上、故意に鹿を傷つけない限り、人を咎めることはできない。川路の論拠は単純明快である。

しかし川路の業績で特筆すべきは、奈良の町に桜と楓を植樹したことではあるまいか。

川路が奈良入りした当時は、世相がすさんでいて、風紀も町も寺も何もかも荒れていた。川路は、「いにしえの華やかな奈良の都」を再現したいと願った。都の花というなら、桜である。桜は川路の大好きな花でもある。

奈良を桜で埋めつくそう。川路はまず商人たちに持ちかけた。おそらくこの段階で、どうせのこと、秋の紅葉狩と対《つい》にしよう、と思いついたに違いない。花見と紅葉。どちらも観光客を呼べる。利に聡《さと》い商人たちを焚きつけた。奉行の命令一下で事業を起こすのでなく、商人たちが自発的に動きだす形をとりたかったのだ。そうでないと、うまく運ばないし、成功しない。

桜楓植樹は、望外の結果を得た。川路奉行はどのような人柄のお人だったか。

ひと言でいうと、話せる親父であったろう。川路の悪癖の一つが、オナラをぶっ放すこと。白洲で放ったため評判になり、おなら奉行のあだ名をつけられた。五條の代官がこんな狂歌をよこした。

「評判も程も吉野の花に増《ま》して草木もなびく奈良のお奉行」

これに川路が返歌した。「屁《へ》のような御なら奉行になびくのは草木にあらず臭《くさ》きなるべし」

さばけた奉行であった。

出久根達郎

川路聖謨　略歴

享和元年（1801）：４月25日、豊後国日田（現大分県日田市）に、代官所属吏・内藤歳由の子として誕生

文化元年（1804）：江戸へ移住

文化９年（1812）：８月、小普請組川路光房の養子となる

文政10年（1827）：７月、寺社奉行吟味物調役を命ぜられる

天保６年（1835）：８月、出石藩の御家騒動（仙石騒動）の審理に敏腕を振るう。11月、勘定吟味役に抜擢される

天保９年（1838）：４月19日、妻さとと結婚

天保11年（1840）：６月、佐渡奉行に任ぜられる。翌年５月、江戸へ戻る

天保12年（1841）：６月、小普請奉行となる

天保14年（1843）：10月、普請奉行となる。この頃、儒学者・佐藤一斎に師事し、また思想家・兵学者の佐久間象山と交わる

弘化３年（1846）：１月、奈良奉行に任ぜられる。３月４日、奈良に赴任の途につく

嘉永２年（1849）：７月、『神武御陵考』を著わす

嘉永４年（1851）：６月、大坂町奉行に転ずる

嘉永５年（1852）：９月、勘定奉行（公事方・訴訟担当)に栄転

嘉永６年（1853）：６月、米国使節ペリー、浦賀に来航。7月、ロシア使節プチャーチン、長崎に来航。10月、ロシア使節応接掛に任ぜられ、12月、プチャーチンと応接を始める

安政元年（1854）：12月21日、下田にて日露和親条約に調印

安政２年（1855）：１月、下田取締掛となる

安政５年（1858）：１月、条約勅許奏請のため、上洛の老中堀田正睦の随行を命ぜられる。将軍継嗣問題から、一橋派の粛清が始まり、５月、西丸留守居に左遷される。９月、『遺書』を書き始める。この年、種痘所建設用地に所有地を提供する

安政６年（1859）：８月、隠居・差控を命ぜられる

文久３年（1863）：５月、外国奉行に挙用される。10月、辞職

元治元年（1864）：８月、中風の発作起こり、左半身不随となる

慶応２年（1866）：２月、中風の発作再発する

慶応３年（1867）：10月14日、大政奉還

明治元年（1868）：２月、辞世を詠む。３月15日（江戸城総攻撃の日）、前日の勝・西郷の会談により、江戸城無血開城了解なるを知らず、割腹の上ピストルで自殺。日本で最初のピストル自殺と言われる

植桜楓之碑《しょくおうふうのひ》

幕末の弘化三年（一八四六）から嘉永四年（一八五一）までの五年間、奈良奉行を勤めた川路聖謨はその識見と善政によって人々から深く敬愛された。

この石碑の碑文は、川路の呼びかけで集まった桜と楓の苗木数千株を東大寺、興福寺を中心に南は白毫寺、西は佐保川堤まで植樹した記念に、町の人々に請われて川路が記したものである。また、この碑には植樹活動に参加した奈良の人々の名が刻まれている。

■猿沢池から興福寺五重塔へ至る五十二段の階段を登った左側に「植桜楓之碑」がある。

出久根達郎　でくね・たつろう

1944年、茨城県生まれ。作家。古書店主。中学卒業後、上京し古書店に勤め、73年より古書店「芳雅堂」(現在は閉店) を営むかたわら執筆活動を行う。92年『本のお口よごしですが』で講談社エッセイ賞、翌年『佃島ふたり書房』で直木賞、2015年『短編集 半分コ』で、芸術選奨文部科学大臣賞を受賞。著書は他に、『古本綺譚』『作家の値段』『七つの顔の漱石』『おんな飛脚人』『謎の女　幽蘭』『人生案内』『本があって猫がいる』など多数。

桜奉行―幕末奈良を再生した男・川路聖謨―

平成28(2016)年11月26日　初版第1刷発行

著　者　出久根達郎
発行所　図書出版 養徳社
〒632-0016 奈良県天理市川原城町388
電話 0743-62-4503　FAX 0743-63-8077
振替 00990-3-17694
http://yotokusha.co.jp
印刷所　株式会社 天理時報社
〒632-0083 奈良県天理市稲葉町80

ISBN 978-4-8426-0120-5
定価はカバーに表示してあります。

この作品は月刊『陽気』(養徳社発行)に『まほらま』と題し連載中の、平成二十五年一月号から二十八年六月号までを改題、著者が刊行に際し、加筆、訂正したものです。

編集部